미스터리 걸작선

노벨문학상·퓰리처상 수상 작가 11인

MASTERPIECE OF MYSTERY

미스터리 걸작선

엘러리 퀸 엮음 | 정연주 옮김

열림원

차례

일러두기

1. 이 책은 엘러리 퀸Ellery Queen이 편집한 *Masterpieces of Mystery*(Davis Publications, 1976)를 저본으로 삼았다.
2. 각 작품의 소제목과 작품 배열 순서는 독자의 흥미를 돕기 위해 재구성하였다.
3. 본문의 괄호 주는 두 가지로, 괄호 안 큰 글자는 원서의 본문을 그대로 따른 것이고, 작은 글자는 옮긴이 주이다.
4. 고유명사의 표기는 국립국어원의 외래어 표기 원칙을 기본으로 하되, 관행으로 굳어진 경우 그것에 따랐다.

1

노벨문학상 수상 작가

러디어드 키플링Rudyard Kipling

The Return of Imray

러디어드 키플링

(1865-1936)

—

인도 뭄바이 태생의 영국의 소설가이자 시인. 단편이 소설의 장르로서 확립되는 데 기여한 고전 『정글북The Jungle Book』과 『킴Kim』, 『꺼져버린 불빛The Light that Failed』 등의 작품으로 세계적인 명성을 떨쳤다. 42세가 되던 1907년, 영어권 작가 최초로 노벨문학상을 수상했다. 노벨위원회에서는 그의 관찰력과 독창적인 상상력, 기발한 착상, 이야기를 이끄는 비범한 재능을 높이 평가했다고 선정 이유를 밝혔다. 현재까지도 역대 최연소 수상자의 자리를 지키고 있다. 「인도 마을의 황혼The Return of Imray」은 1891년 작이다.

인도 마을의 황혼

임레이는 불가능한 일을 달성했다. 느닷없이 아무도 헤아리지 못할 이유로, 성공의 문턱에 선 젊은 나이에 지금까지 살아온 작은 인도 마을이라는 세상에서 사라지겠다고 마음먹은 것이다.

전날까지만 해도 임레이는 클럽 당구대에서 멀쩡한 모습으로 신나게 당구를 치고 있었다. 그러나 다음 날 아침이 밝았을 때는 이미 자취도 없이 사라져, 아무리 찾아도 행방을 알 수 없었다. 집은 텅 비었고 정시가 지나도 사무실에 나타나지 않았으며, 임레이가 몰던 이륜마차도 길거리에서 찾아볼 수 없었다. 인도제국 정부는 상황이 영 석연찮은 데다 임레이를 살짝 성가셔했기에, 대체 어찌 된 영문인지 조사에 나서기를 순간 망설였다. 그러나 곧 못을 샅샅이 훑고 우물을 파헤치며 철도를 따라 1200마일 떨어진 가장 가까운 항구 도시에 전보를 보내는 등 수색전을 펼쳤다. 그러나 바닥을 더듬는 밧줄 끄트머리, 확인 여부를 타진하는 전신선 끝자락에서도 임레이의 흔적은 찾아볼 수 없었다. 아주 감쪽같이 사라져서 그가 머물던 곳에서도 사정을 아는 사람이라고는 아무도 없었다. 위대한 인도제국의 업무를 더는 미뤄둘 수 없었기에 책임자들은 제각기 과거를 떨치고 앞을 보며 나아갔고, 임레이는 수수께끼에 휩싸인 인물이 되고 말았다. 남자들끼리 클럽에 모여 숙덕거리며 떠들기를 어느덧 한 달, 이제 누구도 임레이를 기억하거나 떠올리지 않았다. 그가 소유하던 총이며 말, 우마차는 경매에 넘어가 최고 입찰자의 손에 떨어졌다. 임레이의 상사는 그의 어머니에게 아들이 뚜렷한 이유 없이 사라졌다는 턱없이 성의가 부족한 편지를 보냈고, 임레이가 살던 방갈로는 텅 빈 채 쓸쓸히 먼지가 굴러다녔다.

서너 달간 이어진 타는 듯한 더위가 한풀 꺾였을 즈음, 경찰서에 근무하는 내 친구 스트릭랜드는 지역 토박이인 집주인에게 방갈로 한 채를 빌리기로 마음먹었다. 모처에서 불륜이라고 수군거렸던 율 양과의 약혼을 맞이하기 이전의 이야기로, 현지의 삶이란 어떤 것인지 수사에 착수한 시절이었다. 스트릭랜드가 고수하는 사생활은 주변 사람들이 그의 태도이며 습관에 일일이 불평을 늘어놓을 만큼 충분히 기이했다. 집 안에 음식이 떨어지는 날은 없었지만 밥 먹는 시간은 정해져 있지 않았다. 그저 작은 탁자에 놓인 음식을 손에 잡히는 대로 집어 들고 선 채로 혹은 걸어 다니면서 먹는 것으로 식사를 때웠고, 이런 식습관은 당연히 건강에 좋을 리 없었다. 집 안에 굴러다니는 집기라고는 소총 여섯 자루, 산탄총 세 자루, 안장 다섯 개, 연어용 대형 낚싯대보다 크고 튼튼한 마흐시어(mahseer, 잉어과에 속하는 대형 어류로 인도 반도 및 동남아시아에 서식하며 거대한 크기로 인해 스포츠를 목적으로 낚시가 성행하고 식용으로도 폭넓게 소비된다. 현재 멸종위기종)용 조립식 낚싯대뿐이었다. 이런 거친 짐 더미가 집의 절반을 차지했고, 나머지 절반은 스트릭랜드와 매일같이 성인 남성 두 사람 몫의 먹이를 해치우는 커다란 람푸르 그레이하운드 암캐 티전스가 함께 사용했다. 티전스는 자신만의 언어로 스트릭랜드와 소통했다. 여제 폐하답게 주변을 어슬렁거리다 안위를 거스른다고 판단되는 장면을 목격하면 반드시 주인에게 돌아와 미주알고주알 고발하기 일쑤였다. 그러면 스트릭랜드는 득달같이 조치를 취했고, 그가 지나간 곳에서는 반드시 누군가가 문제를 떠안거나 벌금을 내고 징역을 살았다. 지역 주민들은 티전스를 스트릭랜드가 부리는 마귀라고 믿으며, 마주칠 때면 증오와 두려움이 낳은 드높은 존경심을 품고 대했다. 방갈로에는 아예 티전스만을 위해서 방 한 칸을 따로 마련했다. 개인 침대와 담요, 물통을 누리고 사는 티전스는 밤중에 무언가가 스트릭랜드의 방에 침입하는 소리가 들리면 반드시 달려가서 침입자를 쓰러뜨리고, 누군가가 불빛을 비추며 들어올 때까지 짖어댔다. 음침한 동틀 무렵에 나타나는 현지 살인마를 수색하느라 스트릭랜드가 안다만 제도(인도 뱅골 만 남동부에 위치해 있으며 200여 개의 섬으로 이루어졌다)보다 훨씬 멀리 떨어진 국경에 머무를 당시에는 티전스가 그의 목숨을 구하기도 했다. 범인이 단검을 입에 물고 스트릭랜드의 텐트로 숨어드는 순간을 티전스가 포착하고 덤벼든 것이다. 법정에서 판결이 내려지고 범인은 교수형에 처해졌다. 그날 이후로 티전스는 투박한 은제 목걸이를 차고, 이름이 새겨진 잠자리용 담요를 덮고 잤다. 섬세한 개를 위해 특별히 마련한 이중직으로 짠 캐시미어 담요였다.

티전스는 어떠한 상황에서도 주인의 곁을 떠나지 않았다. 스트릭랜드가 앓아누워서 고열에 시달릴 때에는 주인을 도울 방법이 없어서 안절부절못한 나머지, 도와주려는 사람들의 접근을 일절 허용하지 않아 의사를 곤란하게 만들었다. 인도 의료 서비스 마카나트는 티전스가 '퀴니네를 처방하는 사람에게는 자리를 비켜줘야 하는구나'라고 스스로 깨달을 때까지 기다려주지 못하고 개머리판으로 대가리를 후려쳐야 했다.

스트릭랜드가 임레이의 방갈로에서 생활하기 시작한 지 얼마 지나지 않아 나 또한 사업상 현지에 머무르게 되었고,

클럽에 남는 방이 없어서 자연스럽게 오랜 친구의 집에 비집고 들어가 자리를 잡았다. 방이 총 여덟 개나 되는, 비가 새는 것을 막기 위해 지붕을 두툼하게 덧댄 매력적인 방갈로였다. 경사진 천장 아래 하얀 천을 드리운 덕분에 내부는 회반죽으로 마무리한 집만큼이나 깔끔해 보였다. 인도식 방갈로를 어떻게 짓는지 전혀 모르는 사람이라면 깨끗한 하얀 천으로 가려진 지붕 아래 기둥과 이엉 뒤편으로 이루어진 어두운 삼각 동굴 속에 쥐, 박쥐, 개미 등 온갖 불결한 생명체가 은밀하게 돌아다닌다는 사실은 짐작도 하지 못할 것이다.

성 바울의 종각처럼 생긴 둥근 베란다에서 마주친 티전스는 내 어깨에 발을 올리고 한껏 반가움을 표시했다. 스트릭랜드는 점심이라면서 어찌어찌 식사 비슷한 상을 차려준 후, 접시를 비우자마자 근무하기 위해 곧장 집을 나섰다. 나는 티전스와 함께 남아 집을 지켰다. 뜨거운 여름의 열기가 차차 잦아들며 대기를 축축하고 후덥지근하게 만드는 비가 내렸다. 빗줄기는 바람 한 점 섞이지 않은 후끈한 공기 속에서 총열에 파고드는 꽂을대처럼 직선으로 바닥을 내리쳤다가 매섭게 퍼져나가며 푸른 안개를 일으켰다. 정원을 장식하는 대나무와 체리모야, 포인세티아, 망고 나무가 뜨뜻한 빗줄기가 세차게 내리치는 와중에도 꿋꿋이 자리를 버티는 가운데 알로에 울타리 사이에서 개구리의 노랫소리가 울려 퍼졌다.

해가 완전히 저물기 직전, 세찬 빗줄기가 절정에 달했을 때

나는 뒤편 베란다에 앉아 처마에서 포효하는 듯 떨어지는 물소리를 들으며 땀띠가 돋은 온몸을 벅벅 긁고 있었다. 나를 따라 나와 무릎에 머리를 얹은 티전스는 어딘지 매우 구슬퍼 보였다. 그래서 나는 차가 준비되자 티전스에게 비스킷을 하나 건넸고, 조금이라도 시원한 곳에서 마시기 위해 차를 뒤편 베란다까지 가지고 갔다. 등 뒤의 집 안은 온통 어두컴컴했다. 더더군다나 스트릭랜드의 마구와 총 기름 냄새가 코끝을 간질여서 그 속에 앉아 있고 싶은 생각은 전혀 들지 않았다. 땅거미가 질 무렵, 내 하인이 흠뻑 젖어서 모슬린 옷을 온몸에 칭칭 감은 채로 다가와 어떤 신사가 찾아왔다고 전했다. 방이 너무 깜깜해서 정말 들어가고 싶지 않았지만, 나는 텅 빈 응접실로 걸어가며 하인에게 전등을 가져오라고 부탁했다. 실제로 누가 찾아왔었는지 여부는 알 수 없었다. 창문 어딘가에서 누군가의 그림자가 언뜻 비친 것 같은 기분이 들었다. 하지만 막상 전등이 도착하자 쏟아지는 빗줄기 외에는 아무것도 보이지 않았고, 흙냄새만이 코끝을 맴돌았다. 나는 하인에게 조금 더 현명하게 굴 것을 충고하고는 티전스와 시간을 보내기 위해 베란다로 돌아갔다. 하지만 티전스는 이미 빗속으로 뛰쳐나간 후라, 설탕을 입힌 비스킷을 흔들며 꾀어내도 쉽사리 다시 불러낼 수 없었다. 저녁 식사 직전에 빗방울을 뚝뚝 떨어뜨리며 돌아온 스트릭랜드는 대뜸 질문부터 던졌다.

"나를 찾는 사람은 없었나?"

나는 우선 사과하면서 하인이 뭘 잘못 알고 나한테 거실로 오라고 말했지만, 어쩌면 그때 찾아온 놈팡이가 스트릭랜드를 만나려다가 이름도 대지 않고 사라진 걸지도 모르겠다고 변명했다. 스트릭랜드는 별다른 대꾸 없이 저녁 식사를 청했고, 하얀 식탁보를 깔고 먹는 정식 식사였기에 우리는 일단 자리에 앉았다.

9시가 되자 스트릭랜드는 잠자리에 들겠다고 했고, 나도 지친 상태였다. 스트릭랜드가 자기 방에 들어가자마자 식탁 아래 앉아 있던 티전스는 벌떡 일어나 스트릭랜드가 본인 방 바로 옆에 마련해준 완벽한 자신의 방을 뒤로하고 비가 제일 덜 들이치는 베란다로 달려갔다. 만일 평범한 아내가 빗줄기가 퍼붓는 와중에 문밖에서 자겠다고 우긴다면 대단치 않은 일이었겠지만 티전스는 개였고, 따라서 더 나은 동물이었다. 나는 스트릭랜드가 채찍이라도 휘둘러 티전스를 나무라기를 바라며 그를 바라보지만 그는 불행한 가문의 치부를 막 털어놓는 사람처럼 기묘한 표정으로 웃었다. "티전스는 우리가 여기로 이사 온 이후 내내 저러고 있다네." 스트릭랜드가 말했다. "내버려두게."

티전스는 스트릭랜드의 애완동물이었으니 더는 아무 말도 하지 않았지만, 나는 스트릭랜드가 대수롭지 않은 척하면서 애써 넘어가려고 한다는 느낌을 받았다. 티전스가 내 침실 창문 바깥쪽에 진을 친 가운데, 폭풍이 연신 몰아치면서 지붕 너머로 천둥소리가 울려 퍼지다 점차 잦아들었다. 헛간 문에 집어던진 달걀 얼룩처럼 하늘을 쪼개는 번개가 노란색 대신 옅은 푸른색으로 빛났다. 내 방 창문의 줄줄이 갈라진 대나무 블라인드 너머로 커다란 개가 잠들지 않고 베란다에서 등줄기의 털을 바짝 곤두세우고 현수교의 강철 로프처럼 단단하게 다리로 닻을 내린 듯이 버티고 선 모습이 보였다. 천둥소리가 아주 잠시 멈춘 사이 잠을 청해봤지만, 어디선가 나를 아주 다급하게 찾는 기척이 있었다. 내 이름을 부르려 애쓰지만 쉰 속삭임에 그치는 식이었다. 이윽고 천둥이 멎고, 티전스가 정원으로 달려가 낮게 걸린 달을 향해 울부짖었다. 누군가 내 방 문을 열려고 시도하다 집을 가로질러 베란다로 가서 거칠게 숨을 내쉬었고, 막 잠이 들려던 순간 머리 위 근처나 문 바깥에서 거칠게 쾅쾅거리며 떠들썩한 소리를 들은 것 같았다.

나는 스트릭랜드의 방으로 뛰어가 어디가 아픈지, 그래서 혹시 나를 불렀는지 확인했다. 그는 옷을 반쯤 걸친 채 파이프를 물고 침대에 앉아 있었다. "자네가 찾아올 거라고 생각했네." 그가 말했다. "방금 내가 집 안을 어슬렁거렸나?"

식당과 흡연실 외에도 두세 곳을 돌아다녔다고 설명하자 그는 웃으며 이제 그만 침대로 돌아가라고 말했다. 나는 침실로 돌아가서 아침까지 잤지만, 밤새 누군가의 호소를 부당하게 무시하는 내용의 온갖 꿈에 시달렸다. 그 누군가가 뭘 바라는 중이었는지는 알 수 없었다. 하지만 분명 주변을 서성이면서 뭔가를 속삭이고 빗장을 더듬어보다가 어정어정 움직여서 숨어버린 누군가가 내 태만한 자세를 책망했고, 그러다 반쯤 잠에서 깬 채로 정원에서 티전스가 짖는 소리, 빗방울이 잎사귀를 타작하는 소리를 들었다.

나는 그 방갈로에서 이틀을 더 보냈다. 스트릭랜드는 매일 나와 유일한 동료 티전스를 남겨두고 8~10시간가량을 사무실로 나가 있었다. 햇빛이 밝게 드리운 동안은 나도 티전스도 편안한 시간을 보냈다. 하지만 황혼이 내리면 우리는 뒤편 베란다로 자리를 옮겨 서로를 꼭 끌어안고 있었다. 집에 머무르는 건 우리 둘뿐이었지만, 간섭하고 싶지 않은 정체불명 거주자의 존재감이 여전히 뚜렷하게 느껴졌다. 한 번도 눈으로 본 적은 없지만, 방금 누군가가 지나간 것처럼 방 사이의 커튼이 흔들리곤 했다. 사람이 방금 일어난 듯이 대나무 의자가 삐걱댈 때도 있었다. 응접실에 책을 가지러 갈 때면 누군가가 앞쪽 베란다의 어둠 속에서 내가 사라지기를 기다리는 것이 느껴졌다. 티전스는 해가 질 때마다 온몸의 털을 쭈뼛하게 세운 채 어두워진 방을 응시하며 내 눈에 보이지 않는 뭔가의 움직임을 눈으로 좇으며 황혼에 젖은 시간을 더욱 흥미롭게 만들었다. 절대 방으로 들어가는 일은 없었지만 티전스의 시선이 묘하게 이동하는 것만으로도 충분했다.

티전스는 하인이 등불을 손봐서 방 안을 밝고 편안하게 만들고 나서야 내게로 다가와 엉덩이를 붙이고 앉은 채 오직 자신에게만 보이는 그림자가 내 어깨 뒤에서 움직이는 모습을 주시하며 시간을 보냈다. 개는 쾌활한 동반자이다.

나는 스트릭랜드에게 이러한 사정을 최대한 조심스럽게 설명하며, 클럽에 찾아가서 달리 머물 방이 있는지 알아보겠다고 말했다. 그가 친절하게 맞아줘서 고맙고, 총이며 낚싯대도 멋지지만, 집의 분위기가 영 마음에 들지 않았다. 그는 내 말을 끝까지 들은 다음, 사려 깊은 인물답게 매우 지쳤지만 멸시라고는 전혀 느껴지지 않는 미소를 지어 보였다. "좀 더 머물러주게." 그가 말했다. "그리고 이런 일련의 사건이 뭘 뜻하는 건지 같이 알아보자고. 방금 자네가 말한 일들은 나 또한 여기에 머무른 이후로 다 겪어본 것들이네. 함께 머무르면서 조금 기다려주게. 티전스는 나를 떠났지. 자네도 그럴 셈인가?"

지난번에 스트릭랜드와 엮였을 적에는 이교도의 우상과 관련한 작은 사건에 휘말려서 정신병원 문턱까지 밟아봤기 때문에, 더는 그를 도와가면서 무언가를 함께할 생각이 전혀 없었다. 그는 평범한 사람이 저녁 식사를 하는 것처럼 불쾌한 일이 일상적으로 찾아오는 사람이었다.

그래서 나는 그 어느 때보다도 명확하게, 그를 대단히 좋아하고 낮 시간에 만나는 것은 매우 환영하지만 이 집에서 밤을 보내는 것은 달갑지 않다고 말했다. 저녁 식사도 끝나서 이미 티전스가 베란다로 나가 엎드렸을 시간이었다.

"맙소사, 놀랍지도 않군." 스트릭랜드가 천장에 드리운 천을 바라보며 말했다. "저것 좀 보게!"

갈색 뱀 두 마리의 꼬리가 천장의 돌림띠와 하얀 천 사이로 비집고 나와 있었다. 어른거리는 등불에 비쳐 길고 가느다란 그림자가 벽에 드리워졌다.

"자네가 뱀을 무서워한다면 당연히……." 스트릭랜드가 말했다.

물론 나는 뱀이 싫고 무섭다. 어떤 뱀이든 눈을 마주치면 인류의 타락의 비밀을 바닥까지 꿰뚫어보는 듯하여 아담이 에덴동산에서 쫓겨날 때 악마가 보냈던 모든 경멸이 다시금 그대로 전해지는 기분이다. 그리고 물리면 대체로 치명적인 독을 가졌고 심지어 그들은 다리를 타고 올라오지 않는가.

"지붕을 점검해야 할 것 같은데." 내가 말했다. "저기 마흐시어용 낚싯대를 좀 건네주게. 찔러서 바닥으로 끌어내리자."

"지붕보 아래 숨어 있는 게 틀림없군." 스트릭랜드가 말했다. "머리 위에 있는 뱀을 내버려둘 수는 없지. 내가 지붕에 올라가겠네. 흔들어서 떨어뜨리면 대걸레로 내려쳐서 등뼈를 부숴버리게."

그다지 스트릭랜드를 적극적으로 돕고 싶지는 않았지만, 그가 베란다에서 정원용 사다리를 들고 와 방 한편에 세우는 동안 나는 대걸레 자루를 쥐고 응접실에서 기다렸다.

뱀 꼬리는 스르륵 위로 올라가더니 사라졌다. 그저 기다란 몸통이 헐렁한 천장 천을 쓸며 허둥지둥 도망치는 메마른 소리만이 들려왔다. 내가 천장 천을 뜯어내면 부동산 가치가 떨어질 것이며, 그게 아니더라도 그동안 천장 천과 지붕 사이에 서식하던 뱀을 사냥하는 것은 위험하다는 사실을 인지시키는 동안 스트릭랜드는 등불을 집어 들었다.

"말도 안 되는 소리 말게!" 그가 말했다. "아마 뱀들은 옷감 주변의 벽에 숨어 있을 걸세. 벽돌은 너무 차가우니까 방의 온기를 갈망하겠지." 그는 천을 한 아름 쥐고 당겨 돌림띠에서 뜯어냈다. 섬유가 뜯어지는 거친 소리가 퍼졌고, 스트릭랜드는 틈 사이로 고개를 집어넣어 기울어진 지붕보의 어둠 속을 확인했다. 나는 뭐가 떨어질지 전혀 알 수 없어서 이를 악물고 낚싯대를 들어 올렸다.

"흠!" 스트릭랜드의 목소리가 지붕 속에서 웅웅거리며 울려 퍼졌다. "여기에 어지간한 방 크기의 공간이 있는데. 어이쿠, 누가 있잖아!"

"뱀인가?" 내가 밑에서 말했다.

"아니, 물소만 한데. 마흐시어 낚싯대에서 끝부분 두 마디만 떼서 줘보게. 내가 찔러보겠어. 뭔지 몰라도 주 지붕보에 누워 있구먼."

내가 낚싯대를 건넸다.

"이런 올빼미와 뱀 둥지를 보았나! 여기에 뱀이 사는 것도 이상할 게 없군그래." 스트릭랜드가 지붕으로 기어오르며 말했다. 팔꿈치를 움직이며 낚싯대로 뭔가를 찌르는 모습이 보였다. "누군지 모르겠지만, 당장 나오지 못할까? 머리 조심하게! 떨어질 거야."

주머니처럼 여며진 천장 천이 식탁 위에 놓인 환한 등불을 향해 밑으로 조금씩 처지며 내려왔다. 나는 잽싸게 등불을 잡아챈 다음 뒤로 물러섰다. 그 순간 벽에서 찢어져 나온 천이 엉망이 되어 흔들리며 식탁에 떨어졌고, 나는 스트릭랜드가 사다리를 타고 내려와 옆에 설 때까지 두려운 마음에 천에 감긴 물건을 제대로 쳐다볼 수 없었다.

어느새 말수가 뚝 줄어든 스트릭랜드가 조용히 식탁보 한 쪽 끝을 들어 올려 식탁 위의 물체를 감쌌다.

"아무래도," 스트릭랜드가 등불을 내려놓으며 말했다. "우리의 친구 임레이가 돌아온 것 같군. 오! 자네, 정말 자네인가?"

식탁보 아래에서 뭔가가 움직이더니 작은 뱀 한 마리가 꿈틀거리며 마흐시어 낚싯대에 맞아 등뼈가 부러지는 운명을 맞이하러 기어 나왔다. 나는 기록할 만한 가치가 있는 문장을 입 밖에 내기 힘들 만큼 속이 울렁거렸다.

스트릭랜드는 깊은 생각에 빠진 채 마실 음료를 제조했다. 천에 싸인 물체는 생명의 징후를 조금도 보이지 않았다.

"임레이인가?" 내가 물었다.

스트릭랜드는 식탁보를 다시 살짝 들어 올려 물체를 관찰했다.

"임레이네." 그가 말했다. "게다가 귀에서 다른 쪽 귀까지 목이 베였어."

순간 우리는 동시에 중얼거렸다. "그래서 그가 집에서 말을 못하고 소곤거렸구먼."

정원에 있던 티전스가 맹렬하게 으르렁거렸다. 그러더니 잠시 뒤 커다란 코를 응접실 문을 향해 치켜들고 킁킁거렸다.

티전스는 냄새를 맡더니 가만히 멈춰 섰다. 너덜너덜해진 천장 천은 거의 식탁 높이까지 늘어져 있었고, 둘둘 싸인 시체를 옮길 공간은 거의 없었다.

티전스는 응접실에 들어와 자리를 잡고 앉았다. 곧 이빨을 드러내고 앞발을 내민 채 스트릭랜드를 바라봤다.

"나쁜 사건이야, 티전스 부인." 그가 말했다. "사람은 보통 죽으러 자기 발로 본인 집 지붕까지 올라가지 않고, 그런 다음 천장 천을 다시 단단히 묶어두지도 않지. 생각을 좀 해봐야겠어."

"장소를 옮겨서 고민하도록 하지." 내가 제안했다.

"좋은 생각이야! 등불을 *끄게*. 내 방으로 가지."

나는 등불을 *끄지* 않았다. 대신 먼저 스트릭랜드의 방으로 향했고 그가 불을 *끄게* 만들었다. 이윽고 스트릭랜드가 내 뒤를 따라왔고, 우리는 담뱃불을 붙인 후 생각에 잠겼다. 사실 생각에 잠긴 사람은 스트릭랜드였다. 나는 겁에 질린 상태라 격렬하게 연기만 뿜어댔다.

"임레이가 돌아왔어." 스트릭랜드가 말했다. "문제는……누가 임레이를 살해했을까? 아무 말도 말게. 나에게 짚이는 것이 있어. 이 집을 샀을 때 나는 임레이가 부리던 하인을 대부분 넘겨받았지. 임레이는 정직하고 누구에게도 싫은 소리를 하지 못하는 사람이지 않았나?"

비록 식탁보 아래 싸인 천 뭉치는 전혀 그렇게 보이지 않았지만, 나는 스트릭랜드의 말에 동의했다.

"만일 내가 모든 하인을 전부 불러들이면, 다들 무리지어서서 아리아인(기원전 1500년경 인도의 서북부 지방에 정착한 민족)처럼 거짓말을 해대겠지. 자네 의견은 어떤가?"

"한 명씩 불러들이게." 내가 말했다.

"그러면 분명 도망쳐서 다른 동료들에게 소문을 퍼트릴 걸세." 스트릭랜드가 말했다. "우리는 하인들을 서로 분리해 놔야 해. 자네가 고용한 하인은 뭔가 아는 게 있을 것 같나?"

"내가 아는 한 그럴 수도 있겠지만, 아마 아닐 걸세. 여기 온 지 고작 이삼 일밖에 되지 않았는걸." 내가 대답했다. "자네 생각은 어떤가?"

"확신하기 어렵네. 대체 이자는 어쩌다가 천장 천 뒤에 누워 있게 되었을까?"

침실 문밖에서 묵직한 기침 소리가 들려왔다. 잠에서 깨어난 몸종 바하두르 칸이 스트릭랜드에게 뭐가 필요한 것이 있는지, 왜 침소에 들지 않는지 궁금히 여겨 찾아온 참이었다.

"들어오게," 스트릭랜드가 말했다. "참으로 무더운 밤이지. 그렇지 않나?"

커다란 녹색 터번을 두르고 6피트에 육박하는 거구의 회교도인 바하두르 칸은 아주 푹푹 찌는 밤이지만 곧 더 많은 비가 내릴 것이며, 이는 신의 가호로 이 나라에 안도를 가져다줄 것이라고 대답했다.

"신이 만족한다면 그렇게 되겠지." 스트릭랜드가 신발을 단단히 잡아당기며 말했다. "내 생각엔 말이지, 바하두르 칸, 내가 자네를 오랫동안 무자비하게 부린 것 같은데. 자네가 처음 내 하인이 되었을 때부터 말이야. 그게 언제였지?"

"신성한 나으리께서 잊으셨나 보군요? 임레이 나리가 아무 예고 없이 몰래 유럽으로 떠났을 때부터였습지요. 그러고 나서 가난한 이를 구원하는 분을 모시는 영광스러운 하인이 되었습니다."

"임레이 나리는 유럽으로 떠났다?"

"나리의 하인이었던 자들은 그렇게 말하고 있습니다."

"그가 돌아오면 자네는 다시 그를 모실 셈인가?"

"물론입죠, 나리. 그분은 좋은 주인이었고, 부양가족을 소중히 여겼습니다."

"그랬지. 나는 매우 피곤하지만 내일 사냥을 떠날 예정이네. 인도영양을 잡을 때 주로 사용하는 작고 날렵한 소총을 가져다주게. 저기 놓인 상자 안에 있네.”

바하두르 칸은 상자로 다가가 몸을 숙였다. 스트릭랜드는 개머리판과 총열, 전상을 건네받고 음울하게 하품을 하며 총을 조립했다. 그리고 엽총 주머니로 손을 뻗어 매끈한 탄약통을 꺼내 사냥용 고속총 약실에 밀어 넣었다.

“그리고 임레이 나리가 비밀리에 유럽으로 떠났다라! 정말 이상한 일이군, 바하두르 칸. 그렇지 않나?”

“백인 분의 생각을 제가 어떻게 알겠습니까, 신성한 나으리?”

“잘 모르겠지, 그렇고말고. 하지만 곧 조금 더 알게 될 걸세. 임레이 나리가 길었던 여행에서 돌아왔다는 소식이 귀에 들어왔거든. 사실 지금 옆방에 누워서 본인이 부리던 하인을 기다리고 있네.”

“나리!”

스트릭랜드는 소총을 들고 등불에서 흘러나온 빛이 미끄러져 내려가는 총신으로 바하두르 칸의 넓은 가슴팍을 정확히 가리켰다.

“가서 살펴보게!” 스트릭랜드가 말했다. “등불을 가져가게. 자네 주인은 피곤에 지쳐서 자네를 기다리고 있네. 가보라니까!”

바하두르 칸은 등불을 집어 들고 응접실로 향했고, 스트릭랜드는 소총 총구로 그를 거의 밀치듯이 하며 뒤를 따라갔다. 잠시 천장 천 너머의 짙은 어둠을 응시하던 바하두르 칸은 발치에서 버둥거리는 뱀을 흘끗 내려다보고 마지막으로 불분명한 시선으로 식탁보에 싸인 물체를 바라보았다.

"봤나?" 스트릭랜드가 말했다.

"봤습니다. 저는 이제 백인 손에 들어간 찰흙 반죽 신세군요. 찰흙 반죽은 앞으로 어떻게 됩니까?"

"한 달 안에 자네를 처형하게 되겠지. 그 밖에 무엇이 있겠나?"

"그를 죽였다는 이유로 말입니까? 아니 나으리, 생각해보십시오. 그는 우리 하인들 사이를 걸어 다니다 고작 네 살에 불과했던 제 아이와 눈을 똑바로 마주했습니다. 그가 마법을 건 탓에 열흘 후 제 아이는 열병에 시달리다 죽고 말았습니다. 제 아이가 말입니다!"

"임레이 나리가 뭐라고 하던가?"

"그는 제 아이가 잘생겼다며 머리를 쓰다듬었습니다. 그 때문에 제 아이가 죽었습니다. 그래서 저는 임레이 나리가 사무실에서 돌아와 잠이 든 황혼 무렵에 그를 죽였습니다. 그리고 지붕보로 끌고 올라가 둔 뒤 천장 천을 다시 단단히 맸습니다. 신성한 나으리는 뭐든지 알고 계시지요. 저는 신성한 나으리의 종입니다."

스트릭랜드는 소총 너머로 나를 쳐다보며 지역 방언을 섞어 말했다.

“자네도 증인으로서 들었지? 그가 죽였다네.”

바하두르 칸은 얼굴을 잿빛으로 물들인 채 등불 하나에서 흘러나오는 불빛 아래 서 있었다. 그는 매우 빠르게 자신을 정당화했다. “저는 함정에 빠졌군요. 하지만 범죄를 저지른 사람은 그입니다. 저는 그가 악마의 시선을 제 아이에게 던졌기 때문에 살해하고 은닉했습니다. 악마가 돕는 이만이,” 그는 눈앞에 무신경하게 앉아 있는 티전스를 노려봤다. “그런 이만이 제가 한 일을 알 수 있을 것입니다.”

“제법 머리는 썼다만, 자네는 밧줄로 그를 지붕까지 끌어올려야 했겠지. 이제 자네가 밧줄에 매달려 명을 달리하게 될 걸세. 경관!”

졸린 눈의 경찰관이 스트릭랜드의 부름에 따라 들어왔다. 곧이어 다른 경관 한 명이 그 뒤를 따랐고, 티전스는 놀라울 정도로 얌전히 앉아 있었다.

“그를 경찰서로 데려가게.” 스트릭랜드가 말했다.

“그럼 저는 교수형을 당하게 되는 겁니까?” 전혀 도망칠 생각이 없어 보이는 바하두르 칸이 바닥에 시선을 고정한 채 질문을 던졌다.

“내일도 해가 뜨고 물이 위에서 아래로 흐른다면 말이지. 그래!” 스트릭랜드가 대답했다.

바하두르 칸은 천천히 한 발짝 물러섰다가 가볍게 몸을 떤 다음 멍하니 멈춰 섰다. 경관 두 명은 스트릭랜드의 다음 명령을 기다렸다.

"어서 가게!" 스트릭랜드가 말했다.

"아니요, 하지만 저는 빠르게 이곳을 뜰 겁니다." 바하두르 칸이 말했다. "보세요! 저는 이미 죽은 사람입니다."

그는 발을 들어서 반쯤 명을 달리한 채로, 죽음의 고통 속에 눈앞의 물체를 단단히 물어 챈 뱀이 대롱대롱 매달린 발가락을 보여주었다.

"저는 집과 함께 딸려온 재산입니다." 바하두르 칸은 선 채로 몸을 흔들며 말했다. "공개 처형대에 서는 건 불명예입니다. 저는 이 방식을 택하겠습니다. 나으리의 셔츠는 제자리에 걸어두었고, 세면대에 여분의 비누가 있다는 걸 기억해두십시오. 제 아이는 저주에 걸렸고, 저는 그래서 마법사를 죽였습니다. 왜 제가 밧줄에 매달려 죽어야 하지요? 이제 제 명예는 지켜졌으니, 이렇게 죽겠습니다."

바하두르 칸은 작은 갈색 크레이트 뱀에게 물린 사람이 그러하듯 1시간여가 지난 후 사망했고, 경관은 그와 식탁보 아래의 시신을 수습해 옮겼다. 임레이 실종 사건의 진실을 밝히기 위해 필요한 모든 증거였다.

"이것이," 스트릭랜드는 침대에 들며 아주 차분하게 말을 꺼냈다. "바로 19세기란 말이지. 그가 내뱉는 말을 자네도 들었지?"

"들었네." 내가 대답했다. "실수를 했더군."

"그저 단순히 동양의 특성을 몰랐을 뿐인데, 거기다 우연히 계절성 발열이 겹친 거지. 바하두르 칸은 임레이를 4년이나 돌봤는데 말이야."

나는 두 어깨를 으쓱해 보였다. 내가 데리고 있는 하인도 정확히 그만큼의 시간을 함께 보낸 참이었다. 방으로 돌아가자 내 하인이 구리 동전에 새겨진 얼굴처럼 무표정하게 나를 기다리고 있었다.

"바하두르 칸에게 무슨 일이 생긴 거지?" 내가 말했다.

"그는 뱀에 물려서 죽었지요. 나머지는 나으리께서 모두 알고 계십니다."

"그리고 자네는 이 사건에 대해 얼마나 알고 있는가?"

"만족을 얻기 위해 황혼에 찾아오는 자에게서 얻을 수 있는 만큼이지요. 나으리, 신발을 조심스럽게 벗길 수 있도록 도와주십시오."

피로에 절어 잠이 들 때쯤 자기 방에서 스트릭랜드가 소리를 질렀다.

"티전스가 자기 자리로 돌아왔어!"

정말이었다. 커다란 사냥개가 전용 담요를 깐 자기 침대에 위엄 있는 태도로 앉아 있었고, 텅 빈 옆방에서는 식탁까지 축 처진 천장 천이 조용히 흔들렸다.

2

퓰리처상 2회 수상 작가
아서 밀러Arthur Miller

It Takes a Thief

아서 밀러

(1915-2005)

—

미국 뉴욕 출신의 극작가. 1949년 『세일즈맨의 죽음 Death of a Salesman』으로 퓰리처상과 뉴욕 극비평가상을 수상함으로써 미국 최고의 극작가로 자리매김하였다. 『세일즈맨의 죽음』은 '제2차 세계대전 이후 미국 연극계 최고의 걸작'이라는 호평을 받았다. 1955년 『다리 위에서의 조망 A View from the Bridge』으로 다시 한 번 퓰리처상을 수상한 밀러는 할리우드 최고 여배우였던 마릴린 먼로와 두 번째 결혼과 이혼을 하며 세간의 관심을 사기도 했다. 2005년 심장마비로 타계했다. 「도둑이 필요해 It Takes a Thief」는 1947년에 출간된 단편이다.

도둑이 필요해

어떤 사람들은 우리 주변에서 웃음을 터트리고 있겠지만, 우리 대부분은 셸턴네처럼 그저 기다리고 있다. 일이 그렇게 풀리다니, 실로 믿을 수 없는 사건이다.

여기에 중년의 한 남자, 화목한 가족에 아름다운 집을 갖추었다고 모두가 입을 모아 말하는 셸턴이 있다.

매일 밤 지쳐서 집에 돌아오는 평범한 사업가로, 일요일이면 온종일 집에 앉아 쉬거나 피너클(북미 지역에서 인기 있는 카드놀이. 두 명이 하는 카드놀이인 베지크에서 파생되었고 세 명 이상이 참여한다)을 하곤 한다. 중요한 점은 지난 몇 년간 그의 일이 잘 풀렸다는 것이다. 자동차. 그의 중고차는 캘리포니아, 플로리다 등 군수공장이 생겨나는 곳이라면 어디에서든 배송되어왔다. 모든 것이 순조로웠다. 그러다 전쟁이 막을 내렸다. 신차가 시장에 풀리더니 곧 파업의 영향으로 품귀 현상을 빚었다. 그럼에도 불구하고 사람들은 간절하게 차를 원했다. 아주, 아주 간절하게. 그의 일은 여전히 순조로웠다. 아주, 아주 순조로웠다.

비교적 최근의 일이다. 어느 날 밤 나이트클럽에 부부 동반으로 가기로 마음먹은 셸턴은 부인이 다이아몬드 반지를 두 개 끼고 팔찌를 찬 다음 현금을 조금 챙기기를 기다렸다가 문을 잠그고 집을 나섰다. 자식들은 모두 결혼해서 집을 떠난 후였다. 부부는 시내로 향했다.

그들이 도시에서 뭘 했는지는 구체적으로 알려져 있지 않으나 셸턴 부부는 그날 새벽 3시까지 밖에 머물렀다. 셸턴이 만취하기에 충분할 만큼 늦은 시간이었다. 새로 뽑은 자동차를 모는 중인 데다 취기가 남아 앞이 잘 보이지 않았기 때문에 집으로 돌아오는 길은 느리고 조심스러웠다.

그럼에도 셸턴은 현관문에 열쇠를 밀어 넣는 순간, 평소처럼 자물쇠와 몸싸움을 하지 않고 살짝 건드리기만 해도 문이 활짝 열릴 거라는 사실을 직감했다. 집 안으로 들어가 거실 불을 켠 부부를 맞이한 것은 참상이었다.

책상 서랍은 죄다 뽑혀서 바닥에 나뒹굴고, 양탄자 위에는 온통 수표 조각과 문구류로 어지럽혀 있었다. 셸턴 부부는 식당으로 돌진해서 커다란 식탁에 놓여 있던 순은 식기가 온데간데없이 사라진 것을 확인했다. 셸턴은 마치 질식사라도

할 것처럼 심장을 부여잡았고, 셸턴 부인은 머리카락 속에 손가락을 찔러 넣고 소리를 질렀다. 이 시점에서 상정 가능한 이론은 괴인이 침입해서 셸턴 가를 뒤집어놨다는 것뿐이었다. 어쩌면 도둑이 아직 집 안에 있을지도 모른다. 거친 공포 속에서 두 사람이 계단을 뛰어올라가 침실에 들어섰고, 거의 동시에 셸턴은 도둑이 문지방에 버려두고 간 옷장 서랍에 걸려 넘어졌다. 셸턴 부인은 남편을 일으켜 식민지 풍으로 기둥과 표면이 장식된 호사스러운 침대에 눕힌 다음 함께 걱정스러운 눈길로 활짝 열린 옷장 문을 바라보면서 그의 가슴을 마사지했다.

셸턴은 숨을 고르자마자 부인을 밀치고 옷장으로 들어가 불을 켰다. 부인은 남편의 얼굴에 떠오른 끔찍한 표정을 보자마자 그의 옆으로 비집고 들어왔다. 금고. 언제나 옷상자와 헌 옷으로 가려진 채 옷장 구석에 서 있던 작은 철제 금고가 입을 벌린 채 그들을 올려다보고 있었다. 셸턴은 멍하니 서서 숨을 헐떡거렸다. 무릎을 꿇고 금고 안을 더듬어본 쪽은 셸턴 부인이었다.

아무것도, 아무것도 없었다. 금고는 텅텅 비어 있었다. 옷장 속에 주저앉은 채로 셸턴 부인은 다시 소리를 질렀다. 다시금 섬뜩한 도둑의 존재를 느꼈는지 그들은 앞서거니 뒤서거니 하며 계단을 달려 내려왔고, 셸턴은 급히 전화기를 집어 들었다.

그가 상체를 숙이고 다이얼을 돌리는 동안 손에 들린 수화기가 덜덜 떨렸다. 셸턴 부인은 남편 옆에서 앉았다 섰다, 양손을 쥐었다 폈다를 반복하면서 흐느꼈다. "어떻게 이런 일이!"

"경찰을 불러주시오!" 셸턴은 전화교환원의 차분한 목소리가 들려오는 순간 수화기에 대고 소리를 질렀다. "집에 도둑이 들었소! 방금 집에 들어왔더니……."

남편의 목소리를 들은 셸턴 부인은 다시금 머리카락 속으로 손가락을 찔러 넣으려다 말고 멈췄다. 그녀는 잠시 가만히 서 있다가 갑자기 손을 뻗어 셸턴의 입을 막았다. 격노한 남편은 아내의 손을 떨쳐내려고 했으나 이내 두 사람의 눈빛이 교차했다. 그들은 잠시 그대로 멈춰 서로의 눈을 바라보았다. 이윽고 셸턴은 거칠게 손을 떨며 수화기를 대리석 탁자 위에 쾅 소리가 나도록 떨어뜨리고 등받이가 높은 이탈리아식 의자로 가서 쓰러지듯 앉았다. 셸턴 부인은 전화교환원의 걱정스러운 목소리가 흘러나오는 수화기를 제자리에 돌려놓았다.

그들은 한동안 너무 공포에 질려 아무 말도 못 했다. 어차피 두 사람의 머릿속에는 같은 생각이 떠돌고 있었으니 입밖으로 낼 필요도 없었다. 필요한 건 해결책뿐이었지만, 도무지 그게 무엇인지 알지 못했다. 마침내 입을 연 사람은 셸턴 부인이었다. "혹시 전화교환원한테 이름이나 주소를 알려준 건 아니죠?"

"한번 보자고." 그는 그렇게 대답한 채로 거실에 들어가 소파에 몸을 뻗고 누웠다.

셸턴 부인은 정면 유리로 다가가서 커튼을 쳐서 음영을 만들었다. 그리고 소파로 다가와서 주변을 이리저리 걸어 다녔고, 무거운 숨을 내쉴 때마다 그녀의 가슴이 위아래로 들썩였다.

1시간가량 흐르도록 아무 일도 벌어지지 않았다. 그들은 심지어 집에 도둑이 들었다며 전화기에 대고 미친 듯이 소리 지른 적이 없었다는 듯 외출복을 벗기 시작했다. 그러나 막 탈의를 끝내자마자 초인종이 울렸다. 가운과 슬리퍼를 걸친 셸턴이 계단을 따라 내려갔고, 부인이 그 뒤를 따랐다. 그는 낯선 사람 앞에서 어떻게 해야 차분해 보이는지 잘 알고 있었고, 너무 잘 실천한 나머지 문을 열고 경찰관 두 사람을 집 안으로 들일 때는 거의 졸린 사람처럼 보였다.

경찰이 처음 던진 질문은 왜 이름도 말하지 않고 전화를 끊었는가였다. 그는 전화교환원에게 자세한 내용을 설명하기에는 너무 흥분한 상태였다고 대답했다. 경찰은 집 안을 수색하기 시작했다. 수색이 끝난 후 셸턴 부부는 그들과 함께 거실에 앉아서 금고에서 사라진 보석 일곱 개의 자세한 외양을 설명하고 은식기, 오래된 페르시아 양가죽 코트 외에 사라진 물건 목록을 늘어놓았고, 경찰 한 명이 모든 내용을 검은 수첩에 받아 적었다. 셸턴은 경찰관이 돌아간 후 문단

속을 하고 한동안 생각에 빠진 채 서 있었고, 부인은 그가 입을 열기를 기다렸다. 마침내 그가 말을 꺼냈다. "내일 보험 회사에 연락해서 보석 도난 신고를 해야겠어요."

"돈은 어떡하죠?"

"돈 얘기를 어떻게 꺼낼 수 있겠어요?" 부인도 딱히 대답할 말이 없었지만, 그럼에도 9만 1000달러를 이대로 포기하기란 힘들었다.

부부는 침대에 누워 꼼짝도 하지 않고 생각에 빠졌다. "만약에," 부인이 질문했다. "경찰이 도둑을 잡았는데 아직 현금을 가지고 있으면 어떡하죠?"

긴 시간 동안 침묵을 지키던 셸턴이 대답했다. "그들은 도둑을 절대 못 잡아."

그러나 셸턴의 생각은 8일 후 오산으로 밝혀졌다. 저녁 식사 시간에 전화벨이 울렸다. 그는 손바닥으로 송화구를 막고 아내에게로 돌아섰다. "나더러 찾아와서 도난품을 확인하라는데." 셸턴의 목소리는 떨리고 있었다.

"돈은 어떻게 됐대요?" 그녀가 속삭였다.

"그 얘기는 안 했어요." 그는 그녀에게 미심쩍은 눈빛으로 대답했다.

"몸이 좋지 않아서 지금 가기는 힘들다고 말하는 게 낫지 않을까요?"

"언젠가는 가야 하잖아요."

"돈도 같이 찾았는지 한번 알아봐요."

"내가 먼저 대놓고 그걸 물어볼 수는 없잖아요. 생각이 있는 거예요?" 그는 성질을 내고는 다시 전화기를 들고 곧장 가겠다고 말했다.

셸턴은 매우 천천히 차를 몰았다. 그라면 손쉽게 현금으로 4000달러는 받아낼 수 있을 1900달러짜리 차는 가르랑거리는 새 엔진 소리를 내며 경찰서로 향했다. 마치 예행연습이라도 하듯이 그는 머릿속으로 같은 말을 반복했다. 나는 평범한 자동차 딜러다, 나는 평범한 자동차 딜러다. 차를 사려고 그만큼의 현금을 보관한다. 별 문제 없는 사무적인 발언으로 들렸다. 하지만 그들이 그 정도로 멍청할까? 아마도. 그저 평범한 경찰관들일 뿐이다. 평범한 경찰관은 그런 목적으로 금고에 보관하기에 9만 1000달러는 너무 고액이라는 점을 눈치채지 못할 수도 있다. 그리고 진상을 간파하지 못하고, 집 안 금고에 숨긴 현금은 어떤 원장이나 소득세 양식에도 기록되지 않는다는 점도 미처 깨닫지 못할 가능성이 있었다. 그는 경찰관은 큰돈에 대해서 잘 모른다고 생각했다. 하지만 9만 1000달러였다. 오! 9만 1000달러! 셸턴의 배 속은 그 돈을 생각하는 것만으로도 차갑게 식었다. 2만 달러도, 4만 달러도, 7만 5000달러도 아닌 9만 1000달러였다. 그의 은퇴 연금이자 미래의 희망, 안정적인 삶이 온전히 그 돈에 달려 있었다. 집 안 금고에 넣어둔 현금 9만 1000달러의 냄새, 느낌, 맛까지 그의 손발을 저릿저릿하게 만들곤 했었다. 심지어 지난해에는 신문을 읽을 생각도 하지 않았다. 옷장 안에 9만 1000달러를 간직하는 동안에는 세상에 어떤 일이 발생하더라도 그를 동요하게 만들 수 없었다.

그는 경찰관 세 명이 앉아 있는 방에 들어섰다. 셸턴이 신원을 밝히자 그들은 앉기를 권했다. 한 명이 방을 나섰다. 셔츠만 걸친 남은 두 명은 그저 기다리는 것처럼 보였다. 잠시 뒤 회색 머리 남자가 방으로 들어왔고, 그 뒤로 값싼 캔버스 천으로 만든 지퍼 달린 가방을 든 형사가 따라 들어와 문 근처의 책상에 짐을 내려놓았다. 형사는 셸턴에게 본인을 소개한 후 도난당한 보석이 어떻게 생겼는지 다시 설명해달라고 요청했다. 셸턴은 상세한 설명을 늘어놓으면서 형사가 떠오르는 대로 던지는 질문에 대답했다.

회색 머리를 한 남자가 의자에 털썩 주저앉더니 마룻바닥을 멍하니 응시했다. 셸턴은 보석 생김새를 설명하면서 서서히 이 남자가 도둑이라는 것을 깨달았다. 매우 피곤하고 체념한 듯한 남자는 마치 집으로 돌아온 것처럼 자연스러워 보였다.

형사는 마침내 책상으로 다가가 가방의 지퍼를 열고 셸턴이 확인할 수 있도록 보석을 꺼냈다. 셸턴은 보석을 살펴본 다음 자기 것이 맞다고 하며 그와 부인의 이름이 안쪽에 새겨진 결혼반지를 집어 들었다.

"양가죽 코트는 내일 보내드릴 수 있고, 아마 은식기도 드릴 수 있을 겁니다." 형사가 보석을 책상 위에 느긋하게 늘어놓으면서 말했다. 셸턴은 형사가 보석을 정돈하는 손놀림에서 슬슬 본주제로 들어가려 한다는 느낌을 받았다. 책상 위에서 손을 뗀 형사는 넓고 시커먼 얼굴로 셸턴을 바라보며 질문했다. "도둑맞은 물건은 더 없으십니까?"

셸턴이 입을 여는 순간 자연스레 그의 손이 심장을 향해 움직였다. "제가 기억하는 한은 이게 답니다."

형사는 셸턴을 향해 완전히 몸을 틀고서 책상 모퉁이에 편하게 앉았다. "현금은 도둑맞지 않으셨습니까?"

회색 머리 도둑이 얼떨떨한 표정으로 고개를 번쩍 들었다.

"현금요?" 셸턴이 물었다. 그러나 차마 거기서 말을 멈출 수 없었다. "무슨 돈 말씀이십니까?" 단지 궁금하다는 듯이 물었다.

"저자의 수중에서 이걸 찾아냈습니다." 형사는 가방 속에 손을 넣어 돌돌 말아서 붉은 고무줄로 고정한 돈뭉치 다섯 다발을 꺼냈다. 다른 건 몰라도 특히 붉은 고무줄은 보기만 해도 셸턴의 가슴을 아프게 했다. 그가 사무실에서 항상 사용하는 고무줄이었다.

"총 9만 1000달러입니다." 형사가 말했다.

상처받은 그리고 의아한 표정으로 눈썹을 잔뜩 찌푸린 도둑이 의자에 앉은 채 셸턴을 올려다보았다. 형사는 방관하듯이 책상에 걸터앉아 있었다. 방 안에서 뭐라도 움직임을 보이는 사람은 셸턴과 도둑뿐이었다.

셸턴은 아무런 표정도 짓지 않은 채로 돈을 바라보았다. 머리를 굴리기에는 너무 늦은 상태였다. 그는 저 무신경한 형사가 무슨 생각을 하고 있는지 도무지 짐작할 수 없었고, 속내를 떠볼 만큼 대답을 망설일 자신도 없었다. 셸턴이 아는 한 형사는 순경보다 높은 직급이었다. 훨씬 사업가에 가깝고, 아는 것도 더 많을 터였다. 이 사람은 보기에도 현명한 인상이고, 하지만 그래도 혹시 모르니……

셸턴은 슬쩍 미소를 지으며 책상 위에 굴러다니는 지폐 뭉치 하나를 가볍게 만졌다. '오, 9만 1000달러. 오, 이 감촉하고는!' 등줄기를 따라 식은땀이 흘러내렸다. 심장은 상처가 난 것처럼 아팠다. 그는 웃으며 시간을 벌었다. "엄청난 금액이네요." 그는 상황을 파악하기 위해 형사의 눈을 뚫어져라 응시하며 차분하게 말했다.

하지만 형사는 무표정하게 다시 질문을 던졌다. "본인 물건이십니까?"

"제 거요?" 셸턴은 힘없이 웃었다. 단단한 돈뭉치를 애타게 바라보았다. "그랬으면 좋겠지만, 아닙니다. 9만 1000달러를 집에 보관하지는……"

멀대같이 큰 도둑이 별안간 벌떡 일어났다. "대체 무슨 수

작이오?" 그는 기함할 듯이 돈뭉치들을 가리키며 소리를 질렀다.

형사는 순간 움찔하며 도둑 쪽으로 다가가려 하다가 다시 책상에 걸터앉았다. "저건 저 사람 물건이에요. 다른 보석이랑 같이 금고에서 꺼냈다고요."

"진정하고." 형사가 말했다.

"그럼 내가 대체 그걸 어디서 챙겼단 말입니까?" 도둑은 더욱 겁에 질린 목소리로 주장했다. "무슨 짓을 꾸미는 거죠? 다른 사건을 뒤집어씌우려는 거요? 나는 한 집만 털었소, 딱 한 집! 물어본 것에 있는 그대로 대답했단 말입니다." 그는 셸턴의 얼굴을 똑바로 가리키며 말했다. "저자가 뭔가를 숨기고 있습니다!"

셸턴을 향해 돌아서는 형사의 얼굴은 여전히 고통스러울 정도로 무표정해서, 마치 심장도 견해도 없는 사람 같았다. 그는 그저 작고 까만 눈으로 셸턴을 바라보며 버티고 선 법 그 자체였다. "이 돈이," 그가 천천히 말했다. "본인 것이 아닌 게 확실합니까?"

"그랬다면 보자마자 알았겠지요." 셸턴은 차분하게 웃으면서 말했다.

형사는 셸턴의 대답 속의 모순을 눈치챈 듯 아주 미미하게 웃었다. 그리고 도둑 쪽으로 돌아서서 밖으로 내보내라는 뜻으로 고갯짓을 했다. 경찰관 두 명이 도둑을 데리고 걸어 나졌다.

이제 방에 남은 건 그들 둘뿐이었다. 형사는 말 한마디 없이 책상으로 돌아서 지퍼 달린 가방에 보석을 다시 챙겨 넣었다. 셸턴을 쳐다보지도 않은 채로 형사는 아침에 물건을 되돌려주겠다고 말했다. 그리고 묵직한 돈뭉치를 하나 집어 들더니 가방에 집어넣는 대신 손바닥 위에 조심스럽게 올려놓고 셸턴을 바라보았다. "엄청난 돈이네요." 그가 말했다.

"그러게 말입니다." 셸턴이 동의했다.

형사는 계속해서 돈뭉치를 가방에 담았다. 셸턴은 형사의 등 뒤에서 약간 비켜서서 조금이라도 표정에 변화가 생기는지 파악하려고 애썼다. 하지만 아무런 성과도 없었다. 형사는 거의 눈 뜬 채로 자는 것처럼 보였다. 셸턴은 당장 이 방을 뜨고 싶었다. 저 형사의 머릿속이 어떻게 생겨먹었는지 알아내기란 불가능했다.

그렇지만 셸턴은 자신의 절박함을 드러내지 않았다. 그는 다시 미소 띤 얼굴로 무게중심을 다른 쪽 발로 옮기고 코트 단추를 채우며 지극히 이론적인 궁금증을 풀려는 듯이 질문했다. "저런 돈은 어떻게 처리하십니까?"

형사는 가방을 밀봉했다. "어떤 돈 말씀이십니까?" 그가 침착하게 되물었다.

흐릿한 의심이 남은 형사의 질문에 셸턴의 심장이 지끈거리며 아파왔다. "그러니까, 주인 없는 돈 말입니다." 그가 말을 바꿨다.

형사는 그를 스쳐 지나서 문으로 향했다. "저희는 기다립니다." 그가 문을 열며 말했다.

"만약에 주인이 절대 나타나지 않으면요?" 셸턴은 그를 따라 나가면서 여전히 단순한 호기심에 묻는 것처럼 미소 지었다.

"장물의 주인은 절대 나타나지 않지요." 형사가 말했다. "그럼 그냥 기다립니다. 그리고 조사를 시작하지요."

"그렇군요."

셸턴은 형사와 함께 파출소 입구까지 걸어 나와 심지어 다정하게 대화를 나누고, 기분 좋게 인사를 나누고 헤어졌다.

자동차 바퀴 아래로 지나가는 포장도로를 바라보는 그에게는 아무런 생각도 기분도 들지 않았다. 한때는 삶의 행운을 가득 안고 있던 집의 문을 열고서야 저린 마음이 풀리며 지치고 고통스러워지기 시작했다.

"분명히 다시 찾아올 방법이 있을 거예요." 부인이 말을 꺼냈다.

"어떻게?"

"지금 나한테 물어보는 거예요?"

"당연히 물어보는 거지!" 그가 소리치며 벌떡 일어났다. "어쩌라는 거예요, 경찰서를 털러 쳐들어갈까요?"

"하지만 강도를 처벌하는 법이라는 게 있을 거잖아요!"

셸턴은 대답 없이 옷깃을 풀며 계단을 올라가 그대로 침대에 들었다.

요즘 셸턴은 출퇴근을 할 때 더없이 천천히 차를 몬다. 같은 거리에 사는 몇 안 되는 친구들은 셸턴이 수심에 찬 눈으로 유령처럼 바라보는 데 익숙해지기 시작했다. 길거리에서 뛰어놀던 아이들도 셸턴이 차를 몰고 지나가면 목소리를 줄이는 듯했다.

때때로 그는 경찰서 근처를 지나치며 속도를 줄이고 차창 너머로 건물을 바라보고는 하지만, 멈춰 서는 일은 없었다.

그리고 이웃들은 거리를 따라 정기 순찰을 도는 경찰차가 잠시 멈춰서 그의 집을 관찰하는 모습도 볼 수 있었다. 물론 아무도 입 밖에 내어 말을 하지는 않았지만, 우리는 하얀 쿠페 자동차가 그의 문 앞에 멈춰서는 끔찍한 순간을 셸턴과 함께 기다린다. 그리고 분명, 그럴 것이다.

한 달, 어쩌면 지금부터 두 달 후, 그것은 모퉁이를 돌아서 속도를 천천히 줄인 다음 서서히, 불길하게, 멈출 것이다.

요즘 밤이면 그의 집이 매우 조용하다. 거의 침묵을 형상화한 것만 같다. 언제나 커튼이 쳐져 있고, 누군가가 드나드는 모습은 거의 볼 수 없다. 셸턴 부부는 기다리고 있다.

3

노벨문학상, 퓰리처상 2회 수상 작가
윌리엄 포크너 William Faulkner

An Error in Chemistry

월리엄 포크너

(1897-1962)

—

어니스트 헤밍웨이, 존 스타인벡과 함께 미국의 '잃어버린 세대'를 대표하는 거장. 1949년에 노벨문학상을 수상했다. 실험적이고 난해하다는 평이 있었던 그의 문체는 그 자체로 고유한 매력이 되어, 전 세계 독자들로 하여금 도전하고 싶게 만드는 문학 작품으로 남았다. 이후 1954년과 1963년에 2회에 걸쳐 퓰리처상을 수상함으로써 작가로서의 입지를 확실히 굳힌 그는 그 밖에도 『음향과 분노The Sound and the Fury』 등 여러 대표작을 남겼다. 「설탕 한 스푼An Error in Chemistry」은 1940년 출간된 단편소설이다.

설탕 한 스푼

보안관에게 전화를 걸어서 아내를 죽였다고 자수한 것은 조엘 플린트 본인이었다. 그리고 보안관과 부보안관이 웨슬리 프리첼 영감이 사는 외딴 시골 지역까지 차를 몰고 20여 마일을 운전해서 도착했을 때, 문간에서 직접 그들을 맞이해 집 안으로 데리고 들어온 것 또한 조엘 플린트였다. 그는 2년 전에 이 고장으로 찾아들어온 외국인이자 이방인으로, 이동식 길거리 카니발에서 니켈 도금 권총, 면도기, 시계, 하모니카를 경품으로 내건 룰렛 원반이 돌아가는 임시 점포를 운영하던 북부인이었다. 카니발이 해산한 후에도 마을을 떠나지 않고 계속 남아 있다가, 두 달 뒤 프리첼 영감의 유일하게 살아 있는 딸자식과 결혼식을 올렸다. 그전까지 관리는 잘 되었지만 규모는 자그마한 농장에서 툭하면 화내고 폭력을 휘두르는 농장 소유주인 아버지와 함께 거의 은둔하다시피 생활하던 마흔에 가까운 아둔한 노처녀였다.

하지만 결혼식을 올린 후에도 프리첼 영감은 여전히 사위에게 선을 긋는 듯했다. 최근 들어 딸은 프리첼 영감이 자기 집에서 2마일 떨어진 곳에 지어준 조그만 신혼집에서 장에 내다 팔기 위한 닭을 키웠다. 소문에 따르면 거의 아무 데도 외출하지 않는 프리첼 영감은 한 번도 그 집에 찾아간 적이 없고, 유일하게 생존해 있는 딸자식도 일주일에 한 번 만난다고 한다. 아마 딸네 부부가 일요일마다 닭을 팔 때 쓰는 중고 트럭을 몰고 찾아와, 이제 프리첼 영감이 직접 요리를 하고 집안일을 돌보는 오래된 집에서 저녁 식사를 할 때일 것이다. 사실 이웃 사람들은 일요일마다 영감이 사위를 집 안에 들이는 유일한 이유는 일주일에 한 번이라도 딸이 차린 제대로 된 따뜻한 식사를 하기 위해서라며 수군거렸다.

그래서 조엘 플린트는 이후 2년 동안 자치구 청사 소재지인 제퍼슨에 가끔, 하지만 그보다 집에 가까운 작은 마을의 교차로에 더 자주 모습을 드러냈다. 사십 대 중반의 남자인 그는 크지도 작지도 마르지도 풍채가 당당하지도 않으며 (사실 그와 장인은 후에 잠시나마 실제로 그랬듯이, 그림자마저 비슷해 보일 정도로 서로의 체격이 같았다) 차갑고 경멸에 능한 지적인 얼굴과 비록 확인해본 사람은 아무도 없지만 풍요로운 지역 출신 특유의 게으른 목소리를 가졌고, 여러 도시를 떠돌았지만 어디서도 정착하여 오래 머무른 적은 없으며, 자신의 확고한 버릇 한 가지 때문에 이곳에 온 지 불과 석 달 만에 한 번도 만난 적 없는 사람까지 포함해 동일한 습관을 지닌 이 지역 주민들 전부에게 깊은 인상을 심어준 사람이었다. 그 버릇이란 바로 위스키를 마실 때 설탕과 물을 섞는 이곳 남부 지역의 관습에 아무런 이유 없이, 반박의 기회도 주지 않고, 가혹하고 경멸 섞인 비난을 시시때때로 퍼붓는 것이었다. 플린트는 우리의 관습을 나약한 음주 습관이자 어린애 장난 같은 짓이라고 폄훼하곤, 거칠고 도수 높고 숙성시키지도 않은 불법 수제 옥수수 위스키를 보란 듯이 꿀꺽 들이켜고 물 한 모금도 마시지 않았다.

그리고 지난 일요일 아침, 그는 보안관에게 전화를 걸어서 자신이 아내를 죽였다고 자백한 이후 장인의 집 현관문에서 그들과 만나 다시 한 번 같은 주장을 반복했다. "저는 이미 아내의 시신을 집 안으로 옮겼습니다. 그러니 당신들이 도착하기 전까지는 아무도 그녀를 건드려서는 안 된다는 둥 그런 말을 하는 건 헛수고입니다."

"흙바닥으로부터 부인을 옮기신 건데, 괜찮을 겁니다." 보안관이 말했다. "이건 그냥 사고지요. 저는 플린트 씨가 한 말을 믿습니다."

"그렇다면 잘못 믿고 계신 겁니다." 플린트가 대답했다. "나는 내 아내를 죽였습니다."

그것으로 상황은 종료되었다.

보안관은 플린트를 제퍼슨까지 데려와서 구치소에 가두었다. 그리고 그날 밤 개빈 삼촌이 사무실에서 나에게 사건 개요를 간략하게 설명하는 동안, 저녁 식사를 마친 보안관이 옆문을 통해 들어왔다. 개빈 삼촌은 지역구보다 조금 작은 자치구에서만 활동하는 변호사이다. 보안관은 그런 개빈 삼촌이 변호사로 일한 기간보다 더 오랫동안, 때려치웠다가 다시 하기를 반복하면서 보안관으로 근무했다. 개빈 삼촌과 보안관은 막역한 친구 사이였다. 여기서 친구란, 가끔 목적에 따라 서로 완전히 대치하기도 하지만 그럼에도 함께 체스를 두는 사이라는 뜻이다. 나는 두 사람의 대화 내용을 들었다.

"진실이 뭔지 궁금합니다." 보안관이 말했다.

"나도 그래요." 개빈 삼촌이 말했다. "진실은 아주 드물지요. 하지만 내 경우에는 정의와 인간 쪽이 더 흥미롭습니다."

"진실과 정의는 같은 것 아닌가?" 보안관이 말했다.

"대체 언제부터요?" 개빈 삼촌이 말했다. "태양 아래 놓인 것은 뭐든 죄다 진실이 된다지만, 나라면 3미터짜리 나무 장대로도 건드리고 싶지 않은 흉악한 도구와 수단을 정의라는 이름으로 사용하는 경우를 물리도록 봐왔습니다."

보안관은 탁자 등불 너머로 우리에게 살인과 정황, 분위기를 설명했다. 작고 단호한 눈에 덩치가 커다란 남자가 자초지종을 알리는 동안, 나이보다 빠르게 세어버린 흐트러진 백발에 갸름하고 날카로운 얼굴을 지닌 개빈 삼촌은 그의 이야기를 잠자코 들으면서 목을 거의 뒤로 기댄 채 책상 위에 다리를 꼬고 옥수숫대 파이프를 씹으며 하버드 대학 시절 받은 파이 베타 카파회(Phi Beta Kappa Society, 미국에서 가장 오래된 엘리트 대학생들의 친목 단체)의 열쇠가 달린 묵직한 시곗줄을 꼬았다가 풀었다가를 반복했다.

"왜 그랬답니까?" 개빈 삼촌이 물었다.

"나도 플린트에게 그렇게 물어봤습니다." 보안관이 말했다. "그가 말하길 '남편이 아내를 죽이는 이유가 뭐겠습니까? 보험 때문이라고 해두지요'라더군요."

"그 말은 틀렸어요." 개빈 삼촌이 말했다. "배우자를 즉각적이고 개인적인 이익 때문에 살해하는 건 여성이 택하는 행동이지요. 보험 증서를 원하거나, 다른 남자가 부추기고 약속한 내용을 믿는 식이랄까요. 남자는 증오나 분노, 절망, 아니면 뇌물을 주거나 어디 보내버리는 걸로도 여성의 혀에 재갈을 물릴 수 없을 때 입을 막기 위해 죽이지요."

"적절한 설명이네요." 보안관이 말했다. 그는 작은 눈을 깜박이며 개빈 삼촌을 바라봤다. "플린트는 마치 감옥에 들어가기를 원하는 것 같았습니다. 아내를 죽였으니까 순순히 체포에 응한다기보다는, 감옥에 갇혀 감시받기 위해 아내를 죽였다는 느낌이었지."

"왜죠?" 개빈 삼촌이 말했다.

"그 질문도 적절하군요." 보안관이 말했다. "남자가 일부러 등 뒤의 문을 잠근다면 그것은 뭔가가 두렵기 때문이지요. 그리고 남자가 스스로 살인 혐의를 씌우며 자신을 가둔다면……." 그는 개빈 삼촌이 10초가 넘게 자신을 미동도 없이 뚫어져라 응시하는 동안 작고 단호한 눈을 끔벅거렸다. "아무것도 두렵지 않기 때문이지요. 지금은 물론이고 언제나. 가끔 살면서 뭔가를 한 번도 두려워한 적이 없는, 심지어 자기 자신마저 두려워한 적 없는 사람을 만날 때가 있지 않습니까? 그는 그런 유형입니다."

"만약에 감방에 갇히는 것이 그가 원하는 바라면," 개빈 삼촌이 말했다. "왜 그걸 들어준 건가요?"

"내가 한참 뜸을 들여서 기다렸다가 체포했어야 옳았다는 뜻이오?"

두 사람은 서로를 가만히 쳐다보았다. 개빈 삼촌은 이제 시곗줄을 만지작거리고 있지 않았다. "좋습니다." 삼촌이 말했다. "그렇다면 프리첼 영감은—,"

"나도 그 생각을 했소." 보안관이 삼촌의 말을 잘랐다. "하지만 아무것도 얻지 못했소."

"아무것도?" 개빈 삼촌이 말했다. "보지도 못하고 나온 겁니까?" 그러자 보안관이 설명을 시작했다. 자신과 부보안관, 플린트가 함께 회랑에 서 있을 때 문득 창문을 통해 이쪽을 쳐다보는 영감을 발견했지만, 노기등등한 융통성 없는 얼굴은 잠시 유리창을 통해 그들을 바라보다 멀어지더니 사라졌다. 의기양양한 분노와 커져만 가는 흥분, 그리고 어떤 인상만 남긴 채.

"두려움이었을까요?" 보안관이 대답했다. "아니, 아까 말했다시피 그는 전혀 두려워하지 않았…… 아하." 그가 문득 질문의 뜻을 알아차렸다. "프리첼 영감을 말한 거였군." 보안관은 이번에는 개빈 삼촌이 참지 못하고 입을 열어 재촉할 때까지 삼촌을 빤히 쳐다봤다.

"알겠습니다. 계속하십시오." 보안관은 설명을 이어갔다. 집 안에 들어가서 복도를 걸어갔고, 멈춰서 아까 얼굴이 보였던 방의 잠긴 문을 두드리고 프리첼 영감의 이름을 불렀지만 아무 대답도 들리지 않았다. 안쪽 방에 들어가자 목에 산탄총을 맞은 흔적이 뚜렷한 플린트 부인의 시체가 침대에 누워 있었고, 플린트의 너덜너덜한 트럭은 마치 방금 사람이 내린 것처럼 뒷문 계단 옆에 세워져 있었다.

"트럭에는 죽은 다람쥐 세 마리가 들어 있었소." 보안관이 말했다. "낮에 총으로 사냥한 것 같더군." 그리고 마치 그녀가 트럭 안에서 총에 맞은 것처럼 계단은 물론 계단과 트럭 사이의 땅바닥에 핏자국이 흘렀고, 아직 탄피가 들어 있는 총은 마치 플린트가 집에 들어서자마자 내려놓은 것처럼 복도 문 바로 옆에 놓여 있었다. 그리고 보안관이 복도 뒤로 돌아가서 잠긴 문을 다시 두드렸고……

"어느 쪽에서 잠겨 있었습니까?" 개빈 삼촌이 질문했다.

"안쪽에서 잠겼소." 보안관이 말했다. 그는 아무것도 없는 문짝에 대고 프리첼 영감에게 대답하고 문을 열지 않으면 부숴버리겠다고 소리를 질렀고, 그러자 이번에는 안쪽에서 거칠고 분노에 찬 늙은 목소리가 고함을 질렀다.

"내 집에서 꺼져! 그 살인마를 데리고 내 집에서 당장 나가."

"어르신도 진술을 하셔야 합니다." 보안관이 대답했다.

"때가 되면 할 걸세!" 노인이 소리쳤다. "내 집에서 당장 나가, 자네들 모두!" 그 이후 보안관은 부보안관을 차로 보내서 가장 가까운 이웃 사람을 불러오라고 지시했고, 그와 플린트는 부보안관이 근처의 어느 부부를 데려올 때까지 기다렸다. 그런 다음 그들이 플린트를 마을로 데려와서 구치소에 집어넣고 프리첼 영감의 집에 전화를 걸자 이웃이 받아서 영감은 아직 방 안에 콕 박혀 있으며 모든 대답을 거부하고 죄다 꺼지라고 일갈한다는 말을 전했다(비극적인 소식을 들은 다른 여러 이웃이 찾아온 참이었다). 하지만 몇몇 사람들은 미친 늙은이가 뭐라고 말을 하건 말건 상관없이 그 집에 머무르기로 했고, 장례식은 내일이었다.

"그게 답니까?" 개빈 삼촌이 말했다.

"답니다." 보안관이 말했다. "이제 와서는 너무 늦었지."

"예를 들자면?" 개빈 삼촌이 말했다.

"잘못된 사람이 죽었다던가."

"그런 일도 가끔 일어나지요." 개빈 삼촌이 말했다. "이번 경우에 예를 들자면?"

"점토 채취장 사업이라거나."

"무슨 점토 채취장 사업요?" 이 지역 주민이라면 모두 프리첼 영감의 점토 채취장에 대해 알고 있다. 그가 운영하는 농장 한가운데 있는 말랑말랑한 진흙 지역으로, 인접한 시골에 사는 사람들은 수제 도자기를 빚을 때 쓰기 좋다는 것을 알고서 프리첼 영감한테 들켜서 쫓겨나기 전까지 잔뜩 퍼 가곤 했다. 몇 대에 걸쳐서 아메리카 원주민과 심지어 오스트레일리아 원주민 유물, 즉 화살촉이나 도끼, 접시, 두개골과 허벅지 뼈, 파이프 등이 무작위로 찾아온 소년들 손으로 발굴되었고, 몇 년 전에는 주립 대학의 고고학자 한 무리가 프리첼 영감이 산탄총을 들고 찾아올 때까지 진흙층을 파내기도 했다. 이 점을 모르는 사람은 없었다. 보안관이 그럼에도 말을 꺼낸 이유는 다른 데 있다는 것을 알아차린, 개빈 삼촌은 이제 의자에 똑바로 앉아서 두 발을 바닥에 딱 붙였다.

"처음 듣는 이야기인데요." 개빈 삼촌이 말했다.

"이 동네에서는 잘 알려진 내용이오." 보안관이 말했다.

"사실 무단 점토 채취야 사람들이 즐겨 말하는 현지 야외 스포츠라고 불러도 될 겁니다. 약 6주 전에 시작된 일인데, 세 명의 북부인이 마을에 찾아왔소. 내가 이해한 바에 따르면, 그들은 프리첼 영감에게서 농장을 통째로 사들여서 점토를 손에 넣은 다음 그걸로 무슨 도로용 재료를 만들려고 한답니다. 주변 사람들은 아직도 그들이 농장을 사려고 괴팍한 노인네를 구슬리는 시도를 목격하고 있소. 분명 그 북부인들은 지금 이 부근에서 프리첼 영감이 농장은 물론이고 점토를 판다는 개념 자체를 가지고 있지 않다는 걸 모르는 유일한 사람들일 거요."

"그들이 그에게 금전적인 제안을 했겠지요, 당연히."

"아마 좋은 제안일 거요. 말하는 사람에 따라 250달러에서 25만 달러 사이를 왔다 갔다 하고 있지. 그 북부인들은 그저 프리첼 영감을 다루는 법을 모를 뿐입니다. 만약에 자리에 앉아서 모든 동네 사람들이 그가 농장을 팔지 않기를 바라더라 말하기만 하면 아마 오늘 저녁 식사 시간 전에 그 농장을 손에 넣을 수 있을 텐데." 보안관은 개빈 삼촌을 응시하며 다시 눈을 끔벅거렸다. "그러니 엉뚱한 사람이 죽었다는 거요, 아시겠지요. 만약에 장인의 점토 채취장을 노리는 거라면 플린트는 어제보다 더 유리한 위치가 아니며 어제보다 더 가난한 상태지. 그리고 그 아둔한 딸이 갖고 있었을지도 모르는 개인적인 바람과 희망, 감정 없이는 플린트가 프리첼 영감의 돈에 다가갈 수 있는 방법도 없을뿐더러, 지금은 교도소 담장, 밧줄도 방해물에 추가되기까지 했고. 전혀 말이 되지 않는 상황이지. 만약에 목격자가 생기는 것이 두려웠다면, 아마 목격당할 만한 사건을 저지르기 전에 증인을 없앴거나 주변에 없애야 할 목격자가 생기기 전에 사건을 처리했겠지요. 플린트는 '나를 조심하시오, 나를 피하시오'라는 간판을 온 마을과 우리 주뿐만 아니라 '살인하지 말라'고 적힌 성서를 믿는 사람들을 향해 번쩍 들어보인 셈인데, 그다음에는 살인을 저지르고 나서 범죄로 인한 처벌을 내리기 위해서 만들어진 정확한 그 장소에 본인을 스스로 가두어서, 다음 범죄를 저지를 위험이 없도록 자신을 저지했다는 결말은, 아무래도 뭔가가 이상하오."

"그런 거였으면 좋겠군요." 개빈 삼촌이 말했다.

"그랬으면 좋겠다고?"

"그렇습니다. 이미 일어난 일이 뭔가 잘못되어 있다는 쪽이, 이미 일어난 일이 아직 끝나지 않은 상태라는 것보다 낫지 않을까요."

"어떻게 아직 끝나지 않은 상태일 수 있죠?" 보안관이 말했다. "그가 마음먹었던 일을 어떻게 끝낼 수 있겠습니까? 이미 감옥에 갇혀 있는 데다, 그를 자유로이 풀어줄 수 있는 유일한 주민은 본인이 죽였다고 자백한 아내의 아버지인데?"

"겉으로는 그렇게 보이는군요." 개빈 삼촌이 말했다. "혹시 보험증권은 있습니까?"

"모르겠습니다." 보안관이 말했다. "내일 알아보지요. 하지만 내가 궁금한 건 그게 아닙니다. 그가 왜 감옥에 갇히기를 원했는지 알고 싶어. 왜냐하면 아까 말했듯이, 그는 한 번도 두려워해본 적이 없는 사람이니까. 당신은 이미 그가 밖에 있는 누군가를 두려워하는 중이라고 추측하고 있지만."

하지만 우리는 아직 해답을 찾지 못했다. 그리고 보험증권 문제도 남아 있었다. 하지만 우리가 진실을 알게 될 즈음에는 이미 다른 일이 터져서, 모든 세부 사항을 일시적으로 등한시하게 되었다. 다음 날 아침 새벽녘, 경비책임자가 플린트의 감방을 살피러 갔다가 텅 비어 있는 것을 발견했다. 그는 탈옥하지 않았다. 그저 유유히 걸어나와서 방을, 구치소를, 마을을, 그리고 확실히 아무런 증거나 흔적 혹은 목격자도 남기지 않고 이 나라를 뜬 것이 틀림없었다. 내가 사무실 옆문으로 보안관을 들여보낸 시각은 아직 해가 뜨기 전이었다. 개빈 삼촌은 우리가 침실에 도착했을 때 이미 침대에서 일어나 있었다.

"프리첼 영감!" 개빈 삼촌이 말했다. "하지만 우리는 이미 너무 늦었군요."

"당신은 대체 무슨 소리를 하나?" 보안관이 말했다. "내가 지난밤에, 플린트가 잘못된 방아쇠를 당긴 순간에 이미 너무 늦어버린 일이 되었다고 말하지 않았소. 그리고 당신 마음이 좀 편해지라고 하는 말이지만, 내가 벌써 전화를 걸어봤습니다. 십수 명의 사람들이 밤새 그 집에 머무르면서 플린트 부인의 시신과 함께 밤을 샜고, 그동안 프리첼 영감은 본인 방에 콕 박혀서 별일 없었다더군. 해 뜨기 직전에도 방 안에서 쿵쿵거리고 부딪히는 소리가 들려서 누군가 문을 계속 두드리며 그를 불렀더니, 문을 열고 욕을 한 바가지 쏟아내면서 자기 집에서 꺼지라고 소리쳤다는군. 그리고 문을 다시 잠갔고. 그 영감이 꽤나 충격을 받은 것 같아요. 사건을 자기 눈으로 직접 목격했을 것이고, 이미 얼빠진 딸 빼고는 모든 인류를 집에서 몰아냈는데 그녀도 나이가 나이인 만큼 결국 어떤 희생을 치르건 간에 자기를 버리고 떠났으니까. 그녀가 플린트 같은 남자하고라도 결혼을 한 것에는 이상할 게 하나도 없다고 생각합니다. 성서에서 하는 말이 있지 않습니까? '검을 가지는 자는 다 검으로 망하느니라.' 프리첼 영감의 경우에 검이란 그가 아직 창창하고 젊고 건강해서 다른 사람이 필요 없을 때, 뭐든지 간에 사람 없이 혼자 살겠다고 마음먹은 것이지. 하지만 당신 마음을 좀 편하게 해주려고, 30분 전에 브라이언 유얼을 그 집에 보내서 다른 지시를 내리기 전까지 잠긴 문이 열리거나 혹시 밖으로 나오면 프리첼 영감에게서 눈을 떼지 말라고 했고, 벤 베리와 다른 경관 몇 명을 플린트네 집으로 보낸 후 전화를 하라고 했소. 무슨 소식이 들리면 바로 연락드리지. 하지만 플린트는 이미 떠났으니 이제 별일 없을 거요. 어제는 실수를 저질렀기 때문에 잡혔지만, 감옥에서 그렇게 감쪽같이 나갈 수 있는 놈이라면 적어도 제퍼슨을 기준으로 500마일 안이나 미시시피 내에서는 같은 실수를 반복하지 않을 테니까."

"실수라고요?" 개빈 삼촌이 말했다. "오늘 아침 탈옥 사건은 플린트가 어제 왜 감옥에 들어가고 싶어 했는지 자기 입으로 실토한 거나 마찬가지입니다."

"대체 왜 들어갔던 거지?"

"탈출하기 위해서지요."

"그러면 이미 밖에 있는 상태인 데다 도망치기만 하면 계속 자유롭게 살 수 있는데, 굳이 나한테 전화를 걸어서 살인을 자백해놓고 붙잡혔다가 다시 탈옥을 감행한 이유는 뭐요?"

"그건 나도 모르죠." 개빈 삼촌이 말했다. "프리첼 영감이 괜찮은지 다시 확인해봐야……"

"동네 사람들이 아침에 반쯤 열린 문틈 사이로 얼굴을 마주하고 대화를 나눴다고 내가 방금 얘기한 건 잊었습니까? 그리고 지금 이 순간에도 브라이언 유얼이 문에다 의자를 바짝 붙이고 앉아서 감시하고 있을 거요. 그렇지 않다면 내 손에 경을 칠 거고. 무슨 일이 생기면 다시 전화하겠지. 하지만 아까 말한 것처럼, 아무 일도 없을 겁니다."

보안관은 한 시간 후에 전화를 걸어왔다. 방금 플린트의 자택을 수색한 부보안관의 이야기를 들어보니, 뒷문이 열려 있고 어둠 속을 더듬거리다 건드려서 쓰러뜨린 게 분명한 기름등잔이 바닥에 산산조각 난 걸로 봐서 플린트가 밤사이에 집에 들른 것이 틀림없으며, 급하게 뒤진 것처럼 보이는 활짝 열린 커다란 여행가방 뒤에서 물건을 찾는 사이 불을 밝히려고 쓴 돌돌 말린 종이 심지를 발견해서 펼쳐보니 한 장 짜리 광고지였다고 한다.

"무슨 광고죠?" 개빈 삼촌이 말했다.

"나도 그렇게 물어봤소." 보안관이 말했다. "그러자 벤이 말하길 '좋아요, 내 독해력이 마음에 들지 않는다면 다른 사람을 보내지 그러세요. 이건 누가 봐도 광고판 구석에서 뜯어낸 종이예요, 왜냐하면 심지어 나도 읽을 수 있는 단어로 적혀 있고……' 일단 나는 '손에 들고 있는 것이 뭔지부터 정확하게 말하라'고 했소. 벤이 그러더군. 유명한 잡지나 신문의 '광고'면에서 찢어낸 조각이었소. 뭐라고 더 쓰여 있다고는 하는데, 플린트가 집 주변을 서성이며 뭔가를 꾸밀까 봐 숲속을 수색하는 와중에 안경을 잃어버려서 읽을 수 없다고 하더군. 아침이라도 해 먹을지 모른다고 생각했나보지. 아무튼 당신은 그 종이가 뭔지 짚이는 데가 있나요?"

"예." 개빈 삼촌이 말했다.

"종이가 무엇인지, 왜 거기 있었는지 알겠단 거요?"

"예, 그렇습니다." 개빈 삼촌이 말했다. "하지만 대체 어째서일까요?"

"글쎄, 내가 어찌 알겠나. 그리고 플린트에게서 이유를 들을 일도 없을 거요. 왜냐하면 그는 도망쳤으니까, 개빈. 물론 우리는 그를 잡을 거요. 내 말은, 언젠가 어딘가에서 누군가가 잡겠지. 하지만 여기서는 아닐 거고, 이것 때문에 잡게 되지도 않을 거란 소리요. 그 불쌍하고 천진하며 아둔한 피해자 여성이 당신이 진실보다 우선한다고 주장하는 정의, 그러니까 복수를 해야 할 만큼 중요한 대상이 아닌 것과 마찬가지지."

그렇게 이 사건은 마지막을 맞이하는 듯했다. 플린트 부인은 그날 오후에 땅에 묻혔다. 영감은 장례식 내내 방에 박혀 있었고, 사람들이 교회 뜰로 관을 옮기기 위해 잠긴 문밖에 의자를 기울여서 앉아 있는 부보안관만 남겨두고 떠난 후, 프리첼 영감을 위해 따뜻한 식사를 만들어주겠다고 남은 두 이웃 여자가 식사 쟁반을 챙겨 들고서 영감이 문을 열 때까지 설득을 거듭했다. 그는 거칠고 서투른 말투로 지난 하루 동안 잘해줘서 고맙다고 인사를 했다. 그렇지만 한 여자가 감동받은 나머지 내일 다시 와서 또 음식을 해주겠다고 제안하자 다시 예전 같은 신랄한 태도와 불같은 성미가 돌아와 반쯤 닫힌 문 사이로 거칠고 갈라지는 나이 든 목소리가 터져 나왔고, 마음씨 좋은 여인은 애초에 제안을 한 것을 후회하게 되었다. "나는 도움이 필요하지 않아. 지난 2년간 아무도 필요하지 않았어." 그리고 그들의 얼굴 앞에서 쾅 닫힌 문에 빗장이 걸렸다.

두 여자가 돌아가자 문 옆에 의자를 기울인 채 앉아 있는 부보안관만이 집에 남았다. 다음 날 아침, 마을로 돌아온 부보안관은 프리첼 영감이 갑자기 문을 활짝 열고서 졸고 있던 부보안관이 미처 움직이기도 전에 의자를 걷어차고 거친 저주를 퍼부으며 꺼지라고 명령했으며, 잠시 뒤 헛간 모퉁이에 숨어서 집을 감시하자 부엌 창문에서 산탄총 소리가 탕탕 울리며 다람쥐 사냥용 총알이 그의 머리에서 1미터도 떨어지지 않은 마구간 벽을 때렸다고 전했다. 보안관은 이 소식 또한 개빈 삼촌에게 전화를 걸어서 알려주었다.

"그래서 프리첼 영감은 다시 저 집에 홀로 남게 되었습니다. 그게 그가 원하는 바라면 나는 별로 상관없어요. 물론 그가 안됐기는 하지. 누구든지 그와 같은 상황에서 살아야 한다면 안쓰러울 거요. 나이가 들 대로 든 데다 혼자 남아서 이 모든 일을 겪어야 한다니. 마치 회오리바람이 사람을 잡아채서 빙빙 돌리다 휙 내던져, 여행을 다녀온 보람도 기쁨도 없이 첫 시작점에 돌아온 것 같을 테지. 어제 내가 검을 가지고 사는 사람에 대해서 뭐라고 말했는지 기억해요?"

"기억나지 않습니다." 개빈 삼촌이 말했다. "보안관님이 어제 워낙 말을 많이 했었어야 말이죠."

"그리고 대부분이 맞아떨어졌잖은가. 어제 이미 끝난 일이라고 말했지요? 그리고 정말로 끝났지. 그놈은 언젠가 자기 자신을 다시 탐구하기 시작하겠지만, 여기서는 아닐 거예요."

하지만 현실은 그 이상이었다. 마치 플린트가 여기에 존재한 적이 없었던 것 같았다. 그는 감옥 벽에 아무런 흔적이나 상처도 남기지 않았다. 동정은 하지만 애통해하지 않는 변변

찮은 사람들 한 무리가, 고작해야 다른 이의 삶에 그만큼의 영향밖에 미칠 수 없을 만큼 작은 존재였던, 그녀를 아는 사람은 그녀를 거의 본 적이 없고, 그녀를 본 적이 있는 사람은 그녀를 잘 알지 못하는 그런 여인의 날무덤을 벗어나 뿔뿔이 흩어졌다. 아예 한 번도 만난 적이 없는 사람이 태반인 자식 없는 영감은 다시 한 번, 자기 스스로 말하길 지난 2년간 어차피 아무 자식도 없었다는 집에 홀로 남았다……

"마치 아무런 일도 일어나지 않은 것 같아." 개빈 삼촌이 말했다. "플린트가 감방에 들어간 적이 있기는커녕 아예 존재하지도 않았던 것 같아. 피와 살을 가진 세 사람이 아니라 환상이자 이불보를 흔드는 그림자놀이에 불과한 존재가 꾸며낸 살인마와 피해자 그리고 유족으로 이루어진 삼두정치로, 남자건 여자건 젊건 늙건 상관없이 부당성과 비통함이라는 진리를 상징하기 위해서는 최소한 두 명이 필요하다는 단순하고 유일한 이유 때문에 두 그림자가 세 개의 이름표를 공유한 거야."

"하지만 누군가가 그녀를 죽였잖아요." 내가 말했다.

"맞아." 개빈 삼촌이 말했다. "누군가가 그녀를 죽였지."

이미 시간은 정오였다. 나는 그날 오후 5시에 전화를 받았다. 보안관이었다. "삼촌 계시지?" 그가 말했다. "기다리라고 해. 내가 갈 테니까." 그는 깔끔한 도시 옷을 입은 낯선 도회지 남자를 데려왔다.

"이분은 워크만 씨입니다." 보안관이 말했다. "보험 회사의 손해사정사지요. 보험증권이 존재하더군요. 17개월 전에 든 보험으로 500달러짜리입니다. 누군가를 죽이고 얻는 대가로는 부족한 돈이지요."

"만약에 살인이었다면," 손해사정사가 말했다. 그의 목소리는 차갑지만 동시에 가볍게 부글거리며 끓는 듯한 느낌이었다. "보험증권은 질문이나 추가 수사 없이 즉시 지급될 것입니다. 그리고 여기 계신 분들이 아직 모르고 계신 것 같은 정보를 하나 알려드리지요. 그 영감은 정신이 나갔어요. 마을로 끌고 내려와서 가둬야 할 사람은 플린트 쪽이 아닙니다."

보안관이 설명을 시작했다. 어제 오후에 보험 회사의 멤피스 지사로 피보험자의 사망을 알리는 내용에 프리첼 영감의 이름으로 서명한 전보가 도착했으며, 손해사정사가 오늘 오후 2시에 프리첼 영감의 집에 방문하여 고작 30분 사이에 그에게서 따님의 죽음에 대한 진실을 끌어냈다는 내용이었다. 트럭과 죽은 다람쥐 세 마리, 계단과 땅바닥의 핏자국이라는 물리적 증거가 진실을 뒷받침했다. 딸이 저녁 식사를 준비하는 동안 프리첼 영감과 플린트는 트럭을 몰고 프리첼의 개인 사유림으로 들어가 저녁에 먹을 다람쥐를 잡기로 했다(미국 남부 지역에서는 다람쥐 고기를 이용한 가정식 요리가 발달했다. 주로 '검보'라고 부르는 스튜 요리에 이용한다). "그리고 이 주장은 사실이었습니다." 보안관이 말했다. "제가 물어봤지요. 그들은 매일 일요일 아침마다 다람쥐 사냥에 나섰다고 합니다. 프리첼 영감은 오직 프리첼만, 그리고 그것도 자기가 함께 있을 때에만 자신의 다람쥐를 쏠 수 있게 허락했다는군요." 그리고 다람쥐 세 마리를 잡은 두 사람은 다시 플린트가 운전하는 트럭을 끌고 집으로 돌아와 뒷문 계단 옆에 차를 세웠고, 아내가 다람쥐를 가지러 나올 때 문을 열고 총을 집어 든 채로 트럭에서 내리려던 플린트가 발을 헛디디면서, 자동차 발판 가장자리에 발뒤꿈치가 걸리며 넘어지지 않으려고 총을 든 손을 들어 올리다가 총부리로 정확히 아내의 머리를 가리킨 순간 총알이 발사되고 말았다. 그리고 프리첼 영감은 전보를 보낸 사실이 없다고 부정할 뿐만 아니라, 본인이 보험증권의 존재를 알고 있었다고 암시하거나 시사하는 것 또한 격렬하고 상스럽게 거부했다. 또한 마지막 순간까지 총격이 조금이라도 실수였다고 인정하지 않았다. 딸이 다람쥐 시체를 가지러 나왔을 때 총이 발사된 상황에 대한 본인의 증언이 사위의 살인 혐의를 벗겨냈다는 사실을 깨닫자, 그는 방금 한 진술을 부인하면서 손해사정사의 손에서 보험증권이라고 생각한 종이를 낚아채서 미처 막기도 전에 찢어 없애버리려고 했다.

"왜죠?" 개빈 삼촌이 말했다.

"왜겠습니까?" 보안관이 말했다. "우리는 플린트가 도망치도록 내버려두고 말았어요. 프리첼 영감은 사위가 세상 어딘가에서 돌아다니고 있다는 사실을 알고 있지요. 본인의 딸을

죽인 남자가 보험금을 챙기도록 내버려둘 거라고 생각하십
니까?"

"그럴지도 모르죠." 개빈 삼촌이 말했다. "하지만 저는 그
렇게 생각하지 않습니다. 그가 그걸 걱정하리라는 생각은 전
혀 들지 않네요. 저는 조엘 플린트가 보험증권 혹은 다른 보
상을 챙기려고 들지 않을 것을 프리첼 영감이 이미 안다고
생각합니다. 어쩌면 우리처럼 작은 자치구 교도소로는 널리
여행을 다닌 전직 카니발 경험자를 잡아둘 수 없을 거라고
생각해서, 플린트가 다시 자유를 찾을 거라 여기고 이제 그
가 찾아오기를 기다리고 있을 수도 있습니다. 그리고 사람들
이 그를 걱정하지 않게 되자마자 당신을 불러내서 그렇게 말
할 거라고 생각합니다."

"하!" 손해사정사가 말했다. "그렇다면 다들 그 영감을 걱
정하기를 그만둬야겠군요. 들어보세요. 오늘 오후 제가 그
집에 도착했을 때, 남자 세 명이 그와 함께 거실에 앉아 있었
습니다. 지불 보증 수표를 갖고 있더군요. 큰돈이었지요. 그
들은 그의 농장을 통째로 사들였습니다만, 말이 나온 김에
말인데 저는 이 부근에 있는 땅 중에서 그만큼의 가치를 가
진 곳이 있기나 한지 잘 모르겠습니다. 프리첼 영감은 집문
서를 죄다 꺼내서 서명을 했지만, 내 신분을 밝히자 다들 내
가 마을로 돌아가서 누군가에게, 아마 보안관이겠지요, 이야
기를 전달할 때까지 기다리겠다고 동의했습니다. 그리고 제

가 집을 나서자 미치광이 노인은 내내 문간에 선 채로 집문서를 흔들며 쉰 목소리로 소리쳤습니다. '보안관에게 말해, 빌어먹을! 변호사도 데려와! 개빈 변호사로 데려와. 엄청 교활한 놈이라고 들었다고!'"

"우리 둘 다 높게 평가받고 있군." 보안관이 말했다. 그는 본디 언제나 약간 붉은 얼굴로 침착하게 덩치 큰 사람만이 소화할 수 있는 구식 예절을 일정하게 고수하는 사람이었다. 그가 설령 내일 다시 만날 예정인 사람이라 할지라도 손님을 그렇게 빨리 내보내는 모습을 보여준 것은 이번이 처음이었다. 심지어 손해사정사의 얼굴을 다시 쳐다보지도 않았다. "제 차는 밖에 있습니다." 그가 개빈 삼촌에게 말했다.

그래서 우리는 해가 지기 직전에 깔끔한 말뚝 울타리로 둘러싸인 프리첼 영감의 깔끔하고 헐벗은 작은 마당에 세워진 작고 깔끔한 집으로 찾아갔다. 집 앞에는 먼지에 뒤덮인 도시 번호판을 단 커다란 차 한 대와 바퀴 위에 낯선 흑인 젊은 이가 앉아 있는 낡은 플린트의 트럭이 있었다. 프리첼 영감은 자신의 딸을 제외하고는 아무런 하인도 두지 않았기 때문에 이상한 일이었다.

"그도 떠나려는 모양입니다." 개빈 삼촌이 말했다.

"그건 그의 권리지요." 보안관이 말했다. 우리는 계단을 올라갔다. 하지만 미처 우리가 문에 닿기도 전에 툭 불거져서 끈으로 묶어 고정한 엄청나게 오래된 여행용 가방 하나와 먼지 묻은 카키색 옷을 입고 문을 바라보는 북부인 세 명과 함께 거실 식탁에 앉아 있던 프리첼 영감이 문과 복도를 통해서도 들릴 만큼 거칠고 갈라지는 나이 든 목소리로 들어오라고 외쳤다. 그리고 나는 거기서 처음으로(개빈 삼촌은 그를 딱 두 번 본 적이 있다고 말해줬다) 빗지 않은 덥수룩한 백발과 철제 안경테 위에서 거칠게 헝클어진 눈썹, 툭 튀어나온 손질하지 않은 콧수염과 잎담배로 얼룩져서 더러운 솜처럼 변한 턱수염을 봤다.

"들어오게." 그가 말했다. "옆에 있는 친구는 개빈 변호사 맞는가?"

"예, 프리첼 씨." 보안관이 대답했다.

"흐음." 노인이 그르렁거리며 말했다. "그래, 허브. 내가 내 땅을 팔아도 되는가, 어떤가?"

"그렇습니다, 프리첼 씨." 보안관이 말했다. "당신이 원하는 바를 들은 적이 없었습니다."

"흥," 노인이 말했다. "아마 이게 내 마음을 바꿨나보지!" 수표와 접힌 땅문서가 그 앞의 식탁 위에 놓여 있었다. 그는 수표를 보안관 쪽으로 밀었다. 프리첼 영감은 개빈 삼촌을 다시 쳐다보지도 않고 말했다. "당신도 보게." 개빈 삼촌과 보안관은 식탁으로 다가가 선 채로 수표를 내려다봤다. 아무도 수표를 건드리지 않았다. 나는 그들의 얼굴을 볼 수 있었다. 아무런 표정도 떠오르지 않았다. "어떤가?" 프리첼 영감이 말했다.

"좋은 금액이군요." 보안관이 말했다.

이번에는 노인이 짧고 거칠게 "하!" 하고 외쳤다. 그는 땅 문서를 접어서 보안관이 아닌 개빈 삼촌 얼굴을 가리켰다. "그러면?" 그가 말했다. "당신은 어떤가, 변호사?"

"좋아 보입니다, 프리첼 씨." 개빈 삼촌이 말했다. 노인은 뒤로 기대앉아서 식탁에 두 손을 올리고서 보안관을 올려다보며 고개를 뒤로 젖혔다.

"그렇다면?" 그가 말했다. "태도를 명확히 하시지."

"이건 당신의 땅입니다." 보안관이 말했다. "당신이 뭘 하든 다른 사람이 상관할 일이 아니지요."

"하." 프리첼 영감이 말했다. 그는 움직이지 않았다. "좋아, 여러분." 여전히 그는 전혀 미동도 보이지 않았다. 이방인 일행의 한 명이 다가와 집문서를 집어 들었다. "나는 30분 내로 집을 떠날 거요. 당신은 그 시점부터 소유권을 가질 수 있고, 그게 아니면 내일 아침 깔개 아래에서 열쇠를 찾을 수 있을 거요." 그들이 집을 나서는 모습을 프리첼 영감이 쳐다보는 것 같지는 않았지만, 안경에 빛이 반사되어서 확신할 수 없었다. 그러다 나는 그가 보안관을 1분 넘게 쳐다보는 중이라는 사실을 깨달았다. 온몸을 늙고 병든 소처럼 덜덜 떨고 있었지만 식탁 위에 올린 손은 두 개의 진흙 덩어리처럼 미동이 없었다.

"그래서 당신이 그 작자를 달아나게 두었단 말이지." 그가 말했다.

"맞습니다." 보안관이 말했다. "하지만 기다리십시오, 프리첼 씨. 우리는 그를 잡을 겁니다."

"언제?" 노인이 말했다. "2년 후에? 5년 후에? 10년 후에? 올해 내 나이가 일흔넷일세. 아내와 자식 네 명을 땅에 묻었지. 10년 뒤에 나는 어디에 있겠는가?"

"여기에 계시길 바랍니다." 보안관이 말했다.

"여기?" 노인이 말했다. "방금 저놈들에게 30분 안에 이 집을 가질 수 있을 거라고 말하는 걸 못 들었나? 내가 가진 건 이제 트럭뿐이야. 그리고 쓸 수 있는 돈과 써야 할 곳이 생겼지."

"어디에 쓰실 겁니까?" 보안관이 말했다. "그 수표를요? 여기 있는 이 소년이라도 10년 안에 그 정도의 돈을 벌려면 아침 일찍부터 밤 늦게까지 일해야 할 겁니다."

"내 딸 엘리를 죽인 남자를 추적하는 데 쓸 거네!" 그는 갑자기 벌떡 일어나서 의자를 뒤로 거칠게 밀었다. 비틀거리다가 빠르게 앞으로 나선 보안관에게 팔을 휘둘러서, 마치 보안관에게 물러나라고 공격하는 것처럼 보였다. "내버려둬." 그가 헐떡이며 말했다. 그러다 거칠게 갈라지고 떨리는 목소리로 소리쳤다. "여기서 당장 꺼져! 모두 다 내 집에서 꺼져!" 하지만 우리도 보안관도 움직이지 않았고, 잠시 뒤 노인은 더는 떨지 않게 되었다. 그러나 여전히 식탁 가장자리를 꽉 쥐고 있었다. 하지만 목소리는 차분했다. "내 위스키를 건네주게. 찬장에 있네. 잔 세 개도 같이 꺼내주고." 보안관은 고전적인 무늬가 새겨진 유리로 된 술병과 묵직하고 커다란 잔 세 개를 꺼내와 그의 앞에 내려놓았다. 프리첼 영감이 다시 말을 시작할 때는 목소리가 부드러워져 있어서, 나는 지난 저녁 한 여인이 내일 다시 돌아와 다른 음식을 해주겠다고 제안했을 때 어떤 기분이었을지 알게 되었다. "이해해주게. 나는 지쳤어. 최근 들어 많은 고난을 겪어서, 아마도 지친 것 같아. 나에게 변화가 필요한 걸지도 모르겠군."

"하지만 오늘 밤은 아닌 것 같습니다, 프리첼 씨." 보안관이 말했다.

그러자 여인이 다시 돌아와서 요리하겠다고 제안했을 때처럼 그는 다시 분위기를 망쳤다. "아마 오늘 밤부터 시작하지는 않을지도 모르지." 그가 말했다. "하지만 다시 생각해보면, 시작할지도 몰라. 어쨌든 당신네들은 다시 마을로 돌아가고 싶어 하니, 술을 마시며 안녕을 고하고 좋은 날을 기약해보자고." 그는 술병을 열어 잔 세 개에 위스키를 따른 후 술병을 내려놓고 식탁을 둘러보았다. "거기, 소년." 그가 말했다. "가서 물 양동이 좀 가져와. 뒤쪽 회랑 선반에 있어." 그리고 나는 뒤돌아서 문을 향해 걷다가 그가 손을 뻗어 설탕통을 집어 들고 찻숟가락을 꽂는 걸 보고 발걸음을 멈췄다. 개빈 삼촌과 보안관의 표정을 확인한 나는 이어서 믿을 수 없는 광경을 보았다. 그가 설탕 한 숟가락을 날위스키에 넣고 젓는 것이 아닌가. 왜냐하면 그간 개빈 삼촌은 물론 삼촌과 체스를 두러 오는 보안관, 개빈 삼촌의 아버지이자 나의 할아버지, 사망하기 전까지의 내 아버지, 그리고 할아버지의 집에 찾아와서 우리가 차가운 토디라고 부르는 음료를 마시는 다른 모든 남자를 보아왔기 때문에, 어린 나마저도 날위스키에서는 설탕이 녹지 않아서 모래처럼 멀쩡한 상태로 유리잔 바닥을 굴러다니기 때문에 차가운 토디를 마실 때는 위스키에 설탕을 넣지 않는다는 것을 알고 있었기 때문이다. 우선 거의 의식을 치르듯이 잔에 물을 먼저 부은 다음 설탕을 넣어 녹여야 한다. 그 후 위스키를 부어야 하며, 프리첼 영감처럼 차가운 토디를 마시는 남자를 거의 70년간 봐오고, 직접 만들어 마신 지도 최소한 53년쯤 된 사람은 이걸 너무나 잘 알고 있을 터였다. 우리가 프리첼 영감이라고 생각했던 사람이 돌이키기에는 너무 늦었다는 사실을 깨닫고 머리를 홱 들더니, 개빈 삼촌이 달려드는 순간 손을 휘둘러 유리잔을 삼촌의 머리를 향해 던졌다. 벽에 부딪힌 유리잔이 깨지면서 어두운 위스키 얼룩을 남기며 식탁 위로 떨어졌고, 유리 술병에서 쏟아진 위스키의 강렬한 냄새가 사방에 진동했으며, 개빈 삼촌이 보안관에게 소리를 질렀다. 나는 이 모든 일들이 눈앞에서 순식간에 벌어지는 것을 목격했다. "그를 붙잡아요, 허브! 잡으라고!"

우리 셋은 동시에 그에게 달려들었다. 그 야만적인 힘과 속도는 절대 노인의 몸에서 나올 수 있는 것이 아니었다. 보안관의 팔 아래 잡히자 그의 가발이 통째로 벗겨졌다. 주름살과 가짜 눈썹을 그린 화장 아래 가려져 있던 그의 얼굴이 마치 통째로 격렬하게 뜯어지는 것처럼 보였다. 보안관이 그의 턱수염과 콧수염을 잡아채 당기자 살점이 같이 딸려오다가 빠르게 제자리를 찾더니 급격하게 분홍빛에서 진홍색으로 물들어, 마치 그가 수염을 붙이고 필사적으로 마지막 역할을 위장하며 꾸며낸 얼굴만큼이나 지금 흘리는 핏줄기마저 가짜인 것처럼 보였다.

우리가 프리첼 영감의 시체를 찾아내는 데는 30분밖에 걸리지 않았다. 그는 마구간의 사료 보관실 아래 얕고 급하게 판 도랑 속에 거의 시야에서 가리지도 않은 채 누워 있었다. 머리는 염색했을 뿐만 아니라 손질되어 있었고, 눈썹도 손질과 염색을 거쳤으며 콧수염과 턱수염은 밀려 있었다. 그는 플린트가 감옥으로 갈 때 입었던 것과 동일한 옷을 입고 있었고, 두개골을 뒤에서 쪼갠 도끼날과 같은 흉기로 적어도 한 번 이상의 강력한 일격을 얼굴에 맞아서 외형을 거의 알아보기 힘든 상태라 땅 밑에서 이삼 주를 보내고 나면 프리첼 영감이었다는 사실은 알아보기 힘들었을 것이다. 머리 아래에는 거의 두께 15센티미터에 무게 9킬로그램에 달하는 커다란 은행 대장이 조심스럽게 놓여 있었고, 속에는 20년 가까이 모아둔 잘라낸 기사가 가득 차 있었다. 플린트가 오용한 타고난 재능에 관한 기록과 이야기가 그를 배신하고 되돌아와 자신을 파괴한 것이다. 모든 것이 그 안에 담겨 있었다. 시작과 과정, 최고조, 그리고 내리막길, 광고지, 극장 프로그램, 뉴스 스크랩, 심지어 3미터짜리 실제 포스터도 있었다.

시뇨르 카노바
"환상 마술의 대가!
당신이 보는 앞에서 그가 사라집니다."
신사 숙녀 아이를 가리지 않고
회사에서 1천 달러를 현금으로 드립니다. 만약……

제일 아래에 깔린 종이는 우리 지역의 멤피스 시에서 발간한 일간지에서 마지막으로 오려낸 스크랩 기사로, 제퍼슨 날짜변경선 아래 언론 홍보가 아닌 뉴스 기사가 적혀 있었다. 한 가지도 아닌 총 세 가지 인생에 대한 뉴스 기사 조각이었지만 여기서도 그림자 하나가 역할 두 가지를 수행하고 있어, 돈과 부를 위해 본인의 재능과 삶을 모두 도박에 걸었다가 잃은 자에 대한 기록이라 할 수 있었다. 순진하고 아둔했던 여성뿐만 아니라 조엘 플린트와 시뇨르 카노바의 기록이 표시된 사망 날짜와 함께 사이사이 흩어져 있었다. 단어를 조심스럽게 골라 만들어서 광고란과 쇼란에 실은 광고지를 보건대 아마 위대한 시뇨르 카노바가 사망한 후 새롭게 바꾼 이름을 사용했지만 받아주는 이가 없어 이 서커스에서 6개월, 저 서커스에서 8개월간 연옥을 보낸 후 악단, 도박꾼, 보르네오 야만인에 이르기까지 바닥을 찍으며 마지막 단계까지 내려간 듯했다. 그러다 카니발에서 짝퉁 시계와 총알이 나가지 않는 권총을 내건 룰렛 원반을 가지고 이 시골 마을에서 다음 시골 마을로 떠돌아다니던 어느 날, 본능이 그에게 다시 한 번 재능을 사용할 수 있는 기회가 있을지도 모른다는 사실을 일깨워줬을 것이다.

"그리고 기회를 잡기 위해 오랜 시간을 기다렸지." 보안관이 말했다. 우리는 다시 사무실로 돌아왔다. 열어둔 옆문을 통해 반딧불이 깜박이고 귀뚜라미와 청개구리가 울며 여름 밤을 지새웠다. "바로 보험증권. 만일 손해사정사가 마을로 찾아와서 우리를 제시간에 프리첼 영감의 집으로 데려가 날 위스키에 설탕을 녹이려는 그를 목격하게 만들지 않았다면 아마 수표를 챙겨 들고 트럭을 몰아 깔끔하게 도망쳤을 텐데. 대신 그는 손해사정사를 우리에게 보냈고, 사실상 본인 손으로 보안관님과 내가 찾아와서 가발이며 분장을 뜯어내게⋯⋯"

"며칠 전에 당신이 플린트라면 목격자를 빨리 없애버릴 거라고 했잖은가." 개빈 삼촌이 대답했다. "그녀는 그의 목격자가 아니었어요. 그가 없애버린 목격자는 우리가 사료 보관실 아래에서 발견한 그 사람입니다."

"뭘 목격한 것이죠?" 보안관이 말했다. "조엘 플린트가 더는 존재하지 않는다는 사실?"

"그것도 있습니다. 하지만 대부분 오래된 첫 번째 범죄로, 시뇨르 카노바가 저지른 것이지요. 사실 그는 의도적으로 그 목격자가 발견되기를 바랐습니다. 그래서 더 깊이 숨기거나 묻지 않았던 겁니다. 누가 그 시체를 발견하기만 하면 그는 즉시, 그리고 영원히 부자일 뿐만 아니라 8년 전에 죽음으로 그를 배신한 시뇨르 카노바뿐만 아니라 조엘 플린트에게서도 자유로워질 수 있었어요. 심지어 우리가 그가 미처 떠나기 전에 그 시체를 발견했다 하더라도, 그가 뭐라고 했을 것 같나요?"

"그럴 거면 얼굴을 더 망가뜨려야 했소." 보안관이 말했다.

"나는 그렇게 생각하지 않아요. 충분했어요." 개빈 삼촌이 말했다. "그가 뭐라고 했을까요?"

"흠," 보안관이 말했다. "들켰어도 그가 뭐라고 했을 거란 소리죠?"

"이렇게 말했겠지. '그래, 내가 그를 죽였소. 그가 내 딸을 죽였잖소.' 그러면 보안관님은 법의 집행관으로서 뭐라고 하셨을까요?"

"아무 말도." 보안관이 잠시 뒤 대답했다.

"아무 말도 하지 않았겠지요." 개빈 삼촌이 말했다. 어딘가에서 자그마한 개 짖는 소리가 들려왔고 가면 올빼미가 뒤뜰 뽕나무로 날아와 구슬프고 바르르 떨리는 목소리로 울기 시작했으며 들쥐며 주머니쥐, 토끼, 여우와 발 없는 척추동물 등 온갖 털 달린 작은 생명체가 어둡지만 고독하지 않은 여름 별밤 아래 비가 내리지 않는 어두운 지면을 총총거리며 기어가고 걸어갔다. "그게 플린트가 범죄를 저지른 이유 가운데 하나입니다." 개빈 삼촌이 말했다.

"이유 가운데 하나?" 보안관이 말했다. "다른 이유는 뭐죠?"

"다른 이유가 진짜 이유입니다. 이건 돈과 아무 상관없는 일이기도 해요. 아마 본인이 벗어나고 싶었다 하더라도 복종하지 않을 수 없었을 테지요. 바로 그가 가진 재능 말입니다. 플린트가 지금 제일 후회하는 것은 잡혔다는 사실이 아니라 시체가 발견되고 스스로 본인의 정체를 밝히기 전에 너무 빨리 체포되었다는 패착 자체일 겁니다. 시뇨르 카노바가 빛나는 실크해트를 던지고, 그 뒤에서 사라진 후 감탄하여 아첨하는 우레와 같은 손뼉의 스타카토 소리에 인사를 건네고, 성큼성큼 한두 걸음 나아간 후 스포트라이트를 마주 보면서 자취를 감추고 더는 눈에 띄지 않게 되기 전에 잡혀버린 거니까요. 그가 저지른 짓을 생각해보십시오. 그는 손쉽게 탈출할 수 있을 것 같을 때 일부러 살인죄를 자백했습니다. 그리고 이미 다시 자유를 찾은 다음 스스로 다시 무죄를 선고

했지. 그리고 감히 보안관님과 내가 찾아와서 본인이 펼치는 능숙한 연기의 목격자이자 우리가 막으려고 노력한 사건의 보증인이 되게 만들었어요. 그러한 재능을 가진 자가 연습에서 거듭하여 성공을 거두었다면, 인류에 대한 엄청난 경멸 외에 무엇을 더 얻겠습니까? 보안관님은 지난번에 그가 살면서 한 번도 무언가를 두려워한 적이 없다고 하지 않았던가요?"

"그랬지." 보안관이 말했다. "성서 어딘가에서 이런 말이 나와요. '너 자신을 알라' 또 '인간이여 너 자신의 교만과 허영과 자부심을 두려워하라'고 말하는 부분이 어디 있지 않던가요? 스스로 성서에 임하는 자라고 주장하는 당신이라면 응당 알고 있어야 하는 거 아닌가? 당신의 시곗줄에 달린 행운의 부적이 그런 뜻을 품고 있다면서? 그런 말이 실린 대목이 어디였더라?"

"모든 책에 있는 말이지요." 개빈 삼촌이 말했다. "그러니까, 말하는 방식은 제각각이더라도 좋은 책이라면 어디에나 있는 말입니다."

4

노벨문학상 수상 작가
싱클레어 루이스Sinclair Lewis

The Willow Walk

싱클레어 루이스

(1885–1951)

—

미국인 최초로 노벨문학상을 수상한 소설가. "새로운 유형의 캐릭터 창조와 재치 넘치는 창작력, 묘사에 대한 세련된 기술에 바탕한 활발한 작품 활동"이 노벨문학상 선정 이유였다. 아일랜드 출신의 노벨수상자인 조지 버나드 쇼는 그의 수상에, "나는 미국인이 100명이면 99명은 바보일 것이라 생각한다"라고 답했다. 루이스는 예일대학교를 졸업하고 기자와 편집자로 활동했다. 작품성을 인정받은 그의 여러 작품 중 『애로스미스 Arrowsmith』로 퓰리처상이 수여됐으나 거절한 이력이 있다. 「버드나무 길 The Willow Walk」은 1918년 작이다.

버드나무 길

재스퍼 홀트는 책상 서랍에서 판유리를 꺼냈다. 그 위에 종이 한 장을 올린 다음 '이제 선량한 모든 이가 회합을 돕기 위해 모여야 할 순간입니다'라는 문장을 썼다.

그는 자신의 실무학교식 둥근 필체를 찬찬히 관찰한 다음, 학구적인 중년 남자 특유의 작고 세심한 손놀림으로 문장을 고쳐 썼다. 이어서 계속하여 가짜 필적으로 단어들을 열 번이나 베껴 썼다. 이윽고 글을 쓴 종이를 잘게 찢어서 큼직한 재떨이에 넣고 불태운 후 사무실 세면기에 부어 세밀한 잿가루를 씻어 내렸다. 그는 판유리를 다시 서랍에 넣은 다음 손끝으로 만족스럽게 표면을 두드렸다. 유리를 깔고 글을 쓰면 아래에 필적이 남을 일이 없었다.

재스퍼 홀트는 라이언스 부인이 운영하는 상류층 하숙집

에서 가장 근사하게 꾸며진 실내를 가진, 주름 장식을 단 의자와 팬지 무늬 쿠션으로 장식한 본인의 방만큼이나 품위 있는 사람이다. 호리호리한 체격에 살짝 머리가 벗겨진 흑발의 서른여덟 청년으로, 편안한 회색 플란넬 양복을 입고 하얀 카네이션을 달고 있었다. 그의 손은 유난히 작고 민첩했다. 겉으로 보기에는 젊은 변호사나 채권 판매원 같았다. 하지만 사실은 버논 시에 있는 럼버 국립은행에 근무하는 선임 지출계 직원이었다.

그는 가느다란 고가의 금시계를 내려다보았다. 평온한 봄날의 황혼 무렵, 수요일 오후 6시 30분이었다. 그는 고리형 지팡이와 회색 실크 장갑을 집어 들고 아래층으로 터벅터벅 걸어 내려갔다. 복도에서 라이언스 부인과 마주친 재스퍼는 고개를 꾸벅 숙여 인사를 했다. 그녀는 야단스럽게 날씨 이야기를 꺼냈다.

"저는 저녁 식사에 빠질 것 같습니다." 재스퍼는 다정하게 말했다.

"알겠어요, 홀트 씨. 하지만 매일같이 멋진 친구 분들과 외출하고 계시잖아요! 『헤럴드』에서 홀트 씨가 지역 공연장에서 열린 사회극에서 스타가 될 거라는 기사를 읽었어요. 아마 은행원이 되지 않았다면 배우가 되었겠어요, 홀트 씨."

"아니, 저에게 그 정도의 자질이 있는 것 같지는 않아요." 재스퍼의 목소리는 다정했지만 미소는 그저 입술 근육을 기계적으로 옆으로 뒤틀었을 뿐이었다. "무대에 오를 만한 존재감을 가진 사람은 부인이시죠. 분명 우리를 돌봐야 하지 않았더라면 에설 배리모어 같은 배우가 되셨을 거예요."

"어쩜 그렇게 듣기 좋은 말씀만 하시는지!"

그는 인사를 하고 발걸음을 옮겨 조용히 길을 따라 내려가서 공용 주차장에 들어섰다. 야간 경비원에게 말없이 목례를 건넨 재스퍼는 로드스터에 올라 시동을 걸고 주차장을 벗어나 버논 시의 중심지를 떠나서 로즈뱅크의 교외로 향했다.

그러나 곧장 로즈뱅크에 가지는 않았다. 재스퍼는 가던 길에서 벗어나 일곱 블록을 건너 영화관이며 식료품점, 세탁소, 장의 시설과 간이식당 등을 갖춰서 평범한 지역구의 중심지 역할을 하는 보잘것없는 번화가인 팬달 가에 멈춰 섰다.

그는 차에서 내린 다음 공기가 얼마나 차 있는지 확인하려는 듯 타이어를 발로 차며 상태를 살피는 척했다. 그러는 동안 주변 거리를 은밀하게 위아래로 살펴봤다. 아는 얼굴은 한 사람도 없었다. 그는 파르테논 과자점에 들어섰다.

파르테논 과자점은 양장본 서적처럼 생긴 독창적인 모양의 사탕과자 상자를 주로 취급했다. 모조 가죽을 씌운 책등에는 가짜 소설 제목이 박혀 있었다. 가장자리도 가지런한 책장 모양이었다. 그러나 텅 빈 내부는 사탕으로 가득 채워져 있었다.

재스퍼는 가득 쌓인 책 모양의 과자 상자 더미를 찬찬히 살펴보다 제일 품위 있어 보이는 제목이 적힌 것으로 두 개를 골라들었다. '숙녀의 기쁨', 그리고 '그대에게 선사하는 달콤함'이었다. 그는 그리스인 직원에게 저렴한 초콜릿으로 여러 종류를 섞어서 상자에 채운 다음 포장해달라고 요청했다.

과자점을 나선 재스퍼는 염가판 소설 코너를 갖춘 잡화점에 들러서 책처럼 생긴 과자 상자와 비슷하게 감상적인 제목의 소설 두 권을 골랐다. 이것도 포장해달라고 요청한 다음 들고 나왔다.

재스퍼는 잡화점에서 나와 간이식당에 슬며시 들어간 다음 미끈거리는 대리석 카운터에서 양상추 샌드위치와 도넛, 커피 한 잔을 주문하고 어둑어둑한 식당 후미까지 걸어가 작은 식판이 달린 일체형 의자에 앉은 채 급하게 음식을 먹어치웠다. 그는 식당을 나서서 차로 돌아가는 내도록 다시금 거리를 훑어보았다.

왠지 가까이 다가오는 남자가 낯익게 느껴졌다. 하지만 확신할 수 없었다. 은행에 근무할 때면 출납구 뒤에 앉아서 격자 창살 사이로 고객을 보게 되니 가슴팍부터 위쪽의 생김새는 언제나 눈에 익었다. 하지만 막상 길거리에서 낯익은 얼굴과 마주하면 동일 인물인지 확신하기 어려웠다. 그저 수표를 내밀고 돈을 받아가는 팔이 달린 얼굴로만 인식하던 사람들에게 다리가 붙어 있어서 특유의 걸음걸이로 바깥세상을 활보한다고 생각하면, 어딘가 기이한 느낌이 들었다.

그는 보도의 연석으로 다가가 주변 가게의 지붕 끝을 응시하며 입술을 오므리고 건물을 점검하는 사람의 흉내를 냈다. 그러면서 몰래 곁눈질로 가까워지는 남자를 살폈다. 옆으로 다가오던 남자가 고개를 숙이고 인사를 했다. "안녕하시오, 은행 직원 씨." 재스퍼는 이제야 갑자기 그를 인지하고 놀란 척하며 "아이고! 아이고 안녕하세요!"라고 외친 후 "은행 자산을 살펴보는 중입니다"라며 우물거렸다.

남자는 재스퍼를 지나쳐 가던 길로 향했다.

재스퍼는 차에 타서 로즈뱅크의 교외로 향하는 길을 거슬러 올라갔다. 팬달 가를 벗어날 때 흘끗 시계를 확인했다. 7시 5분 전이었다.

7시 15분경 그는 로즈뱅크 중심가를 지나, 시골길이던 시절에 비해 별로 바뀌지 않은 좁은 도로로 들어섰다. 대충 지어서 페인트가 얼룩진 주택 몇 채가 군데군데 어깨를 나란히 맞대고 서 있긴 하지만, 대부분 수북하게 떨어진 마른 나뭇잎과 나무껍질이 부드러운 지면을 뒤덮은 버드나무 숲이 드문드문 무성하게 펼쳐진 습지대였다. 이 버드나무 길의 초입에는 버드나무 숲으로 이어지는 풀로 뒤덮인 개인 사유로가 있었다.

재스퍼는 부스러진 문설주 사이로 날쌔게 차를 몰고 들어와 울퉁불퉁한 전용 도로를 달렸다. 페인트칠을 하지 않은 창고가 보이는 곳까지 들어와서도 속도를 줄이지 않은 채로 급격하게 차를 돌려, 앞 범퍼로 헛간 벽을 칠 뻔했다.

그는 시동을 끄고 급하게 차에서 내려 다시 도로 입구를 향해 달렸다. 그리고 오리나무 덤불이 방패처럼 우거진 언덕에 숨어 나뭇가지 사이로 주변을 내다봤다. 두 여인이 종종거리며 공용 도로를 따라 내려오고 있었다. 그들은 반쯤 멈춘 채 입구 너머를 응시했다.

"저기가 그 은둔자가 사는 곳이야." 한 여인이 입을 열었다.

"아, 그 종교적인 책을 쓴다던, 저녁이 될 때까지 절대로 밖으로 나오지 않는다는 사람 말이야? 전도사 비슷한 사람?"

"맞아, 그 사람. 존 홀트라던가. 내 생각엔 정신이 조금 이상한 사람 같아. 오래된 보데트 양식의 집에 살고 있어. 이쪽에서는 전혀 보이지 않지만 건너편 거리에서는 보인데."

"미쳤다는 얘기는 들었어. 그런데 방금 차 한 대가 여기로 들어가던데."

"아, 그건 도심지에 산다는 사촌인가 형제인가 하는 사람일 거야. 부자인 데다 좋은 사람이라던데."

두 여인은 다시 느긋하게 걷기 시작했고, 수다 소리가 점점 멀어졌다. 덤불 위에 숨은 재스퍼는 손가락으로 다른 손바닥을 문질렀다. 긴장한 탓에 손바닥이 버석버석하게 말라왔다. 하지만 그는 씩 웃었다.

재스퍼는 창고로 돌아가, 축 늘어진 버드나무 가지가 한 블록 가까이 벽처럼 늘어서 그림자를 숨겨주는 기다란 벽돌

포장도로에 들어섰다. 한때는 조각을 새긴 나무 벤치가 곳곳에 서 있고 분수와 석조 의자를 갖춘 바위 정원으로 길이 점점 넓어지며 이어지던 쾌적한 산책로였다.

그러나 이제 바위 정원은 무질서한 덩굴이 날렵한 석재 곳곳을 뒤덮은 황폐한 장소로 변했다. 분수에 칠한 페인트가 벗겨져 철로 만든 큐피드와 물의 정령 나이아스에 녹이 슬었다. 벽돌벽은 온통 이끼와 지의류로 뒤덮여 있는 데다 흙과 마른 잎이 군데군데 붙어서 어수선했다. 벽돌은 대부분 부서졌고 길은 고르지 않아 둔덕이 생겨 있었다. 버드나무, 벽돌, 들쑤셔진 흙더미에서 축축한 냉기가 올라왔다.

하지만 재스퍼는 습기에 개의치 않았다. 그는 서둘러 집으로 향하는 길을 거슬러 올라갔다. 이 부근의 신생 중서부 지역에 비하면 매우 오래된 역사를 지닌 무거운 석재 조각 건물이었다. 1839년 프랑스 모피 상인이 세운 집이었다. 치페와 원주민들이 현관 앞마당에서 집주인의 머리 가죽을 벗겨 냈다고 한다. 묵직한 뒷문에는 의외로 고가의 현대식 자물쇠가 채워져 있었다.

재스퍼는 열쇠로 자물쇠를 열고 들어가 문을 닫았다. 용수철 장치가 움직이며 문이 잠겼다. 그가 선 곳은 차양을 내린 조잡한 부엌이었다. 재스퍼는 부엌과 응접실을 지나쳐 거실에 들어섰다. 매우 익숙한 곳인 양 어둠 속에서도 의자와 식탁을 요령껏 피하며 거실 창문으로 다가가, 모든 차양이 단단히 내려져 있는지 확인한 다음 다리가 삐걱대는 탁자에 놓인 학생용 전등을 켰다. 칙칙한 벽 위로 불빛이 살금살금 퍼지는 모습을 보며 재스퍼는 만족스럽게 고개를 끄덕였다. 마지막으로 방문한 이후 아무것도 바뀌지 않았다.

오래 묵은 초록색 골지 가구 덮개와 가죽을 씌운 책 냄새가 가득한 방 안에는 퀴퀴함이 맴돌았다. 몇 달간 한 번도 먼지를 턴 적 없는 공간이었다. 뻣뻣한 붉은색 벨벳 의자, 불편한 긴 안락의자, 차가운 흰색 대리석 벽난로, 방 한쪽 벽을 가득 메운 정면에 유리를 댄 거대한 책장 등에 어느 것 하나 가릴 것 없이 먼지가 뽀얗게 앉아 있었다.

유능한 회사원인 재스퍼 홀트에게는 영 어울리지 않는 분위기였다. 하지만 재스퍼는 전혀 불편해보이지 않았다. 그는 염가 소설책과 책 모양 과자 상자의 포장지를 가볍게 벗겨냈다. 포장지 하나는 탁자에 올리고 매끈하게 폈다. 그는 상자 두 개 속에 들어 있던 초콜릿을 포장지 위에 쏟았다. 다른 포장지와 끈은 즉시 벽난로에 구겨 넣고 불태웠다.

그는 책장으로 다가가 제일 아래 칸의 잠금장치를 풀었다. 이 칸에는 비교적 저렴해 보이는 소설이 주르륵 꽂혀 있었고, 그중 최소한 여섯 개는 저녁에 그가 구입한 과자 상자와 동일한 모양이었다.

책장 전체에서도 유일하게 이 한 칸만이 소설처럼 하찮은 서적에 자리를 내주고 있었다. 나머지는 반점이 그려진 잎사

귀 무늬가 가득한 무시무시한 검은 양장본으로 영사서, 신학서, 전기물이 가득했다. 중고 서점의 15센트 전용 탁자에 쌓여 있을 법한 허세 가득한 책들이었다. 그 앞에 선 재스퍼는 마치 제목을 외우려는 듯이 한동안 골똘히 생각에 빠졌다.

그는 『제러마이아 보드피시 목사의 삶』을 꺼내 들고 소리 내어 읽었다. "그의 가족과 함께한 저녁 기도 이후의 친밀한 담론에서 나는 보드피시 형제가 필론, 즉 언제나 나로 하여금 이성주의의 본질에 대한 멜란히톤의 예언을 떠올리게 하는 학구적인 경력을 지닌 사상가가 그저 궤변가에 불과하다는……"

재스퍼는 만족스럽게 중얼거리며 단호하게 책장을 닫았다. "이거면 충분해. 필론이라, 떠올리기 좋은 이름이군."

그는 책장을 다시 잠그고 위층으로 향했다. 마루 오른쪽에 자리한 작은 침실에는 전기 불빛이 켜져 있었다. 재스퍼가 발을 들이기 전까지는 아무도 집에 없었지만, 짐작하건대 만일 앞뜰에 좀도둑이 숨어들어오더라도 계속 켜져 있는 불빛을 보고 누군가 집에 있다고 판단할 것이었다.

침실 안은 삭막했다. 철제 침대, 딱딱한 의자, 세면대, 묵직한 오크 책상이 다였다. 재스퍼는 책상 아래 서랍의 자물쇠를 열고 홱 잡아당겨서 주름지고 번쩍이는 까만 양복 한 벌과 까만 구두 한 켤레, 작은 까만 나비넥타이, 글래드스턴식 깃, 가슴팍에 풀을 먹인 흰 셔츠, 작은 반점이 있는 갈색 중절모와 고가의 고급 가발을 꺼냈다. 교묘하게 헝클어진 빛바랜 갈색 머리 모양이었다.

그는 입고 있던 매력적인 플란넬 양복과 윙 깃, 푸른 넥타이, 주문 제작한 실크 셔츠와 코도반 가죽 구두를 벗고서 빠르게 가발을 쓰고 우울한 의복을 걸치기 시작했다. 옷을 다 걸치자 그의 입꼬리가 처지기 시작했다. 그는 입고 온 옷을 침대에 던져놓고 불빛을 켜둔 채 계단을 걸어 내려갔다. 그는 이 집에 들어온 재스퍼가 아니라 훨씬 허약하고 허황되고 부정적이며, 틀림없이 몽상가의 장황한 사색과 비애를 깊이 이해할 것 같은 사람이었다.

사실 지금 그는 재스퍼 홀트가 아니라, 재스퍼의 쌍둥이 형제이자 은둔자에 광신교도인 존 홀트였다.

은행원인 재스퍼 홀트의 쌍둥이 형제 존 홀트는 마치 몇 시간 동안 연구에 몰두하다 나온 것처럼 눈을 비비면서 거실을 느릿느릿 지나가 좁은 복도를 통해 현관으로 나갔다. 그는 문을 열고 우편배달부가 우편구에 넣은 전단지를 집어 든 다음 밖으로 나와서 문을 잠갔다. 존은 구불구불하게 뻗은 뒤쪽 버드나무 길보다 깔끔하고 훨씬 거주인이 많은 교외 거리로 향한 좁다란 앞뜰로 나섰다.

거리에서 흘러들어온 전등 불빛이 앞마당을 밝히며 문에 고정된 안내문이 드러났다. 존은 안내문을 만져보고 손톱으로 가볍게 퉁겨서 단단히 붙어 있는지 확인했다. 불빛이 흐려서 읽을 수는 없었지만, 작고 신경질적인 필적으로 쓰인 글이라는 것은 이미 알고 있었다. '외판원은 제발 귀찮게 하지 말 것, 초인종을 눌러도 대답하지 않음, 건물 내 거주자 서적 집필 중'

존은 집 오른편 근처에서 저녁 식사 후에 시가를 피우며 걸어오는 덩치가 커다랗고 둔한 이웃 남자와 마주칠 때까지 문간에 머물렀다. 이웃이 말을 걸어올 때까지 그는 울타리를 건드리거나 라일락 꽃가지의 향기를 맡아보고 있었다.

"좋은 저녁이군요."

"예, 즐거운 저녁인 것 같네요."

존의 목소리는 재스퍼와 비슷하지만 좀 더 쉰 데다 거칠었고, 발언에 자신감이 덜 묻어났다.

"글은 어떻게 잘 되고 있습니까?"

"그건, 그건 꽤 어려운 상황입니다. 예언에 숨겨진 뜻을 전부 알아내기란 힘들지요. 음, 저는 이만 소울호프 회관에 가 봐야 합니다. 아마 수요일이나 일요일 저녁 어느 때건 거기서 당신을 만날 수 있겠지요. 좋은 저녁 되십시오."

존은 길거리를 터덜터덜 걸어가서 잡화점에 들어가 잉크 한 병을 샀다. 이어서 저녁까지 운영하는 식료품점으로 가서 옥수수가루와 밀가루 각각 2파운드, 베이컨 1파운드, 버터 반 파운드, 달걀 여섯 알, 연유 한 캔을 구입했다.

"배달해드릴까요?" 점원이 물었다.

존은 그를 날카롭게 노려봤다. 새로운 직원이라 그의 습관을 미처 모른다는 사실을 깨달은 그는 꾸짖듯이 말했다. "아니요, 저는 언제나 짐을 직접 가지고 돌아갑니다. 저는 작가입니다. 절대 방해받고 싶지 않습니다."

그는 35달러짜리 우편환으로 돈을 지불하고 거스름돈을 받았다. 가게의 회계원은 R. J. 스미스라는 이름으로 사우스 버논에서 보내오는 존의 우편환을 현금으로 바꾸는 데 이미 익숙해져 있었다. 존은 음식 꾸러미를 들고 가게를 나섰다.

"저 사람 약간 이상하지 않아요?" 새 점원이 물었다.

회계원이 설명했다. "응. 절대 신선한 우유를 사지도 않아. 어디든지 연유를 넣는다니까! 대체 어떻게 된 사람인지! 그리고 쓰레기는 모두 태워버린다고들 하더라고. 쓰레기통에 든 거라곤 잿더미밖에 없대. 동료가 그러는데 그 집 문을 두드려도 절대 대답하지 않는대. 항상 자기 책을 쓰고 있어. 종교적인 잡동사니겠지. 그래도 수입은 좀 있는가보더라고. 고정 독자가 좀 있나봐. 가끔 저녁에 한 번씩 나와서 여기저기 쑤시고 다녀. 항상 저 사람을 비웃기는 하지만 이제 익숙해졌지. 여기에 온 지 한 1년쯤 되었을걸."

존은 차분한 발걸음으로 로즈뱅크 중심가를 지나쳤다. 우중충한 거리 끝자락에 자리한, 가내수공업으로 대충 페인트칠해서 만든 간판에 불을 켜놓은 건물 안으로 들어섰다. '소

울호프 협회 회관. 신앙 좌담회. 모든 이를 환영합니다'

시각은 8시였다. 소울호프 협회의 회원들은 빵집 위에 자리한 협회 장소에 모여들었다. 그들은 지극히 소규모인 데다 매우 편협한 사상을 가진 분파였다. 그들은 성서 교리에 순종하는 사람들은 자신들뿐이라고 주장했다. 그리하여 종국에 구원받을 이들도 분명 자신들뿐이며 다른 교파는 전혀 종교적이지 못한 사치에 물들었고, 파이프 오르간이나 목사 또는 평범한 회관 이상의 회합 장소를 소유하는 것 또한 사악한 일이라고 말했다.

회원들은 손수 만남을 주최했으며 번갈아 '할렐루야!'나 '아멘, 형제여, 아멘!'이라고 외치는 가운데 잇따라 나서서 성서를 해석하거나 믿음을 가지고 모인 것을 기뻐했다. 그들은 평범한 옷을 입고 과식을 하지 않는, 다소 높은 연령대에 비교적 행복한 신도들이었다. 그중 가장 신실한 회원은 존 홀트였다.

존이 로즈뱅크에 온 지는 고작 11개월밖에 되지 않았다. 그는 은퇴한 성직자인 마지막 집주인에게서 보데트 양식 집을 서재째 구입했고, 빳빳한 100달러짜리 신권으로 전액을 지불했다. 그는 이미 소울호프 협회에서 많은 신뢰를 얻고 있었다. 존은 거의 대부분의 시간을 집에서 기도하고 독서하며 집필하는 것으로 보내는 것처럼 보였다.

소울호프 협회는 존의 저서에 매우 흥미를 가졌다. 그들은 집필한 서적을 낭독해달라고 간청했다. 지금까지 그는 대부분 예언에 관한 고대 논문에서 인용한 내용으로 구성된 몇 장밖에 읽어준 적이 없었다. 그는 일요일과 수요일 저녁이면 거의 항상 모임에 나타나서 세속의 유혹에 대해 더듬거리며 학구적인 강연을 펼쳤다.

오늘은 신학자 필론이 그저 궤변론자에 불과했다는 사실을 복잡한 단어를 늘어놓으며 설명했다. 회원들은 필론도 궤변론자도 정확히 뭔지 몰랐지만, 연신 고개를 끄덕이며 "당신 말이 맞아요, 형제! 할렐루야!"라고 중얼거렸다.

존은 세속적인 형제 재스퍼에 대해 신실하고 애통한 담론을 늘어놓으며, 돈에 집착하는 재스퍼와 벌이는 투쟁을 널리 알렸다. 그의 요청에 따라 협회는 재스퍼를 위해 기도를 올렸다.

모임은 9시가 되어서야 끝났다. 존은 장년층 신도들과 악수를 나누며 한숨을 내쉬었다. "오늘 밤 모임은 정말 멋지지 않았나요? 더없이 자유로이 성령을 토로하는 시간이었습니다!" 그는 시애틀에서 이곳으로 막 이사를 온 하녀라고 자신을 소개한 새 회원을 환영했다. 9시 7분이 되어서야 식료품과 잉크 한 병을 끌어안은 존이 회관 계단을 내려왔다.

9시 16분, 존은 침실에서 갈색 가발과 장례식용처럼 보이는 옷을 벗었다. 28분, 존 홀트는 다시 럼버 국립은행의 유능한 직원 재스퍼 홀트가 되었다.

재스퍼 홀트는 형제의 침실에 불을 켜둔 채로 방을 나섰다. 그는 급하게 아래층으로 내려와 현관문을 잠그고 빗장을 지른 다음 모든 창문이 잠겼는지 확인하고, 식료품 뭉치와 책 모양 과자상자에서 꺼낸 초콜릿 더미를 챙기고서 거실 불을 끄고 버드나무 길을 달려서 내려와 차에 도착했다. 그는 식료품과 초콜릿을 옆 좌석에 던지고, 익숙해 보이는 자세로 마른가지가 흩뿌려진 뜰을 후진해서 외로운 길을 따라 끝까지 내려왔다.

그는 늪지를 지나치면서 손을 뻗어 초콜릿 꾸러미를 집어 들고, 한 손으로 운전대를 잡은 채로 나머지 한 손으로 포장지를 벗겨 초콜릿을 밖으로 내던졌다. 초콜릿은 길옆의 무성한 잡초 위로 떨어졌다. '파르테논 과자점' 이름이 인쇄된 포장지는 재스퍼의 주머니로 들어갔다. 그는 식료품을 하나씩 상표가 붙은 봉지에서 꺼낸 다음, 상표 봉지도 주머니에 찔러 넣고 옆 좌석에는 식료품만 남겼다.

로즈뱅크를 나와서 버논 시 중심가로 돌아오는 길에, 재스퍼는 다시 대로를 벗어나 염소 떼가 우글거리는 절름발이 노르웨이인의 판잣집에 멈춰 섰다. 그는 경적을 울렸다. 노르웨이인의 손자가 달려 나왔다.

"여기 음식을 좀 가져왔소." 재스퍼가 소리쳤다.

"축복받으시오, 선생. 당신이 아니었으면 우리는 어떻게 되었을지!" 나이 든 노르웨이인이 문간에서 소리쳤다.

하지만 재스퍼는 미처 감사 인사를 기다리지도 않았다. 그는 그저 "며칠 뒤에 조금 더 가져다주겠소"라고 소리치며 다시 길을 떠났다.

10시 15분에 재스퍼는 버논 사회에서 최근 들어 가장 많은 관심을 끌고 있는 건물인 지역 공연장에 도착했다. 거리 공연단 '마을 최고의 사람들'은 지역 공연장 협회 소속으로, 철도 관리자의 딸이 단장을 맡고 있었다. 예절 바른 청년인 재스퍼 홀트는 성실한 은행원이자 영국 태생이라는 점 말고는 아무것도 알려진 정보가 없는 데도 불구하고 그들에게 환영받았다.

하지만 배우로서의 재스퍼는 그저 환영을 받는 수준이 아니었다. 그는 버논 지역에 존재하는 아마추어 배우 가운데 최고였다. 평소의 차분한 얼굴은 비극적인 감정을 담고 찌푸려지거나 희극으로 활짝 펴지고, 단정한 태도에는 넘치는 감정이 덧씌워졌다. 다른 아마추어 배우와 달리 재스퍼는 연기를 하려고 애쓰지 않고, 대상 그 자체가 되었다. 재스퍼 홀트는 어디론가 사라지고 부랑자나 판사, 버나드 쇼의 사상, 로드 던세이니의 상징, 노엘 카워드의 사교성이 등장했다.

지역 공연장의 다음 프로그램인 다른 단막극은 이미 연습을 시작한 후였다. 재스퍼가 주연을 맡은 공연의 출연진은 모두 모여 그가 오기만을 기다리고 있었다. 무대 연출을 담당하는 여성 실무진도 마찬가지였다. 다들 세트의 창문에 걸

파란 커튼과 위치가 어긋난 소형 스포트라이트, 특정 장면에 고작 두 줄밖에 등장하지 않지만 젊은이 사이에서 가장 높은 인기를 누리는 여자아이가 맡은 역할에 대한 이해 등에 대해 그의 의견을 구했다.

각본 낭독 위원회의 구성원 둘이 지금껏 가장 격렬했던 언쟁을 끝내고 토론을 마치자 연극 연습이 시작되었다. 재스퍼 홀트는 아직 시든 카네이션을 꽂은 플란넬 정장을 입고 있었다. 그러나 그는 이미 재스퍼가 아니었다. 편안하게 움직이며 고요한 목소리로 섬뜩한 악마의 욕망을 드러내는, 냉소적이고 멋지며 품위 넘치는 나이 든 신사, '덕 드 산 사바'였다.

"당신 같은 배우가 몇 명만 더 있었더라면!" 전문 지도가가 소리쳤다.

연습은 11시 30분이 되어서야 겨우 끝났다. 재스퍼는 언제나 이용하는 공용 주차장에 차를 대고 집으로 걸어갔다. 방에 들어간 그는 파르테논 과자점의 이름이 인쇄된 포장지와 상표가 붙은 식료품 봉지를 갈기갈기 찢어서 불태웠다.

지역 공연장의 연극은 그다음 수요일이었다. 재스퍼 홀트는 큰 박수갈채를 받았고, 연극이 끝난 후 호숫가 컨트리클럽에서 열린 뒤풀이에서는 마을에서 제일 예쁜 아가씨와 춤을 췄다. 비록 말을 많이 하지는 않았지만 신나게 노는 재스퍼의 등 뒤로 예술가로서의 성공을 알리는 후광이 비쳤다. 그날 밤 쌍둥이 형제 존은 로즈뱅크의 소울호프 협회 모임에 참석하지 않았다.

그로부터 닷새가 지난 월요일, 재스퍼는 럼버 국립은행의 은행장과 출납원과 함께 회의를 하던 중간에 두통을 호소했다. 다음 날 그는 은행장에게 전화를 걸어 오늘은 출근을 하지 못하겠다고 말했다. 집에서 눈을 쉬면서 잠을 보충하여 집요한 두통을 이겨내겠다는 뜻이었다. 불행히도 바로 그날, 쌍둥이 형제 존이 가끔 그랬듯이 버논으로 놀러와 은행에 찾아왔다.

은행장이 존을 만난 것은 이번이 두 번째였지만, 저번에도 재스퍼는 우연히 도시 밖으로 나갈 일이 있어 부재중이었다. 은행장은 존을 개인 집무실로 초대했다.

"재스퍼는 집에서 쉬고 있습니다. 안타깝게도 지독한 두통에 시달리는 중이지요. 얼른 회복하기를 바랍니다. 회사는 그를 중요한 인재로 여기고 있으니까요. 분명 당신도 형이 자랑스러울 테지요. 담배 한 대 피우겠습니까?"

은행장은 말을 걸면서 존을 살펴봤다. 재스퍼와 두어 번 점심을 함께할 때, 그와 쌍둥이 형제가 얼마나 똑같이 생겼는지에 대한 이야기를 들은 적이 있었다. 하지만 지금 은행장은 속으로 두 사람이 별로 닮지 않았다고 생각했다. 생김새는 비슷했지만 만성적으로 정신적 소화불량을 겪는 듯한 표정과 불친절한 태도, 그리고 재스퍼의 살짝 벗겨진 반짝이는 검은 머리칼에 비해 헝클어지고 생기가 없는 갈색 머릿결 때문에 쌍둥이 형제만큼 호감을 불러일으키지 못했다.

은행장의 권유에 존이 대답했다. "아니요, 담배는 피우지 않습니다. 약물로 건강을 해치는 사람을 저는 도무지 이해할 수 없더군요. 안타까운 재스퍼를 칭찬하시는 말을 들으니 아마 응당 기뻐해야 할 테지만, 저는 성령에게 경의를 표하지 않는 그의 태도를 걱정하고 있습니다. 재스퍼가 가끔 저를 만나러 로즈뱅크에 찾아오면 논쟁을 벌이곤 하나, 도무지 그의 잘못을 깨우치게 할 수가 없습니다. 경박한 생활하고는!"

"저는 그가 경박하다고 생각하지 않습니다. 아주 성실한 직원이라고 봅니다."

"하지만 재스퍼는 연극을 하지 않습니까! 그리고 연애 소설을 읽지요! 뭐, 저는 언제나 '심판을 받지 않으려거든 남을 심판하지 말라'는 경구를 되뇌려고 애씁니다. 하지만 제 형이 그런 세속적인 즐거움을 좇으며 불멸의 약속을 포기하는 모습을 볼 때마다 마음이 괴롭습니다. 저는 이만 나가서 재스퍼에게 전화를 걸어보겠습니다. 언젠가 로즈뱅크의 소울호프 회관에서 만날 일이 있기를 바랍니다. 좋은 날 되십시오, 은행장님."

은행장은 업무로 복귀하며 불평을 내뱉었다. "재스퍼가 돌아오면 그에게 '내가 줄 수 있는 최고의 칭찬은 자네가 전혀 동생과 비슷하지 않다고 말하는 것이네'라고 해줘야지."

그리고 다음 날, 수요일에 재스퍼가 다시 은행에 출근하자 은행장은 미리 마음먹은 대로 익살맞은 농담을 던졌고, 재스퍼는 한숨을 쉬었다. "오, 존은 정말 좋은 사람이지만 계속해서 형이상학과 동양의 신비, 그리고 신만이 아는 뭔가를 좇다가 안갯속에 갇히고 말았지요. 하지만 저보다 훨씬 나은 사람입니다. 만일 제가 집주인을 살해하거나, 은행을 턴다고 가정해보죠, 은행장님. 그때 은행장님이 존에게 가면 그는 저에게 정의를 실현하기 위해서 최선을 다할 거라고 이 동네에서 제일 비싼 점심 식사를 걸 수 있습니다. 그 정도로 고지식한 사람이지요!"

"고지식하다라, 정확한 표현이네. 아주 앞뒤가 꽉꽉 막혔더구먼! 뭐, 만약에 자네가 우리 은행을 턴다면 존을 찾아가겠네, 재스퍼. 하지만 되도록 그러지 않도록 노력해보게. 나는 정말로 그 후줄근한 셔츠를 입은 종교 탐정과 공조하고 싶지 않으니까!"

두 남자는 너털웃음을 터뜨렸고, 재스퍼는 자신의 책상으로 돌아갔다. 그는 아직도 두통이 남아 있다고 호소했다. 은행장은 일주일간 휴가를 내라고 충고했다. 재스퍼는 그러고 싶지 않다고 말했다. 유럽 지역의 전쟁으로 인한 새로운 군수 사업 때문에, 재스퍼의 담당인 공장 지불 청구서가 산처럼 쌓인 참이었다.

"일주일 정도 쉬지 않으면 건강을 해치게 될 걸세." 그날 오후 늦게 은행장이 충고했다.

재스퍼는 충고를 받아들여서 최소한 주말 동안 멀리 휴가를 떠나기로 했다. 그는 다가오는 금요일에 북쪽 와카민 호수로 떠나 검은 농어 낚시를 하고, 월요일이나 화요일에 돌아오겠다고 말했다.

그는 출발하기 전에 토요일 분의 지불 청구서를 미리 처리해서 다른 직원에게 넘기겠다고 했다. 은행장은 재스퍼의 성실함에 고마움을 표하며, 드물지 않은 관습대로 재스퍼를 다음 날인 목요일 저녁에 집으로 초대했다.

당일인 수요일 저녁, 재스퍼의 형 존은 로즈뱅크의 소울호프 협회에 나타났다. 집에 돌아간 후 불가사의하게도 다시 재스퍼로 변신하고서, 이번 재스퍼는 존의 가발과 의상을 책상에 되돌려놓지 않고 여행가방에 집어넣은 다음 버논의 집으로 가져가 옷장에 넣고 잠가두었다.

재스퍼는 목요일 저녁에 은행장의 집에서 쾌활하게 식사를 함께했지만 평소에 비하면 조용했고, 비교적 이른 시간인 9시 반에 아직 머리가 지끈거린다며 인사를 하고 나왔다. 한 손에 회색 실크 장갑을 조용히 쥐고 다른 손으로는 허세 좋게 지팡이를 흔들며, 그는 버논 시 중심가 뒤편의 고급 주거지에 자리한 은행장의 집을 떠났다. 재스퍼는 항상 이용하는 공용 주차장에 들어갔다. 그는 야간 경비원에게 언질을 남겼다.

"두통이 있어서요. 드라이브를 하면서 신선한 공기를 좀 쐬어야 할 것 같네요."

재스퍼는 시속 15마일을 넘지 않는 속도로 차를 몰았다. 그는 남쪽으로 향했다. 차가 도시 외곽에 도착하자 속도를 높여서, 일정하게 시속 25마일을 유지하며 달렸다. 그는 장거리를 이동하는 사람답게 운전석에 안정적인 자세로 편안하게 자리 잡은 채 미동도 하지 않았다. 가끔 액셀러레이터를 밟는 발이나 운전대를 잡은 손이 살짝 움직이는 것을 제외하면 그의 몸은 평온을 유지했다. 대각선으로 걸친 오른손으로 운전대 위쪽을 잡고, 왼쪽 팔꿈치는 운전석 팔걸이 끝부분에 댄 채 왼손으로는 거의 운전대를 건드리기만 한 상태로 쉬고 있었다.

그는 남쪽 방향으로 15마일을 달려 와나구치 마을에 거의 가까이 왔다. 그 순간 조금 낡은 옆길 도로를 통해 북쪽으로 운전대를 거칠게 꺾은 다음, 다시 서쪽으로 방향을 바꿔서 도시를 크게 빙 둘러 세인트 클레어를 향해 이동했다. 형 존이 사는 로즈뱅크의 교외 또한 버논 시의 북쪽이었다. 이 방향들은 매우 중요했다. 와나구치는 모도시(母都市)인 버논에서 남쪽으로 18마일가량 떨어진 곳이다. 로즈뱅크는 그와 반대로 버논 시에서 북쪽으로 8마일 떨어져 있었고, 세인트클레어는 와나구치가 버논에서 남쪽으로 떨어진 만큼 북쪽으로 20마일 떨어져 있었다.

재스퍼는 세인트클레어로 향하는 길에 로즈뱅크에서 고작 2마일밖에 떨어지지 않은 곳에서 대로를 벗어나, 오크나무와 단풍나무 숲으로 들어간 다음 오랫동안 사용하지 않은 삼림지대 길에 차를 세웠다. 그는 뻣뻣하게 차에서 내려서 숲을 가로질러 늪지대 호수가 내려다보이는 절벽을 향해 언덕을 올랐다. 자갈투성이 절벽의 높은 비탈은 물 끝부분에서 시작해서 가파르게 수직으로 뻗어 있었다.

별이 가득한 하늘, 그리고 땅에 퍼져서 파리해진 별빛 틈으로 그는 호수의 갈대가 우거진 지역을 바라봤다. 온통 진흙투성이에 사초(莎草) 수풀이 우거져서 절대 수영을 할 수 없었고, 물고기라고는 끈적거리는 메기뿐이었으므로 낚시를 하려는 사람도 없었다. 재스퍼는 선 채로 깊은 생각에 빠졌다. 그는 도망쳤던 농부들이 이 절벽에서 뛰어내린 후 진흙 속으로 사라져 호수 바닥에 가라앉았다는 이야기를 떠올렸다.

그는 지팡이를 휘두르며 절벽 끝에서 차를 세워둔 숨겨진 장소까지 이어지는 가상의 길을 그렸다. 그런 다음 커다란 주머니칼로 계획 도로를 막고 있는 엄청나게 많은 숫자의 울퉁불퉁한 개암나무 관목을 일단 베어냈다. 다시 길을 되짚어서 차에 도착하자 그는 미소를 지었다.

재스퍼는 숲 가장자리까지 걸어가서 주 고속도로를 위아래로 살펴봤다. 차 한 대가 가까이 다가왔다. 그는 차가 사라질 때까지 기다린 다음 자신의 차를 향해 달려가서 고속도로로 몰고 나와 시속 30마일로 세인트클레어를 향해 북쪽으로 달렸다.

세인트클레어에 막 닿았을 때 그는 차를 세우고 도구 세트를 꺼내서 점화 플러그를 푼 다음, 플러그를 엔진에 대고 탕탕 두드려 피복을 일부러 깨뜨렸다. 다시 점화 플러그를 조인 그는 차에 올라서 시동을 걸었다. 차는 털털거리다 푸르르 소리를 내며 합선을 일으켰고, 실린더 하나가 망가지고 말았다.

"점화장치에 뭔가 문제가 생긴 것 같은데." 그는 쾌활하게 혼잣말을 했다.

재스퍼는 가까스로 세인트클레어의 주차장까지 차를 가져갔다. 이 시간에 주차장에는 스펀지와 수도 호스로 리무진을 닦느라 바쁜 나이 든 흑인 야간 세차원 말고는 아무도 없었다.

"여기 혹시 야간 수리공이 있나요?" 재스퍼가 물었다.

"아니요. 내일까지 여기에 차를 두셔야 할 것 같군요."

"젠장! 기화기 아니면 점화장치에 문제가 생겼는데. 어쩔 수 없죠, 그러면 차를 여기 두고 가겠습니다. 아침에 수리공이 올 때 당신도 여기 있을 건가요?"

"예, 그렇습니다."

"흠, 그러면 그에게 내일 정오에는 반드시 차를 써야 한다고 전해주시오. 아니, 내일 아침 9시까지는 꼭 해결되어야 합니다. 자, 잊지 마시오. 아마 이거면 기억하기가 더 수월할 거요."

손에 25센트를 쥐어주자 그는 씩 웃으며 소리쳤다. "그럼요, 손님. 기억하기가 아주 수월해졌네요!"

야간 세차원은 차에 주차용 꼬리표를 달면서 질문했다. "성함이 어떻게 되십니까?"

"아, 내 이름 말이오? 음, 핸슨이오. 잊지 마시오, 내일 아침 9시에는 꼭 준비가 끝나 있어야 합니다."

그는 철도역을 향해 걸었다. 1시 10분이었다. 재스퍼는 야간 교환원에게 버논으로 향하는 다음 열차가 몇 시에 있는지 묻지 않았다. 1시 37분에 세인트 클레어에 열차가 도착한다는 사실을 알고 있는 것이 틀림없었다. 그는 대합실에 앉아 있는 대신 어두운 바깥쪽 수화물 임시 보관소에 세워진 트럭에 머물렀다.

열차가 도착하자 그는 마지막 칸에 올라타 제일 끝 좌석에 앉아서 자거나 최소한 잠을 청하려는 듯이 중절모를 눈까지 내려 썼다. 열차가 버논에 닿자 그는 내려서 항상 차를 대는 주차장으로 갔다. 재스퍼는 안으로 들어갔다. 야간 경비원이 큰 나무 의자를 주차장 입구 활주로의 벽에 기울여 댄 채로 졸고 있었다.

재스퍼는 경비원에게 유쾌하게 소리쳤다. "운이 나빴던 것 같소. 점화장치가 고장 났지 뭔가. 아마도 점화장치 문제가 맞을 거야. 와나구치에 차를 두고 와야만 했소."

"아이고, 운이 나쁘셨군요. 저런." 경비원이 수긍했다.

"그렇소. 그래서 와나구치에 두고 왔소." 재스퍼는 그를 지나치며 다시 한 번 강조했다.

그의 주장은 엄밀히 말해 사실과 달랐다. 차는 남쪽의 와나구치가 아니라 북쪽의 세인트클레어에 서 있었다.

그는 하숙집으로 돌아와 단잠을 잤고, 아침에 일어나서 몸을 씻으며 콧노래를 불렀다. 그러나 아침 식사 자리에서는 도무지 멈추지 않는 두통에 대해 불평을 늘어놨고, 북쪽으로 떠나서 와카민에 도착해 농어 낚시를 하고 눈을 좀 쉴 예정이라고 선언했다. 하숙집의 라이언스 부인은 휴식을 더욱 부추겼다.

"휴가인데 내가 뭐 도와줄 일이 없을까?" 그녀가 물었다.

"감사하지만 괜찮습니다. 그냥 낡은 옷가지와 낚시도구를 집어넣은 짐 가방 몇 개나 가져가려고 해요. 사실 벌써 짐을 다 싸뒀지요. 제시간에 은행에서 퇴근할 수만 있다면 아마 정오에는 기차에 탈 것 같습니다. 연합국을 위한 전시 계약을 한 공장 관련 지불 청구서가 쌓여 있어서 요즘 꽤 바쁘거든요. 오늘 아침 신문에는 무슨 기사가 났던가요?"

재스퍼는 짐 가방 두 개와 함께 은색 꼭지에 이름을 새긴 실크 우산을 깔끔하고 단정하게 말아서 들고 은행에 도착했다. 경호원이기도 한 은행 수위가 짐 가방을 들고 은행에 들어가는 것을 도왔다.

"가방 조심하시고요. 낚시 도구가 들어 있어요." 재스퍼는 무겁지만 딱 봐도 가득 차 있지 않은 짐 가방 하나를 들어 올린 수위에게 말했다. "음, 나는 오늘 와카민으로 달려가서 농어나 몇 마리 잡을까 합니다."

"저도 따라가고 싶군요, 재스퍼 씨. 두통은 좀 어떠십니까? 여전히 심하십니까?" 수위가 물었다.

"조금 나아졌지만, 여전히 눈이 뻑뻑하네요. 아마 너무 혹사시켰나보죠. 코너스, 내가 북쪽으로 떠나는 11-7 기차를 타려고 하는데, 11시에는 여기에서 택시를 탔으면 해요. 꼭 그래야 하는데, 11시가 되기 조금 전에 다시 알려주겠어요? 와카민에 가려면 북쪽행 11-7 기차를 타야 하오."

"알겠습니다, 재스퍼 씨."

은행장, 출납원, 과장을 가리지 않고 모두가 재스퍼에게 몸은 좀 어떻느냐는 질문을 던졌다. 그때마다 재스퍼는 눈을 너무 혹사시킨 것 같으며 와카민에 가서 농어 낚시나 좀 하려고 한다는 이야기를 반복했다.

재스퍼 옆자리에 근무하는 다른 지불 창구 직원은 창구 철창 사이로 기세 좋게 말을 걸었다. "꽤나 운이 좋으시구먼그래! 두고 보라고! 나도 이번 여름에 건초열에 걸려서 한 달간 낚시를 하러 떠날 테니까!"

재스퍼는 짐 가방 두 개와 우산을 책상 아래 밀어 넣고, 다음 날인 토요일에 해당하는 지불 청구서를 작성하여 다른 직원이 통화로 지불하도록 처리했다. 그는 자연스럽게 귀중품 보관실로 들어섰다. 아주 칙칙하고 흔한 파란색으로 칠한 철제 금고 문이 뒤편 벽을 가득 메운 좁고 작은 방으로, 바닥은 딱딱한 리놀륨인 데다 환기가 되지 않고 조명이라고는 알전구 하나 매달린 곳이지만 무려 700만 달러에 이르는 현금과 유가증권을 보관 중이었다. 다이얼 두 개가 설치된 커다란 강철 문짝의 상단 문은 반드시 각각 암호를 하나씩 알고 있는 은행 임원 두 명이 있어야 열렸다. 그 하단에는 재스퍼가 창구 직원으로서 열 수 있는 좀 더 작은 문이 있다. 특징 없는 강철 상자로, 현금 11만 7000달러와 4000만 달러에 달하는 금과 은을 보관한 금고였다.

재스퍼는 현금 다발을 들고 앞뒤를 오갔다. 그가 근무하는 책상은 다른 직원의 책상과 1미터도 떨어져 있지 않았다. 기계적으로 자연스럽게 그는 입력된 일정에 따른 지불 청구서에 해당하는 금액의 현금을 셌다. 그의 눈은 분명히 세고 있는 지폐와 앞에 놓인 타자기로 친 스케줄 표에 고정된 채였다. 계산이 끝난 지폐 다발은 종이끈을 둘러서 개별 포장했다. 그는 돈다발을 각각 옆에 있는 작은 검은 가죽 가방에 넣는 것처럼 보였다. 하지만 사실 그는 지불 청구서 가방에 돈을 넣고 있지 않았다.

그의 발 옆에 놓인 짐 가방 두 개는 모두 제대로 여며져 있는 것처럼 보였지만, 사실 하나는 열려 있었다. 무겁기는 했지만 그것은 선철 덩어리 하나를 넣어두었기 때문이다. 때때로 재스퍼의 손이 지폐 다발을 옆으로 떨어뜨렸다. 발을 살짝 옮겨서 짐 가방을 열자 손에서 떨어진 지폐가 정확히 가방 속에 안착했다.

가방 바닥에는 정확히 재단한 단단한 강철판이 깔려 있고, 은행 앞쪽에서는 아무도 이 의심스러운 동작을 목격할 수 없었다. 다른 직원이라면 볼 수 있었겠지만, 재스퍼는 다른 직원들이 고객과 이야기를 나누느라 바쁘거나 등을 돌리고 있을 때만 지폐를 담았다. 그런 절호의 기회를 잡기 위해 재스퍼는 자주 지폐 다발을 두 번 세거나, 눈이 아픈 듯이 연신 문지르면서 시간을 벌었다.

지폐 다발을 몰래 처분하고 나면 재스퍼는 매번 일정에 맞춰 포장한 동전 꾸러미를 지불 청구서용 가방에 잔뜩 집어넣었다. 푸른색 원통 모양으로 포장한 동전을 가방에 집어넣는 동안 재스퍼는 다른 직원과 수다를 떨었다. 그러고 나서 가방을 잠근 후 진지하게 한쪽에 정렬했다.

지불 청구서를 정리하는 데 시간이 너무 많이 걸린 탓에, 모든 작업을 마무리하자 벌써 11시 5분이었다. 재스퍼는 책상에 앉은 채로 수위에게 전화를 걸어 지금 택시를 불러달라고 요청했다.

채워야 할 돈 가방은 아직 하나가 남아 있었다. 재스퍼는 보조원에게 설명을 하면서 아무렇지도 않게 돈다발을 가방 속에 집어넣었다. "내가 일단 가방을 전부 내 금고에 넣어둘 테니까, 나중에 당신 금고로 옮겨놓기만 하면 돼. 내 금고는 확실히 잠가주고. 아이고, 서두르지 않으면 기차를 놓치겠구먼! 아무리 늦어도 화요일 아침에는 돌아올 걸세. 그때 보자고! 조심하게나."

재스퍼는 서둘러 은행 귀중품 보관실 안의 본인 금고에 지불 청구서용 돈 가방을 차곡차곡 쌓았다. 금고 속은 가방으로 거의 꽉 찼다. 하지만 마지막 하나를 제외한 모든 가방에는 동전 꾸러미 몇 개밖에 들어 있지 않았다. 그러나 재스퍼는 다른 직원에게 나중에 자신의 금고를 꼭 잠가달라고 부탁하고서 직접 자물쇠를 채워버렸다. 이 생각 없는 행동 때문에 보조원은 이제 은행장이 문을 열어줄 때까지 기다려야만 했다.

그는 짐 가방 하나 위에 약 10초 가까이 상체를 숙이고 있다가 모든 짐을 집어 들었다. 그는 자기 책상 앞에 앉은 출납원에게 인사를 남기고서 급하게 서두르며 수위가 미처 짐 가방을 옮기는 것을 도와줄 틈도 주지 않고 은행을 쏜살같이 가로질러, 문을 열고 나가서 대기 중인 택시에 타고 수위도 들을 수 있을 만큼 큰 목소리로 소리쳤다.

"M. & D. 역까지 가주시오."

M. & D.R.R. 역에서 내린 재스퍼는 가방을 들어주겠다는 짐꾼의 제안을 거절하고 버논 시에서 북서쪽으로 140마일 떨어진 호수 리조트 지역이자 세인트클레어에서 120마일 떨어진 와카민행 표를 샀다. 11-7 기차를 타기에 마침맞은 시

간이었다. 그는 특등 객차를 타지 않고 뒷문에 가까운 보통 객실에 앉았다. 그리고 자신의 이름이 새겨진 우산의 은색 꼭지를 돌려서 풀어 주머니에 넣었다.

기차가 세인트클레어에 닿자 재스퍼는 짐 가방만 들고 꼭지가 사라진 우산은 자리에 그대로 둔 채로 통로로 나갔다. 텅 빈 무심한 표정이었다. 곧 기차가 떠나고, 그는 역 승강장을 걸어서 진지하게 자리를 떴다. 그의 얼굴에 모험의 빛이 살짝 드리워졌다 사라졌다.

재스퍼는 지난 저녁에 차를 두고 온 차량 정비소로 찾아가 점장에게 문의를 했다. "제 차는 다 고치셨나요? 점화장치가 망가진 머큐리 로드스터입니다만."

"아니요! 먼저 처리해야 할 작업이 몇 건 있었소. 아직 손을 댈 틈이 없었지. 오늘 오후 일찍 살펴볼 예정이오."

그는 당혹스러운 짜증을 담아 입속에서 혀를 굴렸다. 차량 정비소 바닥에 짐 가방을 내려놓은 재스퍼는 집게손가락을 구부려 아랫입술에 댄 채로 서서 생각에 잠겼다.

그리고 곧이어 말을 꺼냈다. "흠, 미안하지만 기다릴 수 없으니 차를 몰고 가야겠네요. 다음 마을에 가야 합니다." 그가 불평했다.

"당신 같은 요즘 외판원은 차로 돌아다니면서 구역을 관리하곤 하지요, 핸슨 씨." 점장은 재스퍼의 차에 달린 주차 딱지를 흘끗 확인하면서 조금 전보다 예의 바르게 대꾸했다.

"그렇소. 기차로 다니는 것보다 돈을 더 잘 벌 수 있지요."

차를 고쳐주지 않았으니 요금을 청구하는 것은 부당한 일이었지만, 그는 불평하지 않고 하룻밤 치의 보관료를 지불했다. 사실 그는 눈에 띄지 않고 단조롭게 행동했다. 짐 가방을 차에 밀어 넣은 재스퍼는 덜덜거리는 차를 몰고 떠났다. 그는 다른 차량 정비소에서 새 점화 플러그를 구입해서 갈아 끼웠다. 다시 시동을 걸자 덜덜거리는 소리가 멈췄다.

그는 세인트클레어를 나와서 버논 시, 그리고 동생이 사는 로즈뱅크 방향으로 나아갔다. 갈대가 우거진 호수에서 불쑥 튀어나온 절벽에 서서 가상의 도로를 그려봤던, 로즈뱅크에서 고작 2마일 떨어진 울창한 오크나무와 단풍나무 숲으로 차를 모는 중이었다.

재스퍼는 버려진 삼림 지역의 도로 옆 잔디밭에 차를 댔다. 내려서 짐 가방 위에 얇은 덮개 하나를 깔았다. 좌석 아래에서 그는 매콤하게 요리한 닭고기와 비스킷 캔을 각각 하나씩 꺼내고 이어서 홍차 통과 접힌 조리용구 세트, 알코올 램프를 준비했다. 재스퍼는 모든 준비물을 잔디 위에 펼쳤다. 점심 소풍이었다.

그는 오후 1시 7분에 점심을 차리고 앉은 다음, 날이 어둑해질 때까지 시간을 보냈다. 가끔씩 음식을 먹는 척하기도 했다. 개울에서 물을 길어 차를 끓이고, 비스킷 상자와 닭고기 캔을 열었다. 하지만 대부분 시간 동안 가만히 앉아서 줄

담배를 피웠다.

땅거미가 지자 재스퍼는 필터까지 피운 담뱃불을 눌러 끄고 수수께끼 같은 말을 했다. "이게 아마 재스퍼 홀트의 마지막 담배였겠지. 당신이 담배를 피울 것 같지 않군그래, 존. 빌어먹을 놈!"

그는 짐 가방 두 개를 덤불에 숨기고 남은 점심을 차에 정리한 다음 문을 닫고 살금살금 대로까지 걸어나왔다. 시야에 보이는 사람은 아무도 없었다. 그는 다시 차로 돌아왔다. 그리고 공구함에서 망치와 끌을 꺼내서 엔진 표면에 깊은 흠집을 내서 차번호를 알아볼 수 없게 만들었다.

이어서 앞뒤의 자동차 번호판을 떼어내 짐 가방 옆에 세워두었다. 잠시 뒤 덤불이 뿌연 덩어리로 보일 만큼 어두워지자, 차에 시동을 걸고 숲을 지나 절벽 끝까지 운전한 다음 차를 세우고 엔진을 켠 채로 내버려두었다.

호수 위로 불쑥 튀어나온 절벽 끝과 자동차 사이에는 제멋대로 자라난 붉은 토끼풀이 가득 덮인 약 40미터에 달하는 공간이 남아 있었다. 재스퍼는 거리를 잰 다음 다시 차에 타서 불안하고 자신 없는 태도로 운전석에 앉아 기어를 넣고, 2단에서 시작하여 3단까지 가속했다.

자동차는 절벽 가장자리로 쏜살같이 튀어나왔다. 그는 즉시 주행판으로 내려섰다. 주행판에 선 채로 차가 날카로운 절벽 끝부분으로 정확히 나아가도록 왼손으로 운전대를 조종하고, 오른손으로 연료 조절판을 조정하여 속도를 높였다. 그는 안전하게 주행판에서 뛰어내렸다.

차는 포효하며 혼자서 앞으로 돌진했다. 곧이어 절벽 끝에서 날아올랐다. 마치 커다란 비행기라도 된 것처럼 공중으로 6미터 가까이 치솟았다. 그리고 연신 뒤집히면서 아찔하게 호수에 떨어졌다. 엄청난 동심원을 그리면서 물살이 거칠게 치솟았다. 이윽고 적막이 찾아왔다.

황혼 속에서 호수의 표면은 우유처럼 빛났다. 수면 아래 차가 있다는 흔적은 어디에도 없었다. 동심원은 사라졌다. 호수는 은밀하고 사악하고 잠잠했다. "세상에!" 절벽 끝에 선 재스퍼가 소리쳤다. "뭐, 어쨌든 2년 정도는 찾을 수 없겠지."

그는 짐 가방이 있는 곳으로 향했다. 쪼그리고 앉아서 가방 하나를 열고 존 홀트의 가발과 검은 옷을 꺼냈다. 재스퍼의 옷을 벗어 가방에 챙겨 넣은 그는 존의 옷을 입었다. 짐 가방과 차 번호판을 든 그는 이제 존이 되어 마을까지 반나절 가량이 남을 때까지 단풍나무와 버드나무가 우거진 숲에서 숲으로 이동하며 로즈뱅크를 향해 걸었다.

버드나무 길 끝의 석조 집에 닿은 존은 뒷길을 통해 살금살금 들어갔다. 그는 재스퍼 홀트의 옷을 벽난로에 넣고 태운 다음 스토브에서 자동차 번호판을 녹이고, 돌 두 개로 두들겨 재스퍼의 비싼 시계를 박살낸 다음 만년필을 빗물 탱크 안에 집어넣어서 망가뜨렸다. 우산의 은꼭지는 새겨진 이름을 알아볼 수 없을 때까지 끌로 긁어냈다.

그는 책장의 아래 칸 자물쇠를 열고 짐 가방에 담아온 액면가별로 구분한 1달러, 5달러, 10달러, 20달러짜리 지폐뭉치를 꺼내 책장에 꽂혀 있던 책처럼 생긴 빈 과자 상자에 채웠다. 존은 상자에 담으면서 지폐 액수를 셌다. 9만 7535달러였다.

짐 가방 두 개는 새것이었다. 특별히 구분할 만한 특징도 없었다. 그러나 존은 가방을 부엌으로 가져가서 발로 차고 까만 구두약 덩어리로 문지르면서 끄트머리의 올을 풀고 가장자리를 갈아내서 길고 고된 여행길을 다니느라 지친 외양을 만들어냈다. 완성된 닳아빠진 가방은 위층으로 가져가서 낮은 다락방에 던져두었다.

침실에 들어간 존은 태연하게 옷을 벗었다. 그가 웃음을 터트렸다. "허세나 떨고 다니는 멍청한 은행 임원하며 경찰들은 정말 경멸스럽군. 나는 그들의 한심한 법률 위에서 놀고 있다고. 아무도 날 잡을 수 없지. 나를 잡아넣을 수 있는 건 나 정도뿐이려나!"

그는 침대 속으로 들어갔다. 그러나 곧 짜증스러운 '잠깐!' 소리와 함께 고민에 빠졌다. "내 생각에 존은 아무리 바닥이 차가워도 기도를 할 것 같군."

그는 침대에서 내려와 불가해한 우주의 신에게 재스퍼 홀트가 아닌 소울호프 협회가 추구하는 진정한 믿음이 부족한 교파들을 위해 용서를 구하는 기도를 올렸다.

다시 침대로 돌아온 존은 양팔을 베고 웃으며 잠이 들어 아침까지 곤히 수면을 취했다.

재스퍼 홀트는 이런 식으로 신비로운 죽음의 고통 없이 소멸하였고, 존 홀트는 일요일과 수요일 저녁에만 슬쩍슬쩍 등장하는 유령 같은 존재가 아니라 일주일 내내 하루 24시간을 살아가는 사람이 되었다.

로즈뱅크 주민들은 가끔씩 모습을 보이는 괴짜 은둔자 존 홀트에 익숙해져서, 금요일에 이어서 토요일 저녁에도 그가 현관문을 지나쳐 중심가의 신문과 문구 가게로 터벅터벅 걸어가자 수군거리고 낄낄거리며 그를 비웃었다.

그는 석간을 구입하고 점원에게 말했다. "『헤럴드』 조간을 매일 아침 우리 집에 배달해주시오. 험버트 가 27번지."

"네, 어딘지 압니다. 지금까지 신문에 불만이 많으신 분이라고 생각했었어요." 점원이 당돌하게 말했다.

"그러셨소? 『헤럴드』, 매일 아침이오. 한 달 치 대금을 선불로 내겠소." 존 홀트가 대답했다.

존은 다음 날 저녁인 일요일에 소울호프 협회 모임에 참석했지만, 그 후로 이틀하고도 반나절 동안 길거리에 모습을 드러내지 않았다.

다음 날인 수요일이 되어서야 작은 도시답게 재스퍼 홀트의 실종에 관한 전모를 기재한 기사가 자극적인 제목을 달고 신문 1면에 당당하게 등장했다.

　　은행 지출계 직원

　　촉망받던 인물이 도주하다

　기사는 재스퍼 홀트가 실종된 지 나흘째가 되었다는 소식으로 시작해서, 처음에는 은행 임원이 그의 계좌에 아무런 문제가 없다고 사건을 부정했지만 이윽고 10만 달러가 빈다고 인정했다고 보도했다. 재스퍼는 금요일에 와카민으로 향하는 티켓을 구입했으며, 철도원과 은행 고객 한 명이 기차에서 그를 알아봤으나 분명히 와카민에서 내리지는 않았다.

　한 여성은 금요일 오후에 재스퍼가 자동차를 몰고 버논과 세인트클레어 사이 거리를 지나쳤다고 주장했다. 그러나 이 세인트클레어에서의 목격담은 그저 익명의 제보에 불과했다. 사실 우리의 유능한 경찰국장은 재스퍼가 세인트클레어 방향인 북쪽이 아니라 와나구치를 넘어 아마 남쪽의 디모인 또는 세인트루이스로 향하는 중이었다는 것을 증명했다.

　재스퍼가 전날 차를 와나구치에 두고 갔다는 정보가 확실화되었으며, 경찰은 관례적인 철저함과 신속함을 발휘해 와나구치를 수색했다. 경찰국장은 이미 남쪽 도시의 경찰과 연락을 끝냈으니 틀림없이 금방 재스퍼를 검거할 수 있을 거라고 예상했다. 권력을 쥔 인기 좋은 시장이 임명한 국장이니만큼, 업무를 제대로 수행하지 못한다는 인상을 주면 불리해

질 수 있었다.

도주한 용의자가 북쪽으로 향했다는 이론에 대해 어떻게 생각하냐는 질문을 받자, 국장은 물론 재스퍼는 뒤에 붙은 추격자들을 따돌리겠다는 헛된 희망을 가지고 북쪽으로 출발했지만 즉시 남쪽으로 이동해 본인의 자동차를 되찾았다고 발표했다. 확실한 것은 아니지만, 국장은 재스퍼가 자신의 차를 와나구치에 숨긴 동료를 처리할 준비를 마쳤다고도 덧붙였다.

재스퍼가 미쳤다고 생각하느냐는 질문에 국장은 웃으며 이렇게 말했다. "네, 20만 달러만큼 미쳤지요. 딱히 누구를 폄훼하려는 건 아니지만, 우리의 정치적 적수들 중에도 훨씬 적은 금액을 위해서 더 커다란 미친 짓을 하는 사람이 엄청나게 많아요!"

그러나 은행장은 매우 괴로워하며, 거리에서 가장 호화로운 하숙집에 거주하는 사랑받는 입주민인 데다 지역 연극단에서도 잘 알려져 있는 재스퍼에 대한 신뢰를 강력하게 주장했고, 은행에서 너무 높은 평판을 받는 나머지 지겨워져서 잠시 정신을 놓은 것뿐이고 얼마 전까지 두통에 시달리며 힘들어했다고 말했다. 한편 20만 달러의 공동사채권으로 은행 직원을 빠짐없이 보장하는 채권회사가 고용한 수사관 또한 재스퍼 사건과 관련하여 경찰과 협력하여 수사에 임하고 있었다.

존은 신문을 읽자마자 전차를 타고 버논 시로 올라가 은행장을 찾아갔다. 존의 얼굴은 수치와 슬픔으로 얼룩져 의기소침해져 있었다. 은행장이 그를 맞이했다. 존은 휘청거리며 그의 집무실로 들어와 신음했다. "저는 방금 신문에서 형에 대한 끔찍한 소식을 읽었습니다. 제가 온 건……"

"저희는 이것이 그저 실어증 관련 사고에 지나지 않기를 바라고 있습니다. 재스퍼는 곧 아무 일 없이 나타날 거라 믿습니다." 은행장이 주장했다.

"저도 그렇게 믿을 수 있으면 좋겠습니다. 하지만 미리 말씀드린 대로 재스퍼는 좋은 사람이 아닙니다. 그는 술을 마시고 담배를 피우고 연극을 하고 온갖 세련된 옷을 숭배하는……"

"세상에, 그가 횡령범이었다는 결론을 섣불리 내릴 근거는 하나도 없어요!"

"부디 당신이 옳기를 기도합니다. 하지만 그 사이에 제가 줄 수 있는 도움은 뭐든지 드리고 싶군요. 제 형제가 유죄로 밝혀진다면, 그가 법의 제재를 받는 모습을 보는 것을 저의 유일한 의무로 삼겠습니다."

"부디 그러시지요." 은행장이 중얼거렸다.

그는 이러한 존의 엄격한 청렴결백한 모습을 보고도 도저히 그를 좋아할 수 없었다. 존은 바보 같은 얼굴을 들이밀고 책상 옆에 서 있었다.

은행장은 의자를 한 발짝 멀리 빼고서 불쾌하게 말했다. "사실 우리는 당신의 집을 수색할까 고려하고 있습니다. 제 기억이 맞는다면 로즈뱅크에 살고 계시지요?"

"그렇습니다. 그리고 당연히 샅샅이 수색하시도록 협조하겠습니다. 다른 도움도 얼마든지 드리지요. 이루 말할 수 없는 죗값을 재스퍼와 완전히 나누어 짊어져야 할 것 같은 기분이 드는군요. 제 집 열쇠를 즉시 넘겨드리겠습니다. 재스퍼가 저를 보러 올 때 자동차를 대놓던 창고도 있습니다." 존은 크고 녹슨 옛날식 문 열쇠를 꺼내서 내밀며 덧붙였다. "주소는 로즈뱅크 험버트 가 27번지입니다."

"아, 이러실 필요는 없습니다." 은행장은 다소 민망해하며 짜증스럽게 손사래를 쳐서 열쇠를 거부했다.

"하지만 저는 어떻게든 도움을 드리고 싶을 뿐입니다! 이 사건을 담당하는 수사관은 누굽니까? 그에게 어떤 도움이든……"

"해야 할 일이 무엇인지 알려드리지요. 무역신탁채권 회사에 가서 스캔들링 씨를 찾아 아는 걸 전부 말씀해주시면 됩니다."

"그러지요. 저는 제 형제의 범죄를 함께 짊어졌습니다. 그렇게 행동하지 않으면 카인의 죄를 저지르는 것이겠지요. 당신은 저에게 우리의 합동 죄악을 속죄하려고 노력할 기회를 주었고, 그리고 우리의 형제 제러마이아 보드피시가 늘 그렇게 말했듯 한낱 육체에 불과한 대상에게는 처벌이 더없이 고통스러워 보이겠지만 그렇다 하더라도 죄악을 속죄할 기회를 얻는 것은 축복입니다. 아마 전에 말씀드렸겠지만 저는 소울호프 협회의 일반 회원이고, 비록 우리는 위선적인 주장과 교리에서 자유로워지도록 노력하지만 그러면서 굳게 믿고 있습니다."

그리고 이어지는 따분한 10분간 존 홀트는 잊힌 책과 기묘하고 옹졸한 장로들의 말을 인용하고, 격렬하고 뒤틀린 자부심과 서투른 신비주의를 광신적인 거미줄로 얼기설기 엮으며 설교를 늘어놓았다. 은행장은 선교사 기금의 열렬한 지지자이자 성 시므온 교회의 지정석을 40년간 소유한 교회 신도였지만, 지루함과 등줄기로 뻗어나가는 차가운 전율을 번갈아 느끼며 이 자기 확신에 가득찬 광신자를 향해 분노를 키웠다.

그는 상당히 무례하게 존 홀트를 쫓아낸 후 혼자 불평했다. "제기랄, 이렇게 말하면 안 되겠지만 나는 성인 존보다 죄인 재스퍼가 더 마음에 드는군. 어휴! 습기 찬 지하실 냄새가 얼마나 진동을 하는지! 분명히 감자나 캐는 데 모든 시간을 투자하는 사람일 거야. 내참! 빌어먹을, 재스퍼가 용감하게도 본인이 은행을 털면 존에게 연락해야 할 거라고 말한 기억이 나는군. 이제야 그 이유를 알겠구먼! 존은 체계적인 수사를 모조리 혼란스럽게 만드는 독선적인 멍청이야. 음,

재스퍼, 미안하지만 존과 더는 연관되지 않을 걸세!"

존은 무역신탁채권 회사에 가서 스캔들링 씨를 불러 상세하고 쓸모없는 재스퍼의 유년기와 최근의 악덕을 설명하면서 그를 지치게 했다. 스캔들링은 채권회사가 재스퍼를 찾으려고 고용한 수사관에게 존을 인도했다.

수사관은 엄격하고 과격한 남자로, 누구보다도 존을 더욱 지루하게 받아들였다. 존은 그가 로즈뱅크의 집에 와서 수사를 벌여야 한다고 주장했고, 수사관은 로즈뱅크로 찾아가기는 했지만 이 상황에서 벗어나기 위해 설렁설렁 일했다. 존은 마지막 5분 동안 수사관을 붙잡고 재스퍼가 가끔 차를 보관하던 창고를 안내했다.

또한 그는 귀중하지만 군데군데 얼룩진 서적을 꺼내서 보여주면서 수사관의 관심을 끌려고 애썼다. 급기야 책장 한 칸의 자물쇠를 열어서 네 권짜리 설교서를 끌어내려 큰 소리로 읽기 시작했다.

수사관이 끼어들었다. "네, 참으로 좋은 내용이지만 당신 형제가 이 책들 뒤에 숨어 있을 것 같지는 않군요!"

수사관은 존에게 그의 도움이 필요하다면 연락하겠다고 끈질기게 설득한 후 최대한 빨리 그 자리를 벗어났다.

"제가 속죄할 길이 있기만 하다면……"

"그렇죠, 좋습니다!" 수사관은 재빨리 문을 향해 달렸다.

존은 그날 버논 시를 다시 한 번 방문했다. 그는 경찰국장을 찾아갔다. 채권회사 수사관이 우리 집에 다녀갔으니, 경찰도 찾아와서 조사를 해야 한다고 생각하지 않는가? 그는 속죄를 원한다며 그렇게 요청했다. 국장은 존의 등을 두드리면서 형제가 저지른 범죄에 책임감을 느낄 필요는 없다는 조언을 하고 간청했다. "이제 집으로 돌아가시오. 우리는 매우 바쁩니다."

그날 저녁, 존이 소울호프 회관으로 걸어가는 내내 십여 명이 넘는 사람들이 저 사람의 형제가 럼버 국립은행을 털었다며 속닥거렸다. 그는 부끄러움에 고개를 푹 숙였다.

존은 모임에서 재스퍼의 죄를 대신 받아들이며, 그가 잡혀서 처벌이라는 정화의 축복을 받기를 기도했다. 다른 회원은 그에게 죄책감을 느끼지 말아달라고 부탁했다. 누가 뭐래도 그는 이 사악하고 비뚤어진 세대 안에서 홀로 구원을 확신하는 소울호프 협회의 신도가 아닌가?

목요일과 토요일 아침, 그리고 화요일과 금요일에 존은 도시로 가서 은행장과 수사관을 방문했다. 은행장은 존과 두 번 만나서 장광설을 들으며 대단히 지루한 시간을 보냈다. 세 번째 방문이 이어지자 그는 외출 중이라고 답하라는 지시를 내렸다. 네 번째로 찾아온 존에게는 만약에 돕고 싶은 마음이 있다면 멀리 떨어져 있는 것이 최선이라고 퉁명스럽게 설명했다.

수사관은 네 번 모두 부재중이었다.

존은 온유한 미소를 지으며 그들을 도우려고 노력하기를 그만두었다. 책장 제일 아래 칸을 메운 과자 상자들에는 그가 이따금씩 꺼내는 하나를 제외하면 먼지가 뽀얗게 쌓이기 시작했다. 그가 과자 상자를 꺼낸 날이면 지난 6개월 이상 그랬던 것처럼, 빛바랜 갈색 머리에 주름진 검은 양복을 입고 R. J. 스미스라고 서명하는 남자가 사우스버논의 우체국에 나타나 로즈뱅크의 존 홀트에게 상당한 금액의 우편환을 부쳤다.

우편환은 일주일에 25달러를 넘길 수 없었지만, 금욕적인 존 홀트 같은 사람에게는 필요 이상의 금액이었다. 낮이면 존은 가끔씩 로즈뱅크의 우체국에 찾아가 우편환을 현금화했지만, 보통은 버릇처럼 저녁에 외출해서 제일 좋아하는 식료품점을 방문해 현금으로 바꿨다.

매일 저녁 식사 이후에 정원 오른쪽에서 나타나 시가를 피우며 산책을 나서는 이웃 통근자와 대화를 나누며 존은 형제가 횡령을 저질렀다는 통탄할 사태에 대해 숨김없이 털어놓았다. 그는 자신이 그간 공부에 너무 집중하느라 틀어박혀 형제를 도외시하지 않았더라면 과연 어떻게 되었을지 스스로를 탓했다. 이웃은 존에게 자주 외출을 나가보라고 진지하게 조언했다. 존은 그에게 설득당해서 적어도 매일 오후 짧은 산책을 나가고, 우유와 고기 또는 식료품 배달을 받으면서 집필의 고독을 해치는 방해물을 허용하는 등 한계선을 확장하기로 했다. 또한 그는 공공 도서관에 방문해서 열람실에 앉아, 마치 언젠가 남쪽으로 갈 계획을 세우는 듯이 중남미 대륙에 대한 책을 살펴봤다.

그러나 존은 종교적 학문 연구를 이어갔다. 횡령사건 전에는 존이 『요한계시록』에 관한 서적 집필에 일관되게 임했는지 의심할 여지가 있었다. 바깥세상이 확인할 수 있는 것이라곤 신학 권위자의 인용문이 온통 뒤섞인 기록뿐이었다. 그러나 아마 형제가 저지른 범죄가 심리적 충격을 가해 예전보다 연구에 집중하고 진득하게 집필에 몰두하도록 만든 듯했다. 형이 실종된 후 채권 회사가 점차 수사를 포기하고 범인이 사망했다고 믿기에 이른 1년간, 존은 다소 모호한 작업에 광적으로 몰두했다. 밤낮으로 명상에 휩쓸리면서 현실적인 감각을 잃고, 육신이라는 구름 사이로 높이 솟은 성령의 도시에서 내려온 빛을 본 듯했다.

재스퍼 홀트가 연극에서 배역을 맡으면 정말로 그 사람이 되어버린다는 점은 이미 확언된 바 있다. 그 누구도 말쑥한 은행 직원에 동화되어 사는 배우가 실제로 얼마나 대단한 사람인지 알아낼 수 없었다. 비록 그는 화려한 승리를 만끽하지는 못했지만, 물질적인 보상은 받아냈다. 그가 지금껏 해온 중 가장 섬세한 배역을 연기하는 동안 9만 7000달러가 수중에 들어왔다. 그는 그 돈을 받을 만했다. 비록 위험을 수반한 금액이었지만 공정한 대금이었다. 재스퍼는 인간성의 신비에 간섭했고, 옥죄인 신체로 걸어가며 방랑하는 유대인의 성령이 되어, 일관적이었던 목적을 잃을 위험에 처했다.

10월의 음울한 빗줄기가 스치고 지나가자, 뾰족하게 뻗은 버드나무 이파리가 말라서 비틀린 채 바닥으로 떨어졌다. 나무줄기의 껍질이 벗겨지면서 눅눅하고 창백한 누런 빛을 띤 상처 입은 맨살이 드러났다. 나무들이 벌거벗자 존 홀트의 단단한 석조 건물이 더욱 두드러졌다. 황갈색 잔디의 매듭 줄기 사이사이로 드러난 땅바닥이 맨들거렸다. 이 시기의 산책길 벽돌은 언제나 축축했다. 구석구석 스며드는 한기에 온 세상이 움츠러들었다.

회색빛 황혼 속에서 버드나무 길을 서성이는 남자는 병약해진 대지만큼이나 우울해 보였다. 발걸음에는 힘이 하나도 없었고, 명상이 깊어지는 만큼 입술이 맹렬하게 움직였다. 주름진 검은색 양복과 음침한 셔츠 가슴팍 위에 벨벳 옷깃이 녹색으로 변색된 해진 외투를 걸치고 있었다. 그는 깊은 생각에 빠져 있었다.

"이 모든 사건에는 뭔가가 있어. 뭔가가 보여. 내가 보는 게 뭔지는 모르겠지만! 하지만 저 어딘가에 빛이 있어. 먹고 자는 행동이 한심해 보이도록 만드는 초자연적인 세계가 있어. 나는, 나는 정말로 법을 넘어섰어! 나는 나만의 법을 창조해냈지! 내가 시계(視界)의 법칙을 벗어나 삶의 비밀을 발견하지 못할 이유가 어디 있지? 하지만 나는 죄를 지었고,

반드시 회개해야 해. 언젠가는 해야겠지. 내가 돈을 돌려줘야 할 필요는 없어. 그건 내가 지금처럼 명상하는 삶을 영위할 수 있도록 주어진 것이야, 이제 알겠어. 하지만 은행장님이며 나를 믿어주던 사람들을 배신한 것은 어떡해야 하지? 나야말로 가장 비참한 눈먼 죄인에 불과하지 않은가? 목소리, 나에게는 서로 충돌하는 목소리들이 들려, 그 목소리 몇몇은 내 용기를 찬양하지만 또 다른 몇몇은 나를 책망하지.”

그는 버드나무 아래 놓인 나무 벤치의 미끈미끈한 검은색 표면에 무릎을 꿇었고, 기도를 시작할 때즈음 땅거미가 그를 둘러쌌다. 마치 언어가 아니라 광대하고 혼란스러운 몽상으로 기도를 드리는 기분이 들었다. 사람의 혀보다 언어로 표현할 수 있는 단어가 너무나 컸다.

스스로에게 지쳤을 때, 그는 천천히 집에 들어섰다. 등 뒤로 문을 잠갔다. 뚜렷하게 두려운 존재가 있는 것은 아니었지만, 문을 잠그지 않으면 불안했다.

그는 촛불 아래에서 마른 빵과 달걀, 묽은 우유를 탄 싸구려 홍차로 금욕적인 저녁 식사를 준비했다. 18개월째 식사를 끝내고 나면 언제나 그랬던 것처럼 배를 채우고 나자 담배 생각이 간절했지만, 피우지 않았다.

그는 거실에 들어가 길고 고요한 저녁 시간 동안 모든 각주를 상호참조하며 역사 깊은 저술서인 예언자의 수비학(數秘學) 저서와 짐승의 숫자 666에 관한 책을 읽었다. 알량한 종이 더미는 작고 신경질적인 존의 필적으로 뒤덮혀 있었다. 그는 수많은 밤을 거치며 종이 수천 장에 기록을 남겼다. 그러나 항상 제대로 붙잡을 수 없는 생각을 더디기 짝이 없는 펜으로 따라잡으려는 식이라, 기록의 대부분은 무자비하게 불태워버렸다.

언젠가는 명작을 써내고야 말리라! 그는 필멸의 존재인 인간이 부닥치는 가장 큰 발견이 다가오는 것을 느꼈다. 그는 주변의 모든 것이 상징이라고 확신했다. 이런저런 신성한 상징뿐만 아니라 모든 물리적인 징후가 그렇게 보였다. 가벼운 두려움이 깃든 환희를 안고 그는 새롭게 터득한 예언 능력을 시험해보았다. 벽에 걸린 등불이 가볍게 흔들렸다. 그는 과감하게 입을 열었다. "만일 저 움직이는 둥근 불빛이 책장 가장자리에 닿는다면, 이는 내가 완전히 새로운 신분으로 태어나 남아메리카에 넘어가서 돈을 쓰며 살 거라는 상징이다."

그는 전율한 후 견딜 수 없을 만큼 천천히 흔들리는 불빛의 움직임을 바라보았다. 일렁이던 빛이 책장에 거의 와 닿았다. 그는 숨이 턱 막혔다. 불빛은 다시 서서히 물러났다.

이것은 경고였다. 그는 부들부들 떨었다. 그 많은 시간을 들여서 현명하게 고안해낸 피난처인 이 우울하고 무서운 집을 절대 떠날 수 없는 것일까? 그는 갑자기 모든 진실을 깨달았다.

"나는 도망쳐서 감옥에 숨었어! 정의에 의해 붙잡힌 게 아니라, 내가 스스로를 잡은 거야!”

그는 다시 한 번 예언을 시도했다. 탁자 위에 놓인 연필의 숫자가 다섯보다 많을지 적을지 추측해보았다. 만일 더 많다면 그는 죄인이었다. 만일 적다면 그는 정말로 법 위에 군림하는 사람일 것이다. 그는 책이며 종이를 들어 올리며 연필들을 찾아다녔다. 시험의 긴장감 덕분에 식은땀이 흘렀다.

갑자기 그는 울음을 터트렸다. “내가 미쳐가는 것인가?”

그는 무미건조한 침실로 도망쳤다. 하지만 도무지 잠을 이룰 수 없었다. 그의 뇌는 신비로운 숫자와 숨겨진 경고에 대한 짐작으로 혼란스럽게 엉켜 있었다.

그는 반쯤 잠든 상태에서 그 어느 때보다도 환상에 시달리다 문득 깨어나서 소리질렀다. “나는 반드시 돌아가서 고백해야 해! 하지만 그럴 수 없어! 내가 그들보다 훨씬 영리한 이 상황에서는 할 수 없다고! 내 발로 돌아가서 그들이 이기게 둘 수는 없어. 그 바보들이 앉은자리에서 나를 잡도록 내버려둘 수 없다고!”

재스퍼가 실종된 지 1년하고도 6개월이 지났다. 어떤 때는 한 달 정도, 또 어떤 때는 회색빛으로 물든 한 세기가 족히 지난 것처럼 느껴졌다. 존의 의지력은 호기심 넘치는 지지부진한 종교 연구에 가려져 있었다. 점괘판을 무릎 위에 두고 흥분해서 오랫동안 숨을 헐떡이다 밤이 깊어지면 그는 탁자가 타닥타닥 박자를 맞추고 불타는 석탄이 말을 거는 환상에 시달렸다.

이제 은둔에 들어간 후 두 번째로 맞이한 가을이 겨울로 접어들었고, 그는 남아메리카로 간다는 계획을 실행하기에는 아직 준비가 충분하지 않다고 자각했다. 여름 전에는 틀림없이 은둔지에서 벗어나 오직 그만이 만들 수 있는 교활한 흔적을 남겨두고 남쪽으로 향하리라 스스로 호언장담했었다. 하지만 그러기에는 일이 너무 많았다. 그는 지난 형제 재스퍼가 도피를 위해 준비하며 시작한 역할 놀이에서 느꼈던 재미를 더는 찾을 수 없었다.

그는 재스퍼 홀트를 죽이고, 비참할 정도로 작은 돈더미를 위해 곰팡내 나는 은둔자가 되었다!

그는 외로움이 싫었지만, 유일한 동반자인 소울호프 협회의 회원들은 더 싫었다. 경건하고 날카로운 재봉사, 무례한 목수, 입을 꽉 다물고 있는 가정부, 꼴사납게 보풀이 일어난 콧수염을 달고 소리를 빽빽 지르는 노인. 그들은 너무나 상상력이 부족했다. 협회 모임은 매번 똑같았다. 같은 사람이 같은 순서대로 일어나서 자신들만이 선택받은 사람이라는 같은 내용의 진심 어린 고백을 신에게 바쳤다.

처음에야 자신이 거둔 것 중에서도 가장 생생하게 느껴지는 신나는 승리였지만, 이 또한 곧 일상이 되었다. 그는 살아 있는 사람 가운데 유일하게 온 세상의 환각을 넘어 고매한 영혼의 기이한 팔복(八福)을 알아보는 현자인 자신과 친해지려고 시도하는 그들의 당돌함을 불쾌하게 받아들였다.

시간이 흘러 어느덧 11월 말, 얼굴이 불그스레한 남자 하나가 본인은 절대 죄를 짓지 않았다고 30분이 넘게 주장하던 수요일 모임에서 그간 누적된 권태감이 존 홀트의 뇌에서 폭발했다.

그는 자리에서 벌떡 일어나 으르렁거렸다. "정말 진절머리가 나는군요, 당신들 전부 말입니다! 본인이 청정하다고 굳게 믿은 나머지 자신은 절대 잘못을 저지를 수가 없다고 생각하다니. 나도 한때는 그랬습니다! 하지만 이제 우리 모두가 비열한 죄인이라는 걸 알고 있습니다. 정말이오! 당신들은 모두 자신이 죄인이라고 말은 하지만, 진심으로 그렇게 믿지는 않지요. 방금까지 징징거리던 당신과 거기, 코를 벌름거리고 있는 주킨스 형제, 그리고 나 자신, 나, 세상에서 가장 불행한 남자인 내가 이 자리에서 말하건대, 우리는 우리의 죄악을 회개하고 고백하며 속죄해야 합니다! 그리고 지금 당장 고백하겠습니다. 나, 나는 훔쳤……."

존은 겁에 질려서 복도로 뛰쳐나와 모자와 외투도 내버려둔 채로 로즈뱅크의 중심가까지 구르듯이 도망쳤고, 집으로 뛰어 들어와 문을 걸어 잠글 때까지 쉬지 않고 달렸다. 그는 혼자 간직하던 비밀을 자신의 손으로 배신할 뻔했다는 사실이 두려웠지만, 막상 저지르지는 못했기에 정말로 고백을 한 후에야 이해할 수 있을 유일한 평정인 처벌로 인한 평화를 얻지 못해서 고뇌에 빠졌다.

그는 두 번 다시 소울호프 회관에 돌아가지 않았다. 사실 근 일주일간, 밤중에 버드나무 길을 배회하는 시간을 제외하면 집 밖으로 나서지 않았다. 그러다 느닷없이 침묵 속에서 절망이 찾아왔다. 그는 자물쇠를 채우기는커녕 현관문을 닫지도 않은 채로 집을 뛰쳐나왔다. 구질구질한 옷 위에 외투도 걸치지 않은 채, 덥수룩한 갈색 머리 위에 오래된 정원사 모자만 눌러쓰고 마을 외곽으로 달려갔다. 지나가는 사람들이 그를 빤히 바라봤다. 그는 화를 억누르며 시선을 견뎠다.

존은 눈에 띄지 않도록 자리에 앉아서 사람들이 평범하게 자신의 이야기를 나누는 것을 들을 수 있기를 바라면서 간이식당으로 들어갔다. 카운터를 보는 종업원이 입을 딱 벌렸다. 존은 계산원이 책상 뒤에서 중얼거리는 소리를 들었다. "미친 은둔자잖아!"

식당에서 빈둥거리던 대여섯 명의 젊은이도 전부 그를 쳐다봤다. 존은 너무 불편한 나머지 주문한 샌드위치와 우유를 목으로 넘길 수 없었다. 결국 그는 18개월 만에 처음으로 시도한 외식을 그르치고 음식을 밀쳐내며 도망쳤다. 냉정하게 살해한 재스퍼 홀트를 되살리려는 노력이 안타까운 실패로 돌아가는 순간이었다.

그는 가게에 들어가서 담배를 한 보루 구입했다. 그간의 고행을 저버리는 희열을 느꼈다. 하지만 길거리에서 담뱃불을 붙이는 순간 어지럼증이 몰려와 쓰러질까 두려웠다. 그는 보도의 연석에 주저앉았다. 사람들이 모여들었다. 그는 비틀거리면서 일어나 골목으로 향했다.

그는 한참을 쉼 없이 걸어 다니며 엄청나게 모순되는 계획들을 만들었다가 버렸다. 은행에 가서 고백을 하거나, 재산을 모조리 탕진하고 절대 고백하지 않는 등이었다.

그가 집으로 돌아왔을 때는 이미 한밤중이었다.

집에 들어서기 직전, 그는 숨이 막혀왔다. 현관문이 열려 있었다. 그는 나갈 때 문을 닫지 않았다는 사실을 떠올리고 안도하며 혼자 웃었다. 그는 느긋하게 집에 들어갔다. 바로 침실에 들어가려고 거실의 문을 지나치는 순간, 발치에 채인 책 크기 물체에서 텅 빈 소리가 났다.

그는 방금 발에 걸린 물건을 주워들었다. 책모양 과자상자 중 하나였다. 그리고 비어 있었다.

그는 겁에 질려서 상자를 흔들어 보았다. 아무 소리도 나지 않았다. 그는 거실로 돌아가 등잔에 불을 켰다.

책장의 문이 비틀려 열려 있었다. 모든 책이 마룻바닥에 떨어져 있었다. 거의 9만 6000달러에 가까운 돈을 뭉치로 보관 중이던 과자 상자는 전부 텅 비어 있었다.

그는 10분간 곳곳을 수색했지만, 찾아낸 돈이라고는 탁자 아래 떨어진 5달러 지폐 하나뿐이었다. 주머니에는 1달러 16센트가 있었다.

고작 6달러 16센트가 전 재산인 존 홀트에게는 직업도, 친구도, 신분도 없었다.

럼버 국립은행의 은행장은 존 홀트가 만남을 요청하고 기다린다는 이야기를 듣자 얼굴을 찌푸렸다.

"세상에, 그 성가신 골칫덩이를 잊고 있었군! 여기에 온 지 1년은 지난 것 같은데. 아, 들어오라고…… 아니, 그러고 싶지 않군! 너무 바빠서 만나기 힘들다고 하게. 만약에 재스퍼에 대한 새로운 소식을 가지고 오지 않았다면 말이야. 떠봐서 알아내보게."

은행장의 비서는 존에게 다정하게 말을 걸었다. "정말 죄송하지만 은행장님께서는 방금 회의에 들어가셨습니다. 무슨 용건으로 찾아오셨죠? 혹시, 당신 형제에 대한 다른 소식이 있으신가요?"

"그렇지 않습니다, 아가씨. 저는 여기에 하나님의 일로 은행장님을 보러 찾아왔습니다."

"오! 그게 전부라면 저는 은행장님에게 기별을 드릴 수 없습니다."

"기다리겠소."

그는 오전을 넘어서 은행장이 서둘러 그를 스쳐 지나간 점심시간이 끝날 때까지, 결국 오후에 은행장이 밖에서 기다리는 허수아비 생각 때문에 일에 집중할 수가 없어 들여보내라는 전갈을 보낼 때까지 기다렸다.

"으흠, 이번에는 무슨 일이죠, 존? 나는 매우 바쁩니다. 재스퍼에 대한 새로운 소식은 없지요?"

"소식은 없습니다, 은행장님. 하지만…… 재스퍼 본인이 등장했습니다! 제가 바로 재스퍼 홀트입니다! 그의 죄악이 제 죄악입니다."

"예, 예. 벌써 들어서 알고 있습니다. 쌍둥이 형제에다 두 개의 영혼이니 책임을 나누어져야……"

"이해를 못 하시는군요. 쌍둥이 형제는 애초에 없었습니다. 존 홀트라는 사람은 존재하지 않습니다. 제가 바로 재스퍼입니다. 저는 가상의 형제를 만들어내서 제 죽음을 위장했습니다. 왜 제 목소리를 알아듣지 못하시는 겁니까?"

존이 아쉬운 미소를 지으며 두 손을 책상에 짚고 몸을 기대자, 은행장은 머리를 절레절레 흔들며 그를 진정시켰다.

"아니요, 안타깝지만 알아들을 수가 없네요. 사람 좋고 나이 많은 종교인 존처럼 들리는데요! 재스퍼는 훨씬 명랑하고 유능한 사기꾼이었지요. 그의 웃음소리란……"

"하지만 저도 웃을 수 있습니다!"

존이 낸 끔찍한 웃음소리는 습지대에 머무르는 악한 새가 지르는 울음소리처럼 들렸다. 은행장은 몸을 흠칫 떨었다. 그의 손가락이 책상 가장자리 아래에서 비서를 호출하는 버저를 향해 움직였다.

그러다 존이 다급하게 설명을 이어가자 은행장은 잠시 손가락을 멈췄다. "보십시오, 이 가발을. 이건 가발입니다. 보세요, 저는 재스퍼입니다."

그는 갈색 더벅머리를 잡아챘다. 가볍게 두려움이 섞인 채로 반응을 기대하며 서 있었다.

은행장은 깜짝 놀랐지만 이내 고개를 흔들면서 한숨을 내쉬었다.

"이런 안타까운 악마 같으니! 가발이라, 알겠소. 하지만 진짜 머리도 전혀 재스퍼 같지 않구려!"

그는 방구석의 거울을 향해 손짓했다.

존은 후들후들 떨었다. 거울 앞에 선 그는 재스퍼의 가늘고 미끈한 검은 머리가 아닌, 노란 두피 위에서 제멋대로 뻗은 축축한 회색 머리칼 덩어리가 몸부림치는 모습을 보았다.

그는 비참하게 호소했다. "오, 제가 재스퍼라는 사실을 알아보실 수 없습니까? 저는 은행에서 9만 7000달러를 훔쳤습니다. 저는 죗값을 받고 싶어요! 증명할 수 있다면 뭐든지 하겠습니다. 아, 저는 당신 집에 간 적이 있지요. 당신 아내의 이름은 에블린입니다. 제가 여기서 받은 월급은……"

"친애하는 존 씨, 재스퍼가 그런 흥미로운 사실들을 당신에게 이야기했을 수도 있지 않나요? 제 생각에는, 너무 솔직한 의견이라면 미리 양해를 구합니다만, 당신 머리가 조금 이상해진 것 같군요."

“존이라는 사람은 없습니다! 없어요! 없다고요!”

“재스퍼가 사라지기 전에 당신을 만난 적이 없다면 좀 더 믿기 쉬웠을 것 같습니다만.”

“종이를 한 장 줘보십시오. 당신은 제 필적을 아시지요.”

존은 은행 용지 한 장을 꽉 쥐고서 재스퍼의 둥근 필적을 재현하려고 애썼다. 지난 18개월 동안 그는 종이 수천 장을 작고 신경질적인 존의 필체로 채워왔다. 이제는 그가 필사적으로 시도하는데도 불구하고, 큼직하게 두세 단어를 써보려고 노력할수록 이내 손이 떨려오며 필적은 더 작고 초췌하며 알아보기 힘들어졌다.

은행장은 존이 글씨를 쓰고 있는 중에 이미 종이를 바라보며 너무나 쉽게 말했다. “소용없을 것 같군요. 그건 재스퍼의 주먹이 아닙니다. 저기, 제 생각에는 당신이 여기에서 씩씩대며 야단 떨 게 아니라, 로즈뱅크를 벗어나서 목장 등에 찾아가 밖에서 일하면서 폐에 신선한 공기를 채웠으면 좋겠군요.” 은행장은 자리에서 일어나 가래 낀 목소리로 말했다. “자, 저는 이제 할 일이 있어서요.”

그는 멈춰서 기다렸다.

존은 종이를 거칠게 구겨서 집어던졌다. 그의 지친 눈에 눈물이 그렁그렁 차올랐다.

존이 울부짖었다. “내가 재스퍼라는 사실을 증명할 방법은 정녕 없는 겁니까?”

"아니, 있지요! 9만 7000달러 중 남은 돈을 가져오면 됩니다!"

존은 낡은 외투에서 5달러짜리 지폐와 잔돈을 꺼냈다. "남은 건 이것뿐입니다. 9만 6000달러는 어젯밤에 집에서 도둑맞았습니다."

미친 사람에게는 안된 일이지만 은행장은 웃음이 터져 나오는 것을 막을 수가 없었다. 그러나 곧 그는 동정하는 것처럼 보이려고 애쓰며 위로를 건넸다. "그것 참 운이 없었군요, 존 씨. 봅시다. 아마 재스퍼에게 쌍둥이 형제가 없다는 사실을 증명해줄 부모님이나 친척 또는 지인을 데려올 수도 있겠지요."

"제 부모님은 돌아가셨고, 친척과는 연락이 되는 사람이 없습니다. 저는 영국에서 태어났고, 아버지는 제가 여섯 살 때 여기로 건너오셨죠. 아마 사촌이나 오래된 이웃이 있을 수도 있겠지만 저는 잘 모릅니다. 아마 요즘 같은 전쟁 통에는 현지에 가보지 않고서는 찾기가 불가능하겠지요."

"뭐, 그렇다면 포기해야겠군요, 친구." 비서를 호출하는 벨을 누른 은행장이 직원에게 부드럽게 지시를 내렸다. "홀트 씨에게 나가는 길을 안내해주겠소?"

문간을 지나치며 존은 필사적으로 말을 덧붙였다. "제 차는 저기로 가면 찾을 수 있습……"

사무실 문이 닫혔다. 은행장은 존의 마지막 절규를 듣지 않았다.

은행장은 어떤 이유로든지 다시는 존 홀트를 자신의 집무실에 들어오게 하지 말라고 지시했다. 그는 채권회사에 전화해서 존 홀트가 이제 정신이 나갔다며, 굳이 만나서 이야기를 들어볼 수고를 줄일 수 있도록 미리 알려주겠다고 전달했다.

존은 채권회사 사람들을 만나려고 시도하지 않았다. 그는 곧장 자치주 교도소로 향했다. 그는 교도관의 사무실에 들어가서 조용히 말했다. "저는 상당한 금액의 돈을 훔쳤는데 증명할 수가 없습니다. 나를 감옥에 넣어주겠소?"

간수가 소리쳤다. "당장 꺼져! 당신네 부랑자들은 만날 겨우내 따뜻하게 지낼 곳이 필요하기만 하면 불쑥불쑥 나타나고 말이야. 왜 모래 구덩이로 삽질하러 가지 않는 거요? 거기서는 하루에 2.75달러씩 준다던데."

"알겠습니다." 존이 소심하게 말했다. "거기가 어딘가요?"

5

풀리처상 수상 작가
맥킨레이 캔터|MacKinlay Kantor

The Hunting of Hemingway

맥킨레이 캔터

(1904-1977)

—

미국의 소설가이자 시나리오 작가. 정규교육은 거의 받지 않고 일찍이 신문사에서 일간신문을 편집하는 어머니 밑에서 견습생으로 일했다. 이후 기자와 프리랜서 작가로 활동하다 시카고를 무대로 한 그의 첫 소설 『다이버시Diversey』로 작가 생활에 입문했다. 남북전쟁 때의 포로수용소 실정을 이야기한 소설 『앤더슨빌Andersonville』로 1955년 퓰리처상을 수상했다. 영화 「우리 생애 최고의 해The Best Years of Our Lives」의 시나리오 작가로도 알려졌다. 「헤밍웨이 죽이기The Hunting of Hemingway」는 1934년에 처음 출간되었다.

헤밍웨이 죽이기

보스 경감은 매우 피곤해 보였다. 지난밤을 꼬박 새운 데다 그는 더 이상 팔자수염을 뽐내면서 회색 헬멧을 쓰고 다니던 시절처럼 젊지 않은 것이다.

젊은 남자 둘과 화려한 옷차림의 통통한 여자 둘이 천박한 원색의 덮개를 씌운 의자에 걸터앉은 경감 주위에 모여 있었다.

보스가 물었다. "지금이 몇 시지, 리카르디? 닉 글레넌?"

건장한 두 팔목에서 너구리 털가죽으로 된 옷소매가 끌려 올라가더니, 잠시 침묵이 흘렀다.

"8시 8분입니다, 경감님."

"저도 마찬가지입니다, 경감님. 8시 8분."

"우리 여성분들도," 경감이 발음을 대충 뭉개며 말했다.

"핸드백 안에 총을 잘 챙겨 넣었겠지?"

"예, 경감님."

"그렇다면," 그들의 상관인 보스 경감이 말했다. "뭘 꾸물대고 있는 거지. 어서 출발하게. 그들에게 틈을 주지 마. 살면서 남한테 틈이라고는 줘본 적이 없는 놈들이야, 특히 헤밍웨이는. 그리고 저들이 방탄조끼를 입고 있다는 걸 기억해. 얼굴을 쏴버리도록."

코언이라는 여성 경관이 말했다. "혹시 그곳 대신에⋯⋯."

"사타구니를 쏴도 되네." 경감이 고개를 끄덕였다. "코트와 조끼는 내 몫인 거 기억하고. 좋아, 여러분."

그들이 부엌을 가로질러 나가자 제복을 입은 순찰관이 뒷문을 열어줬다. 그들은 황량한 외부 계단 두 층을 따라 걸어 내려가 골목 입구에서 공회전하며 기다리던 까맣고 빨간 택시에 끼어 탔다. 아무도 말을 하지 않았다. 운전수는 택시를 몰기에는 지나치게 건장했다. 몸무게 95킬로그램에 어깨가 강철과 철사로 이루어진 듯한 사람이라면 점령군에게 명령을 내리는 사령관 쪽이 더 어울릴 것이다.

택시는 골목 끝에서 이어지는 밸모럴 가에서 좌회전을 한 후 돌체스터 가에서 다시 왼쪽으로 방향을 틀었다. 이제 방금 전까지 서 있던 골목과 평행한 채로 동쪽으로 달리는 중이었다. 판에 박힌 듯이 비슷한 모양의 서민형 아파트 건물이 줄줄이 늘어선 거리로, 오래된 주택이 군데군데 울긋불긋

한 싸구려 벽돌벽의 침략에 저항하듯이 버티고 서 있었다.

"바로 여기입니다." 제일 어리고 말쑥한 남자가 말하자 택시는 천천히 속도를 줄여 1441번지 앞으로 다가갔다.

거리는 더없이 평화로워 보였다. 때는 평범한 주중 아침 8시 13분이었고, 만일 세상에 평범한 주중의 길거리라는 것이 존재한다면 딱 지금의 돌체스터 가 같은 모습일 것이다. 택시 앞에는 우유 트럭, 길 건너 거리에는 택배 차량이 주차 중이었다. 가까운 배달 차선에는 운전석이 비어 있는 이클립스 세탁소 차량 후미가 툭 튀어나와 있었다. 운전수는 분명 작은 접이식 카트를 끌고 가까운 건물 안에서 더러워진 리넨 옷을 수거하거나 세탁물을 배달하고 있는 중일 터였다. 반대편 아파트의 불투명한 조잡한 커튼 사이로 모든 광경을 살펴본 보스 경감은 만족스러운 표정을 지었다.

그는 지금 돌체스터 가 1441번지 뒤에서 마차를 끌고 주통로를 통해 지나가는 고물상이 곧 앞길을 막은 도시 쓰레기 수거차와 언쟁을 벌이기 시작할 예정이라는 것도 알고 있었다. 그리고 1441번 가의 입주민이 죄다 깊은 잠에 빠져 있거나 이른 아침 식사 중이지 않다는 사실도 알고 있었다. 아니, 적어도 전날 낮부터 밤에 이르기까지 교활하고 조심스럽고 조용하게 주거지를 점유한 십수 명의 입주민들은 지금 이 순간 총기를 단단히 거머쥐고 준비 태세를 갖추고 있었다.

1441번지라는 숫자가 적힌 지극히 평범한 4층 반짜리 건물 안에서는 젊은 남성 한 명이 327호의 작은 일광욕실에 앉아 있었다. 만일 보스 경감이 창문을 통해서 이쪽을 보고 있다는 사실을 알면 대단히 흥미로워했을 것이다. 그는 전혀 선량한 청년이 못 되었다. 낯빛은 푸주한이 고기를 싸는 종이 같았고, 입술은 루이 황제를 고문했던 아득한 선조에게서 물려받은 모양 그대로였다.

나이는 스물일곱 살. 시카노, 달라스, 세기노, 포트웨인, 캔자스시티, 털사, 그리고 지금 엉덩이를 붙이고 앉아 있는 이 마을에서 살인을 저지른 남자였다. 우편 트럭과 은행은 속절없이 털렸고, 여자들은 강제로 그에게 몸과 마음을 바쳐야 했다. 이상하게도 몇몇은 강제할 필요도 없었다. 그의 이름은 체스터 헤밍웨이, 개인 계좌에 31만 5000달러를 보유 중이었다.

청년은 뭔가를 씹고 있었다. 가느다란 턱이 뭐든지 다 알고 있다는 듯이 잔인하게, 습관적으로 껌을 씹는 사람 특유의 편안하고 태평스러운 느낌 없이 연이어 움직였다. 아래턱을 위아래로 들썩이며 반짝이는 하얀 이 틈으로 수상한 음식을 가루로 만들었다. 체스터 헤밍웨이가 저작(咀嚼)하는 모습은 끔찍하면서도 쉬지 않고 바라보는 사람을 홀렸다. 그는 언제나 뭔가를 씹고 있었다.

"체스터," 옆방에서 목소리가 들려왔다.

헤밍웨이는 고개를 돌리지 않고 대답했다. "응?" 그가 입을 열 때면 언제나 시선이 날카로워졌다.

"밑에 있는 게 뭐야?"

"택시. 계집년 둘이랑 너구리 가죽을 입은 대학생 녀석들 두 명이야."

"되게 시끄러운데. 내 귀에는……."

체스터 헤밍웨이는 동료에게 말했다. "그래, 여기서 생각하는 일은 다 할 거야. 시끄럽긴 더럽게 시끄러운 놈들이지. 술에 취하면 누구든지 시끄러워. 쟤들도 취했네……. 특히 여자들은." 그는 창문에 조금 더 가까이 기대어 차가운 녹색 눈으로 바로 밑의 광장 입구로 신나게 들어서는 무리를 관찰했다. "그리고 계집년들은 뚱뚱하군." 그가 혼잣말로 중얼거렸다. "나는 더 날씬한 여자가 좋아."

그는 릴리를 떠올렸다.

"톰스크," 그가 동료를 불렀다. "릴리는 어디 있어?"

"아직 자겠지, 아마."

"슬슬 일어나서 아침 식사나 좀 사다 줬으면 좋겠는데. 일어나라고 해."

톰스크가 헤라스에게 뭐라 중얼거리는 소리가 들렸고, 헤라스는 소리 없이 짧은 복도를 걸어가 침실 문을 두드렸다. "어이, 릴리, 일어나. 체스터가 일어나래." 릴리의 조바심 난 목소리가 잠시 뒤에 들려왔다. "아, 진짜!" 그녀가 하품을 했다. "알았어," 그녀가 말했다. "갈게, 그렇게 전해줘."

헤밍웨이는 웃었다. 만약에 저기 있는 놈들 중에서 누군가가 릴리를 건드리려고 하면, 그는 그놈의 이를 쏴서 귀까지 날려버릴 것이다. 정말로 그는 릴리에게 확실히 애정을 느끼고 있었다. 지금까지 좋아했던 그 누구보다도 더. 그녀에게 애정을 느끼다니, 안 될 말이었다. 언젠가는 어떻게 해서든 내버려야 할 여자였다. 하지만 지금은…….

너구리 가죽을 입은 남자 대학생 둘과 뚱뚱하고 덕지덕지 화장을 한 여자 둘이 계단을 따라 느릿느릿 올라오는 소리를 들었다. 그의 손이 무심코 소형 권총에 다가갔다가 다시 물러섰다. 술 취한 놈들. 소란을 피우는 녀석들과 그들이 밤새 흥청대다가 꾀어낸 도둑고양이 두 마리. 경계해야 할 대상은 전혀 아니었다. 철도 택배 기사 두 명이 무거운 상자를 함께 들어서 옮기며 길을 건넜다. 복도 저 멀리에서는 우유 배달원이 쨍그랑거리며 유리병을 옮기고 있었다. 가까이에서 고무바퀴가 돌돌거리는 소리가 들렸다. 세탁소 직원이 복도를 따라 걸어오며 집집마다 문을 두드리는 중이었다.

라디오에서 로이 로저스의 애절한 노랫소리가 흘러나왔다. "마지막 한 바퀴……."

체스터는 씹다가 삼키고, 삼키다가 씹었다. 그리고 옆방에 대고 소리쳤다. "어이, 톰스크. 세탁소 직원이 오는 소리가 들려. 릴리한테 나갈 준비를 하라고 해. 너는 꺼져. 너하고 헤라스는." 뚱한 지루함을 느끼며 그는 머리 위 천장을 흘끗 바라보았다. 이 빌어먹을 건물에, 짜증나는 도시에 얼마나 더 오래 머물러야 할까? 하지만 남아메리카로 옮기기에는 아직 너무 덥다. 어쩌면 다음 달에…….

순간 그는 처음으로 떠날 때 릴리를 데려가면 좋겠다는 생각을 했다. 원래는 뉴올리언스에 버릴 생각이었다. 안전하다고 생각되면 돈을 좀 쥐어줄 수 있겠지만, 어쨌든 버릴 예정이었다. 안전하지 않을 성 싶으면 머리에 구멍을 뚫은 다음 오래된 증기 방열기에다 목과 다리를 꽁꽁 묶어 교량 위에서 던져버릴 셈이다. 예전에도 해본 일이었다. 하지만 릴리는 아니었다. 그건 제니였다. 제니는 다시 수면으로 떠오르지 않았다. 강바닥 아래의 깊은 유사(流沙)가 제니를 집어삼켰다. 절대 그에게 혐의가 씌워질 일이 없었다.

사실 체스터 헤밍웨이는 릴리에게 사랑에 빠졌지만 아직 깨닫지 못했다. 우스운 일이었다. 그간 몇 주의 시간을 함께 보내고도, 그녀가 살해당할 오늘에 와서야 사랑에 빠지다니.

"돌아라, 작은 강아지야, 돌아라, 작은 강아지야."

2층과 3층 사이를 잇는 짧은 계단에서 닉 글레넌 형사가 피트 리카르디 형사에게 말했다. "좋아, 데이브는 반대편 옆 복도에 있는 저기 작은 세탁물용 입구에 있을 거야. 혼은 우리가 기관단총을 집어 드는 순간 아래로 내려갈 거고."

코언이라 불리는 여자 하나가 새된 술 취한 웃음소리를 냈다. 그는 매년 열리는 경찰 특별 공연에서 베니 코언 역할로 자리를 빛내는 형사였다. 다른 여장 형사 바니 플린은 더 큰 소리로 웃었다. 하지만 그것은 거친 고함에 가까웠다. 플린은 코언만큼 여자 역할을 잘 해내지 못했다.

"우리는 완전무장을 하고 저자들을 여기로 끌어낼 거야." 닉 글렌이 속삭였다. "바니, 네 웃음소리는 꼭 하마 같아. 좋아." 닉은 3층으로 다가가며 다시 설명했다. 닉은 아직 경사가 아니었지만 전담반을 지휘하고 있었고, 아마 이번 일이 잘 풀리면 곧 경사가 될 것이었다.

혼 형사가 세탁물 카트를 터덜터덜 끌면서 복도를 따라 걸어왔다. 그는 술 취한 남자 대학생들과 뚱뚱하고 지저분한 여인들에게 엄숙하게 윙크를 했다. 얼굴이 꽤나 창백한 상태였다. 리카르디는 몸을 숙여 작은 카트에 쌓인 부드러운 푸른색 가방더미 아래에서 톰슨 자동소총을 들어올렸다. 그의 너구리 가죽 코트가 어깨에서 흘러내렸다. 가느다란 손길이 탄창과 방아쇠 사이를 신속하게 오갔다. 리카르디는 경찰서 전체에서 제일가는 기관총 저격수였다.

여장 형사들 또한 각자 맡은 바대로 움직였다. 코트와 가발이 순식간에 사라졌다. 드레스는 짧고 가벼워서 움직이는데 그다지 거슬리지 않았지만, 반짝이는 보석 버클이 달린 구두는 급히 벗어던졌다. 변장에서 벗어난 두 사람은 마치 산이나 바다에서나 볼 것 같은 모습이었지만, 손에는 38구경

총을 들고 있었다.

속삭이면서 진행된 모든 대화와 다급한 탈의에 이은 방어복 착장을 완료하는 데는 3분도 채 걸리지 않았다. 혼은 느긋하게 세탁물 카트를 끌고 앞으로 나아가 닉의 형이기도 한 살집 좋은 데이브 글레넌 경사가 반대쪽 방의 부엌문 앞에서 기다리는 옆 복도로 사라졌다.

헤밍웨이와 톰스크, '비열한 헤라스'에게는 희망이 없을 듯했다. 길 건너에 포진한 보스 경감과 무어 형사 반장은 심각한 신경과민에 시달리고 있었다. 1분, 그리고 또 1분이 지나간 뒤…….

철도 택배 기사 두 명이 운반하던 상자를 반대쪽 광장 현관에 집어던지고 돌아서서 총을 꺼냈다. 가까운 골목에서는 냄새가 풀풀 풍기는 쓰레기차에서 형사 세 명, 고물상 마차에서 형사 두 명이 변장한 채 모여서 여차할 때 후방 계단 뒤쪽을 포위하기 위해 서로 욕설을 퍼부으며 말싸움을 벌이는 척하고 있었다.

우유 배달원이 복도를 따라 걸어왔다. 비록 하얀 옷을 입고 경리 장부를 들고 있었지만, 그는 케리 형사였다. 다른 경관 네 명이 그의 뒤를 따라 복도를 조용히 살금살금 걸어왔다. 케리는 작은 철제 바구니에 든 우유병을 쨍강쨍강 흔들었다. "돌아라, 작은 강아지야." 체스터 헤밍웨이의 라디오가 노래했다. "돌아라……."

그들은 327호 문 양쪽에 포진했다. 닉 글레넌은 작고 반짝이는 초인종 버튼을 눌렀다. 리카르디는 케리에게 우유병을 부딪히는 소리를 내라고 신호를 보냈고, 바구니를 흔드는 동안 기관총을 장전했다.

부엌 알림벨이 떠들썩하게 울리는 소리가 들렸다.

혼이었다.

"우유 배달입니다." 케리가 외쳤다.

"세탁……." 혼이 멀리 복도 모퉁이에서 낮은 목소리로 웅웅거리며 외쳤다.

"마아아아아지막 한 바퀴. 돌아라, 작은 강아지야." 안쪽 어딘가에서 여자의 목소리가 들려왔고, 한 남자가 대답했다.

"누구세요?"

"우유 배달입니다."

문이 약간 열렸다. 코언이 그 틈으로 발을 쑥 집어넣고 문짝을 떠밀었다. 안쪽에 서 있던 남자는 '두 얼굴의 톰스크'였고, 그 별명답게 그보다 더 놀라 보일 수 없었다.

"손 들어, 톰스크." 글레넌이 속삭였다. "도망칠 곳은 없다."

부엌문 쪽에서 데이브 글레넌의 목소리가 들려왔다. "조심해, 혼!" 그리고 작은 자동 권총에서 울리는 날카로운 소리가 들렸다. 릴리도 위험을 감수하고 있지 않았던 것이다. 문으로 다가갈 때 총을 들고 간 것이 틀림없었다.

두 얼굴의 톰스크가 몸을 던지며 연발 권총을 끄집어냈다.

비열한 헤라스는 등받이가 높은 대형 소파에 납작하게 누워 있다가 시야에서 사라지더니 45구경 권총을 양손에 들고 나타났다.

톰스크가 쏜 총알이 케리의 팔과 몸통 사이를 스쳐지나갔고, 복도를 향해 가까이 다가오던 톰스크는 젊은 닉 글레넌의 총알을 머리에 두 발 맞았다.

비열한 헤라스는 좀 더 문제를 일으켰다. 끄나풀이 방탄조끼에 대해서 들려준 이야기는 거짓말이 아니었다. 리카르디의 기관총이 빠른 스타카토 음을 내며 대형 소파의 먼지를 털어냈지만, 해낸 일이라고는 헤라스의 갈비뼈 부근에 멍을 들게 한 것뿐이었다. 이쯤 되자 갱들의 총 가운데 하나는 이미 탄창이 비었다. 그는 바니 플린의 가슴팍에 총알을 박고 절박하게 더욱 총격을 가했다.

작은 주방과 복도를 통해 데이브 글레넌과 세탁소 직원 혼이 측방 공격을 우레같이 가하며 들어왔다. "포기해, 헤라스." 그들이 소리를 질렀지만 헤라스는 조금도 신경 쓰지 않았다. 그는 유리문을 통해 후퇴해서 가능한 한 후진했다. 데이브의 총신을 짧게 자른 총에서 총알 한 다발이 쏟아지며 헤라스를 점점 휘어지는 유리창까지 강력하게 밀어붙였다. 판유리가 깨지며 버둥거리는 헤라스가 3층 아래 포장된 공터로 떨어졌다.

그러나 시카고와 캔자스시티 등 동서쪽을 오가며 사람을

죽인 체스터 헤밍웨이는 대체 어디로 갔을까? 탄약통이 폭발하는 시끄러운 폭음이 잦아든 후에도 작은 라디오는 아직 외로운 대초원을 애절하게 노래하고 있었지만 체스터 헤밍웨이는 어디에도 없었다. 닉 글레넌은 의자를 넘어뜨려가며 일광욕실로 달려들었다. 그의 형과 혼은 침실로 뛰어들었고, 사방의 모든 계단에서 전담반 경관들이 327호를 향해 천둥 같은 발소리를 내며 밀려들었다. 하지만 그들을 맞이할 체스터 헤밍웨이는 보이지 않았다.

닉은 당황한 눈으로 일광욕실을 훑어보았다. 라디오가 있고, 반쯤 태운 담배가 벌써 카펫을 그슬리는 중이었고, 그리고…… 닉은 진심으로 욕설을 내뱉었다. 그는 탁자로 기어 올라가서 방열기 위를 밟고 몸을 뻗었다. 천장에는 톱으로 썰린 사각형 구멍이 나 있었고, 체스터 헤밍웨이는 그곳을 통해서 위층으로 올라간 듯했다.

"아파트 두 채라." 닉은 혼잣말을 중얼거렸다. "두 채! 그리고 아무도 짐작하지 못했지. 327, 427, 바로 위층……. 쓸모없는 *끄나풀* 같으니."

너덜너덜해진 통로로 손을 찔러 넣은 닉은 딱딱한 나무 바닥이 체스터 헤밍웨이의 손바닥 때문에 아직까지 따뜻하고 축축하다는 것을 깨달았다. 그는 팔에 힘을 줘서 427호로 올라갔다. 어딘가에서 긁히는 소리가 났다. 어쩌면, 만일 헤밍웨이가 마음먹고 기다리는 중이었다면 방금 머리에 총알을 맞았을지도 모른다.

아파트에는 바로 아래층처럼 가구가 갖춰져 있었지만, 슬쩍 살펴보기만 해도 아무도 산 적이 없다는 것이 명백했다. 오직 한 가지 목적을 위해서, 아주 효과적으로 실행한 바로 그 목적을 위해 빌린 방이었다. 조금만 경고를 먼저 받았더라면 모든 갱들이 사각형 통로로 기어올라가 사라질 수도 있었다.

복도로 이어지는 문은 활짝 열려 있었다. 닉은 이를 갈았다. 복도 끝부분 벽에 사다리가 대어졌고, 지붕으로 통하는 문이 열려 있었다. 저 악마들이 이 모든 계획을 미리 예측했을 생각을 하면. 사다리하며 저 모든 것을! 닉은 잠시 멈춰서 아래 있는 사람들에게 고함을 질러 상황을 알린 뒤 사다리를 타고 올라갔다.

그가 차가운 햇살이 비치는 옥상으로 나오자 통로 문 옆으로 총알이 소리를 내며 스치고 지나갔다. 닉 글레넌은 으르렁거리며 총을 겨눴다. 옆 건물 지붕에서 하얀 셔츠에 까만 바지를 입은 날씬한 체구의 남자가 1미터 높이의 벽을 뛰어넘는 것이 보였다. 닉의 탄창에는 아직 총알이 남아 있었다. 그는 다리를 넓게 벌리고 서서 신중하게 겨냥했다. 총알이 날아갔다. 멀리 있는 형상은 앞으로 넘어졌다가 다시 균형을 되찾고 찢어진 셔츠를 휘날리며 전력 질주했다.

"저 방탄조끼," 닉이 한숨을 내쉬었다. "악마의 창조물 같으니. 그리고 그걸 셔츠 아래 입고 있었다는 걸 생각하면……."
그사이 헤밍웨이는 마치 미치광이처럼 도망치며 자갈밭을 지나 좁은 틈 사이를 뛰어넘어 낮은 벽으로 뛰어내렸다. 닉은 마지막 건물에 도착한 다음 가장자리에서 고개를 내밀어 조롱하는 형상이 화재 비상 대피 통로의 가로대 아래로 떨어지는 모습을 보았다. 그가 호루라기를 불고 소리치며 손짓해서 멀리 떨어진 옥상 문을 통해 올라오는 중인 다른 경찰을 불렀다. 그가 상태가 완벽한 총을 포장도로를 향해 집어던지자 체스터 헤밍웨이의 머리에서 고작 6인치가량 떨어진 곳을 아슬아슬하게 스치고 바닥에 처박혔다.

그러나 이제 이미 너무 늦은 상태였다. 헤밍웨이는 한 택시로 다가갔다. 그가 운전수에게 총을 들이댔다. 형사들은 1분 차이로 그를 쫓기 시작했지만, 1분은 거리를 1마일로 벌렸다. 그리고 붐비는 도시의 길거리에서 1마일은 1마일이다. 아직도 쉴 새 없이 씹고 삼키면서 헤밍웨이는 형사들의 인생을 씹어 삼켰다. 일시적으로.

이번 습격을 계획하며 비밀 유지에 애썼지만, 부서 어딘가에서 정보가 새어나갔다. 그러나 제보를 받은 언론이 이번만큼은 초를 쳐서 일을 망치지 않았다. 『뉴스 디테일』과 『트리뷴』에서 나온 기자가 떼를 지어 열정적으로 돌체스터 가의 건물에 몰려들었다. 이미 끊임없이 터지는 플래시가 흐릿한 공터와 골목을 밝히고 있었고, 취재진들이 떠들썩하게 모여들었다.

보스 경감과 무어 형사 반장은 군중을 밀어제치고 건물로 들어와 327호로 향했다. 두 사람은 음울한 만족감을 안고서 두 얼굴의 톰스크의 시체와 비열한 헤리스가 마지막 투신을 감행한 깨진 창문을 확인했다. 그러나 희망찬 기대를 안고 다음 시체를 둘러보는 순간 눈에 들어온 결과물은 그다지 만족스럽지 못했다. 다른 시체는 릴리 드나르도였다.

"흠," 경감이 말했다. 그는 예쁘고 하얀 얼굴에 우스꽝스러운 비단 주름옷으로 감싼 가느다란 몸을 내려다봤다. "어쩌다 이렇게 된 거지?"

데이브 글레넌 경사의 아래턱이 가볍게 떨렸다. "모르겠습니다. 아무래도 저 같습니다."

"그녀도 총을 갖고 있었군, 맞나?" 보스의 발이 작은 자동권총을 가볍게 찼다. "아무래도 이걸로 자네를 탓할 수는 없을 것 같군, 데이브 경사."

경사가 말을 이었다. "그렇지 않습니다. 그녀는 혼과 저를 쏘려고 시도했지만, 총이 막혔는지 말을 듣지 않았습니다. 한 발은 앞으로 나갔지만 그뿐이었습니다. 그녀는 여기서 총격을 시작했습니다. 헤라스가 온 사방에 총알을 갈겨대기에 저는 제 산탄총을 들어서……."

보스가 그를 바라봤다. "그리고 45구경 총알로 소녀를 죽였나?” 그는 차분하게 질문했다.

글레넌은 눈을 껌벅거렸다. “하느님 감사합니다! 전혀 눈치채지 못했습니다, 경감님. 그러네요, 저 구멍은 45구경으로 보입니다. 저는, 생각하기를……”

“자네 생각은 신경 쓰지 말게. 총알이나 찾자고.”

“여기 있습니다, 경감님.” 혼이 말했다.

총알은 릴리 드나르도의 심장을 통과해서 해당 기종으로 실현 가능한 슬픈 기교를 부리면서 가까운 거리를 날아가 벽에 박혔다. 그들은 총알을 파냈다.

“누가 45구경을 썼나?” 경감이 짖듯이 말했다.

케리가 찢어진 소매를 긁었다. “기관단총을 쓴 리카르디 말고는 없습니다. 다들 등록한 총을 썼습니다. 그리고 리카르디가 쏜 총알이 여기서 그녀를 맞히려면 기가 막히게 휘었어야 할 겁니다. 아닐 겁니다, 경감님. 헤라스의 총을 살펴보겠습니다. 복도에 하나 떨어져 있고, 제 생각에는 그가 창문 밖으로 떨어지면서 하나가 같이 떨어졌을 것 같습니다.”

탄도학 전문가가 그날 오후 늦게 추정 보고서를 올렸다. 일부러든 사고로든 릴리를 쏜 사람은 비열한 헤라스였다. 왜 그랬는지, 어쩌다 그랬는지는 절대 알 수 없었다. 어차피 상관도 없었다. 모든 형사가 그녀를 쏜 사람이 자신들이 아니라는 사실에 안도했다. 그녀는 너무 아름다웠던 것이다.

“그리고 결국,” 그날 오후 3시, 보스 경감이 툴툴거렸다.

"그가 도망치게 놔뒀군. 이 지옥에서 가장 흉악한 악마가 손가락 사이로 빠져나가도록 내버려뒀어." 병원에 누운 플린을 제외한 돌체스터 가 습격에 참여했던 모든 인원이 다시 보스 경감의 사무실에 모였다.

"알아두게," 그가 말했다. "나는 한 어머니의 자랑스러운 아들인 자네들 개개인을 탓하는 것이 아니야. 다들 최선을 다해 일했고, 용감했어. 특히 신참 닉 글레넌은 말이지. 확실히 말해두겠네. 닉이 빠르게 천장의 통로를 향해 올라간 순간, 미약하게나마 기회가 있었지."

닉은 자리에 앉아 자기 신발을 내려다봤다. 볼이 달아오르는 것이 느껴졌다.

"하지만 그럼에도, 지금 상황을 보게. 오늘 아침만 해도 우리는 부서 전체가 최고의 기회를 잡아서 갱들보다 우세한 위치를 점하고 있었어. 그리고 헤밍웨이가 도망치게 놔뒀지. 물론 우리는 그들이 위층 아파트를 빌렸다는 사실을 몰랐네. 아무도 몰랐어. 끄나풀도 몰랐지. 하지만 우리가 해야 할 일은 다른 무엇보다도 체스터 헤밍웨이를 잡는 것이었어. 우리는 그를 잡지 못했지. 너희들이 해야 할 일이 체스터 헤밍웨이를 잡는 것이었어. 너희들이 잡지 못했지. 그게 현실이야. 명심하게. 속이 뒤집어질 정도로 명심하라고."

그때 책상 위의 전화기가 울렸다. 보스 경감은 천천히 손을 뻗어 수화기를 집어 들었다. "방해하지 말라고 말했을 텐데.” 그는 교환원에게 으르렁거렸다. “나는, 뭐? ……알겠네.” 그가 말했다. “연결해줘.”

그는 책상 앞에 늘어선 얼굴들을 쳐다봤다. “한 남자가,” 그가 말했다. “오늘 아침 사건에 관한 중요한 정보를 가지고 있다고 주장한다는군.”

새로운 목소리가 전화선을 타고 들어왔다. 이야기를 듣던 보스 경감의 눈이 씁쓸하게 얼어붙었다.

“나는,” 목소리가 말했다. “체스터 헤밍웨이다.”

“그래.” 보스가 말했다. 그의 목소리가 갈라졌다. 그는 손으로 송화기를 가리면서 바로 앞에 앉은 리카르디에게 손짓했다. “전화기를 잡아. 이 전화를 추적해!”

“당신네들은 오늘 나를 잡지 못했지.” 헤밍웨이의 목소리가 들렸다. “그리고 나는 아직 이 마을에 머무르고 있다. 내 얘기를 잘 들어, 더러운 짭새놈아. 그 연약한 여자를 죽여야만 했나. 아름다운 어린 소녀였다고, 그녀는!”

보스 경감이 말했다. “우리가 죽인 게 아니야, 헤밍웨이. 비열한 헤라스가 그랬지.”

“아, 그래?” 헤밍웨이가 으르렁거렸다. “이것 봐, 나는 네 놈들이 이 전화를 추적할 만큼 오래 머무르지는 않을 거야. 하지만 나는 신문을 읽었지. 모든 빌어먹을 신문들이 거기 있는 고귀한 형사님들에 대한 칭찬을 늘어놓고 있더군. 그것도 실명으로. 알겠나? 실명으로. 나는 이번 일에 참여한 놈들을 하나도 남김없이 잡아 죽일 때까지 이곳에 머무를 거야. 그리고 당신도 마찬가지야! 전부 없애버리겠어.”

그리고 딸각 소리가 들렸다.

보스 경감이 펄쩍 뛰어올랐다. “잡았나?” 그가 리카르디가 사라진 열린 문 뒤로 소리를 질렀다.

“아니요, 아니요, 시간이 충분하지 않았습니다.”

보스는 경관들에게 헤밍웨이가 한 말을 간략하게 요점만 정리해서 설명했다. 그들은 놀라지 않았다. 대부분 예전에 들어본 적이 있는 대사들이었다. “당장 나가서 헤밍웨이를 잡아와.” 산전수전을 다 겪은 상관의 간결한 명령이었다. 그리고 다들 희망에 차서 사무실을 나갔다.

하지만 1시간 뒤에는 상황이 그다지 유쾌하지 않았다. 무어 형사 반장이 전혀 즐겁지 않은 태도로 사무실에 들어왔다. “리카르디가 죽었어.” 그가 눈물을 흘렸다. “코만치와 메인가 사이에서 길을 건너는 중에 웬 차가 다가와서 치고 달아났어. 정면에서. 대략 100미터는 끌고 갔다는군.”

보스는 시거 꽁초를 손가락으로 짓이겼다. “분명 사고였을 거야.” 그는 돌아서서 창문 밖을 바라봤다.

“뺑소니였나?” 그는 어깨 너머로 물어봤다.

“그렇네.” 무어가 말했다. “뺑소니야. 10분 뒤에 차를 찾아냈지. 도난 차량이었어. 하지만 운전석은 비어 있었네.”

경감은 한동안 조용히 앉아서, 손가락으로 책상을 두드렸다. "우리가 헤밍웨이를 얼마나 따라잡았지?"

"흠, 그는 택시 운전사의 옷과 모자를 빼앗은 다음 4번가와 미시시피 가 사이에서 쫓아냈어. 이후 멀버리 가에서 11시경에 택시를 발견했지. 기록에 따르면 고작해야 14킬로미터밖에 떨어져 있지 않은 곳이야. 그사이에 무슨 일이 있었는지 모르니 멀버리 가에서부터 추적해야 할지 확신할 수가 없어."

보스가 끄덕였다. "끄나풀과 얘기를 해보는 게 낫겠군."

"이게 그의 생명이 위험하다는 뜻일 수도 있어." 형사 반장이 말했다.

"그럴지도 모르지. 끄나풀의 이름은 애더믹일세. 혹시 그를 알고 있나?"

"아니. 누군가?"

"델타 아래쪽에 사는 전당포업자이자 고리대금업자야. 정확히 말하자면 세이지 가에 살고 있지."

무어가 고개를 끄덕였다. "이제 기억나네. 조지 애더믹. 까만 눈에 작달막하고 희멀건 녀석."

"맞아. 아마 예전부터 두 얼굴의 톰스크를 알고 지냈다는 것 같은데, 웨스턴 은행 총기 강도 사건 이후에 보석금을 내주기도 했나 봐. 애더믹은 평소에도 죽음과 등을 맞대고 사는 사람이야. 절대 그에게서 뭔가를 억지로 짜낼 수는 없지. 그가 나에게 자발적으로 왔고 털어놓기 전에 먼저 맹세를 하라 그랬지." 그가 쓸쓸하게 웃었다. "우리는 같은 지부에 속해 있었어. 당신도 해당되는 그 지부. 애더믹은 자신의 정체를 아무에게도 넘기지 않겠다는 맹세부터 하라고 했어."

무어가 질문을 던졌다. "그가 왜 헤밍웨이를 넘긴 건가?"

"애더믹은 헤밍웨이 일행이 돌체스터 가 1441번지 아파트 327호에 있고, 신무기를 갖춘 데다 방탄조끼를 입고 있다는 것 말고는 아는 게 없었어. 무어, 헤밍웨이가 저번 달에 시카고에서 콜책이라는 이름의 남자를 죽였나봐. 그리고 콜책은 조지 애더믹의 매형이었지. 피는 진해, 그뿐이야. 그가 말해 준 이유는 그것뿐이네."

"지금 바로 가서 애더믹이랑 얘기를 해봐야겠는데." 무어가 끄덕였다.

보스는 전화를 집어 들었다.

"아직 살아 있다면 말이지." 무어가 부드럽게 덧붙였다.

그리고 좁고 작은 가게 안에서 심기가 거슬릴 때까지 전화 벨이 오랫동안 울려도 조지 애더믹이 수화기를 들지 않자, 보스 경감은 제16 수사반을 가게로 보냈다. 데이브 글레넌과 혼, 케리 형사는 가게의 자물쇠가 열려 있는 모습을 보고 그 보잘것없는 거리에 사는 주민들이 전당포를 싸그리 털어버리지 않았다는 사실을 놀랍게 여겼다. 그간 이어진 조지 애더믹에 대한 공포와 그들의 작고 하찮은 삶에 그가 드리웠던 생전의 영향력 덕분에, 아무에게도 보호받지 못하는 상황 속에서도 가게는 털리지 않을 수 있었다.

어두운 욕실 근처의 중고 오버코트가 줄줄이 걸린 옷걸이 뒤에서 조지 애더믹을 발견한 사람은 혼 형사였다. 애더믹은 심장에 총을 맞아 사망했고, 검시관은 그가 아침 9시경에 살해당했다고 추정했다.

닉 글레넌의 잘생긴 얼굴은 약간 핼쑥해져 있었다. 보스의 거친 비난의 말이 여전히 귓가에서 울렸다. 그는 가장 절실한 순간에 끔찍하게 실패했다. 그런 데다 방금 경감이 개인적으로 특별히 그를 호출했다. 어쩌면 보스 경감이 총과 배지를 반납하라고 말할지도 몰랐다. 겨우 지난 가을에 사복 경찰로 승진한 참인데! 뭐, 그가 응당 받아야 할 대접이 무엇인지는 천국만이 알 것이다.

"앉게, 닉." 경감이 말했다.

"죄송하지만," 닉이 중얼거렸다. "서 있겠습니다."

나이 든 상관의 눈이 갑자기 묘하게 반짝였다. 그는 잠긴 문과 창문 밖에 쳐진 두터운 커튼을 확인한 후 책상 앞에 앉은 닉을 바라봤다. 멀리서 시계가 5시 반을 알렸다.

"글레넌." 보스가 물었다. "내가 왜 자네를 불렀는지 아나?"

"안타깝게도 알고 있습니다. 하지만 몰랐으면 좋겠습니다."

보스는 지친 얼굴로 미소를 지어보였다. "아이고, 왜 계속 걱정하고 있나? 그건 불운이었어." 그는 한동안 조용히 담배를 피웠다. "닉, 자네는 젊지."

"네, 그렇습니다. 저는 되도록 빨리 회복할 겁니다."

"자네는 용감하지."

"그랬으면 합니다, 경감님."

"그리고 머리도 좋아."

"그건 잘……." 닉이 말했다.

"내 부서에 속한 모든 경관은 용감하고, 대부분 머리가 좀 돌아가는 편이네. 하지만 자네는 다른 무언가를 갖고 있어. 자네는 아직 새내기일 때 아콜라 가에서 갱을 쓸어버리는 걸 도우면서 진가를 보여줬지. 그리고 우리 모두를 쩔쩔매게 한 그 켄터키 고릴라도 가을에 쳐부숴버렸지. 자네가 지금 사복을 입고 있는 데는 이유가 있어. 자네는 실수 없이 업무를 진행하도록 도와주는 신기하고 운 좋은 특별한 능력을 갖고 있어. 본능이네, 닉. 후각이 좋아."

보스는 보란 듯이 그의 납작한 코를 찡긋해 보였다. "자네형 데이브는 좋은 경사지. 나는 그 이상을 바라지 않아. 하지만 그에게는 자네가 가진 감이 없네. 좋은 형사가 되려면 필수적으로 갖춰야 할, 단서의 냄새를 맡는 타고난 사냥개의 감각 말이지. 닉, 혹시 돌아가신 선조 중에 투시력을 가진 분이 있나?"

닉은 몸을 꼼지락거렸다. "제 아버지가 일곱 번째 아들의 일곱 번째 아들(유럽에서는 일곱 번째 아들의 일곱 번째 아들은 예지력과 투시력 등의 특별한 능력을 가지고 태어난다는 민담이 있다)이라고 듣기는 했습니다, 경감님. 하지만 당사자인 저는 그런 일곱 번째 아들의 두 번째 아들에 불과합니다."

"그건 그렇고, 자네 헤밍웨이를 어떻게 할 생각인가?"

"잡고 싶습니다, 경감님."

"어떻게 할 것인지 말해보게, 닉."

니콜라스 글레넌은 선 채로 바닥의 양탄자를 잠자코 내려다보았다. "아직 많이 진행하지는 못했습니다, 경감님."

"멀버리 가는 애더믹의 본거지와 가까웠어. 자네는 애더믹을 알고 있나? 좋아. 헤밍웨이는 분명히 그의 택시를 버리고 그곳으로 가서 애더믹을 쏘고 다시 걸어 나왔겠지."

"예, 경감님. 하지만 택시 운전사 옷을 입은 채로 나오지는 않았습니다."

"그가 무슨 행동을 했을 것 같나?"

"적어도 좋은 옷과 모자를 걸쳤을 거고, 어쩌면 여행가방도 챙겼을지 모릅니다. 가게에는 그런 물건이 가득하고, 몇몇은 질도 크게 나쁘지 않지요. 헤밍웨이는 언제나 삶을 편하고 쉽게 살려고 했습니다, 경감님. 최소한 그의 기록에 따르면 그렇게 보입니다. 그는 분명 돈을 충분히 가지고 있을 겁니다. 방탄조끼 아래 벨트에 돈뭉치를 두둑히 차고 있을 수도 있고요."

보스는 가볍게 고개를 끄덕였다. "나는 자네보다 먼저 그렇게 생각하고 있었네, 닉. 하지만 그는 백만 명이 넘는 사람들이 입을 떡 벌릴 만한 현상금이 걸린 수배 전단이 깔린 마을에서 고개를 들고 다니지는 않을 거야."

"하지만 변장을 할 시간이 그다지 많지 않았습니다, 경감님. 머리를 탈색하는 식의 노력을 들일 시간이 없었지요. 분명 빠르고 간단한 분장일 겁니다."

"항상 하던 식으로? 안경? 콧수염?"

"제 생각이 바로 그겁니다, 경감님. 고리대금업자 애더믹은 파산자가 내놓은 온갖 물건을 취급하고 있었습니다. 이런저런 모양의 안경, 가짜 수염도 있었을지도 모르죠."

보스는 한숨을 내쉬었다. "파란 고글에 초록색 수염이라니! 나는 자네의 통찰력을 조금 더 높게 평가했었다네, 닉."

"맞는 방향으로 가고 있습니다, 경감님. 제 통찰력? 경감님이 방금 말씀하신 그런 능력 말입니다."

보스는 펜대를 빙빙 돌리며 말했다. "그래서?"

"리카르디 살인 사건의 목격자는 안경을 쓴 젊은 남자가 차를 몰고 있었다고 했습니다, 경감님."

보스 경감은 마치 그 뒤의 창문을 통해 총알이 날아 들어올 거라고 생각한 듯이 어깨를 움찔거렸다. "자네는 헤밍웨이가 자기 실력을 뽐내기 위해서 본인이 주장한 대로 우리 모두를 없앨 때까지 마을에 오래 머물 거라고 생각하나?"

"아닙니다." 닉이 지체 없이 대답했다. "머리가 좀 식고 나면 상황이 유리하지 않다는 걸 알게 될 겁니다. 하지만 한두 명

쯤은 더 처치하려고 시도할 수는 있겠지요."

"확신하나?"

"그자는 미친개입니다. 신문에서는 외로운 늑대라고 부르지만요. 언제나 과격하고 극단적인 살인마였습니다. 그리고 그런 유형의 범죄자가 주로 그렇듯이, 소위 말하는 자기중심적 인간일 것입니다. 헤밍웨이는 마을을 떠나기 전에 자신의 이름을 크게 남기고 싶어 할 것입니다."

보스 경감은 의자를 박차고 일어났다. "우리가 전혀 갈피를 잡지 못하고 있는 게 아닌가 두렵군. 가장 가능성이 높은 곳은 어디라고 생각하는가? 만약에 자네가 자유재량을 가지고 선택할 수 있다면 무슨 일을 하겠나? 나는 마을 전체에 사람을 배치했네. 여기저기에서 급습을 감행하고 구석구석까지 경찰을 배치에서 수색하게 했어. 하지만 자네라면 무엇을 하겠나?"

"외람된 말씀이지만," 닉이 속삭였다. "저는 다음으로 습격당할 가능성이 가장 높은 사람 옆에 붙어 있겠습니다."

"그리고 그건……."

"바로 경감님 당신이십니다."

체스터 헤밍웨이는 매우 위엄 있고 신중해 보였다. 전혀 미친개처럼 보이지 않았다. 하지만 닉 글레넌이 풀어놓은 성격 분석 중에서 자기중심주의자라는 점은 들어맞을지도 몰랐다.

"출발합시다." 그는 택시 운전수에게 말했다. "알라모 가 561번지로."

"네, 알겠습니다." 택시가 연석에서 출발했다.

미터기가 딸각거리고 시간이 흘렀다. 황혼이 내리자 은은한 가로등 불빛이 곳곳에 퍼졌다. 알라모 가는 마을 중심지에서 아주 조금 떨어진 좁고 조용한 동네였다. 보스 경감은 통통한 아내와 토실토실한 노처녀 딸과 함께 이곳 558번지에 살고 있었다.

운전수는 제시간에 561이라는 숫자가 적힌 오래된 아파트 건물 앞에 헤밍웨이를 내려줬고, 헤밍웨이는 대금을 지불했다. 그는 과하지도 모자라지도 않은 적정한 팁을 주었다. 승객으로서 택시 운전수에게 너무 또렷한 기억을 남기는 것은 좋지 않았다. 그런 다음 헤밍웨이는 건물 로비로 들어서서 택시가 멀리 떠날 때까지 우편함을 살펴봤다.

그는 다시 보도로 걸어 나와 근처를 살폈다. 이보다 더 좋을 수 없었다. 모든 거리를 통틀어 주차된 차는 두 대뿐이었고, 561번지 건물과 다음 건물 사이에는 뒷길로 통하는 작은 배수구가 있었다. 쓰레기통 뚜껑에 반사하는 빛이 보였다. 보스 경감은 정확히 길 건너편에 살고 있었다. 만일 그가 지금 이 시각 이전에 집에 도착했다면 아마 다시 나올 것이다. 헤밍웨이는 보스 경감이 안내책자에 등록해둔 주소와 전화번호 덕분에 자극을 받았다는 본인의 동기가 얼마나 바보 같은지 생각하며 특유의 쓸쓸하고 위험한 미소를 지었다.

체스터 헤밍웨이는 가까운 건물 입구의 그림자에 기대어 보스 경감이 오기를 기다렸다. 너무 긴장하지도 열망하지도 않은 상태였다. 그는 평생에 걸쳐 오랜 시간을 누군가가, 우편 트럭이, 은행 수위가 오기를 기다리며 보냈다. 심지어 한 번은 감방에서 기회가 오기까지 18개월을 기다린 적도 있었다. 하지만 언제든지 우연히 체스터가 기다리고 있던 기회가 나타나면, 그보다 더 빨리 그걸 잡아챌 수 있는 사람은 없었다. 그것이 헤밍웨이가 이 나라 방방곡곡에서 30만 달러를 모으게 된 이유이자, 비싼 실크셔츠 아래 피부 가까이에 1만 5000달러라는 넉넉한 금액을 품고 있을 수 있는 이유였다.

두 소녀가 거리를 지나갔다, 이어서 노인과 통통한 여성, 젊은 남성 한 명이 걸어갔다. 아파트에서 저녁을 먹고 조용한 시간을 보내기 위해서 집으로 돌아가는 사람들이었다. 그 중 젊은 여성 한 사람만이 558번지 건물로 들어섰다. 아마 속기사일 것 같았다. 헤밍웨이는 그녀가 보스와 아는 사이일지가 궁금했다. 그는 코트 주머니에 손을 넣고 항상 씹는 음식을 꺼내서 이로 갈아내기 시작했다.

그는 릴리를 생각했다. 그와 비슷한 사람들이 보통 그러듯이 감성적이고 미신 가득한 마음을 담아, 릴리가 성인에 가까운 우아한 귀부인이었다고 생각하기 시작했다. 그리고 그녀는 죽었다. "내가 그 더럽고 비열한 자식을 죽여줄게, 릴리." 헤밍웨이는 그녀에게 말했다. 아마 타블로이드 지에 멋지게 실릴 것이다. 외로운 늑대 살인마가 경찰에게 살해당한 연인의 복수를 감행하다. 꽤 좋은 사건이었다.

그는 딱딱하게 굳었다. 덩치 크고 멍청한 순경이 느긋하게 곤봉을 흔들며 거리를 천천히 걸어 내려왔다. 어쩌면 두 건물 사이의 좁은 길에 불빛을 비춰볼지도 모르니, 여기 숨어 있는 것은 안전한 선택이 아닐 것이다. 체스터 헤밍웨이는 순찰 중인 경찰을 살해하고 싶지 않았다. 그는 보스 경감을 죽이고 싶었다.

그래서 그는 앞으로 몸을 푹 숙이고 어둠 속을 바라봤다. "고양아," 그는 부드럽게 고양이를 부르기 시작했다. "고양아, 어디 있니?" 순경이 가까이 다가왔다. 헤밍웨이는 여전히 그의 고양이를 찾고 있었다. 묵직한 발걸음이 느긋하게 곁을 스쳐 지나갔다.

"아, 경찰관님." 체스터 헤밍웨이가 말했다.

남자가 멈춰 섰다. "네?"

"혹시 이 주변에서 검은 고양이를 발견하면 561번지 현관에 가져다주시겠습니까? 제 아이가 기르는 고양이입니다. 도망을 가서요. 어디 있니, 고양아."

"그러지요." 순경은 느릿하게 걸어갔다. 헤밍웨이는 눈을 가늘게 뜨고 마치 자신이 풀어준 것이라는 듯이 경관이 사라지는 모습을 바라봤다. 그는 이제 저자가 다음 모퉁이를 돌기 전까지 보스 경감이 나타나지 않기를 바랐다.

순경이 막 사라지는 순간 커다란 차가 대로에서 알라모 가를 향해 털털거리며 들어왔다. 브레이크 소리가 났다. 558번지 앞에 멈춰 섰다. 경찰차다. 그렇다. 헤밍웨이는 주행판 앞에 놓인 사이렌을 확인했다. 보스가 차에서 내렸다.

체스터 헤밍웨이는 입안에 있던 마지막 한 입을 삼켰다. 그리고 바지 안에 넣어둔 소형 권총을 꺼냈다. 그는 이제 총 두 정을 가지고 있었다. 하나는 아침에 애더믹의 가게에서 가져온 것이었다. 헤밍웨이는 경찰차가 최소한 도로를 반 정도 지나갈 때까지 기다렸다. 늙은 악마는 여전히 집 열쇠를 찾으려고 애쓰며 주변에서 훤히 보이는 현관 앞에 서 있었다. 차에 탄 남자는 차를 돌리거나 뛰쳐나와서 달려올 수 있었다. 헤밍웨이는 그 정도면 충분했다.

"9시네."

"알겠습니다, 경감님."

대로 방향에서 들어온 택시가 마치 주소를 찾는 듯이 천천히 차를 몰았다. 커다란 경찰국 차량이 2번 기어를 넣으며 모퉁이에서 멀어져, 거리 아래로 털털거리며 사라졌다. 체스터의 왼손이 애더믹의 자동 권총 쪽으로 다가가 그것을 꺼내 들었다. 그는 택시가 방해하기 전에 멈춰버리고 싶었지만, 경험상 이런 상황에서 겁에 질린 행인을 두려워할 필요는 없었다.

보스 경감은 통통하게 살이 붙은 몸을 현관 불빛 아래 드러내놓고 있었다. 한심한 놈 같으니, 노상강도가 생각했다. 나는 오늘이 오기 전에도 당신을 한 번 이상 봤었다고⋯⋯. 그의 권총이 발사되었다. 보스가 문을 향해 쓰러졌다. 덤덤탄이라 어느 갈비뼈에 맞아도 엄청난 움직임을 보여줬다. 그는 왼손에 쥔 자동 권총을 다가오는 택시를 향해 겨눴다. 한 발이 방열기 혹은 바람막이 창에 맞았다. 딱히 조준하고 쏜 건 아니었다.

길고 밝은 불빛이 택시 한 쪽에서 번쩍이더니 뭔가가 체스터 헤밍웨이의 옷깃을 찢었다. 그는 으르렁거리며 건물 사이의 좁은 길로 뒷걸음쳤다. 그는 먹잇감인 보스 경감에게 집중한 나머지 이런 반격을 예상하지 못했다. 그에게로 쏟아지는 총알이 벽돌에 부딪혔다. 그는 장전한 총알을 전부 택시에 퍼부은 다음 돌아서서 달렸다. 마음속으로 사납게 저주를 퍼부었다. 빌어먹을 사복경찰놈. 다들 반 블록 내지는 더 멀리 떨어져 있어서 생각도 하지 않았다. 하지만 이 택시는, 대체 누가⋯⋯.

총알이 그 옆의 콘크리트에 스치며 굉음을 냈고, 그는 여전히 찢겨진 코트 주변에서 고통을 느꼈다. 그만큼 가까이 지나간 총알이었다⋯⋯. 그는 골목을 따라 20미터 가까이 달리며 주차된 차 사이를 지나 앞에 보이는 길을 향해 속도를 냈다. 우선도로라서 많은 차들이 주차 중이거나 달리고 있었다. 그의 뒤쪽 멀리에서 고함과 쿵쿵 울리는 발소리를 들을 수 있었다. 그는 처음 눈에 띈 건물 입구로 그는 달려 들어갔다. 운이 좋군. 건물이 엄청 많아. 그에게 필요한 환경이었다.

그가 뛰어 들어간 곳은 L자 모양의 현관 입구가 옆길과 큰길로 동시에 뚫려 있는 회사 건물이었다. 시끄러운 교통체증 소음 위로 알라모 가의 소란이 묻히기 시작했다. 체스터는 복도 모퉁이를 거닐면서 가슴 속의 쿵쾅거리는 심장을 가라앉히려고 애썼다. 근무 중인 엘리베이터 직원이 그에게 고개를 끄덕였다.

헤밍웨이는 벽에 붙은 부서명을 바라봤다. 하얀 작은 이름들이 눈앞에서 헤엄쳤다. 그는 이름 하나를 골랐다. 제이콥슨, 루돌프. 420. 그는 엘리베이터 직원에게 돌아섰다.

"제이콥슨 씨는 외출하셨습니까?" 헐떡이는 폐가 목을 따라 올라오려고 했지만 애써 눌렀다.

"네, 그렇습니다. 이제 6시니까요. 대부분의 직원들은 퇴근했습니다."

"알겠습니다."

그는 큰길로 나갔다. 손님을 기다리는 택시 줄이 눈앞에 흐릿하게 보였고, 멀리서 사이렌이 울리는 소리가 들렸다. 이 사람들은 아마 소방차 소리라고 생각할 것이다. 하지만 그것은 소방차가 아니었다.

그는 제일 앞에 서 있는 택시에 올라탔다. "시내로 갑시다." 그가 말했다.

"네, 손님."

그는 저녁이라 막히는 차들을 뚫고 다리 쪽으로 향하며 교통경찰들이 북쪽으로 향하는 길을 비우며 경찰차가 알라모 가를 향해 돌진할 길을 만드는 광경을 재미있게 바라봤다. 그는 담배를 찾아 더듬거리다 윗옷 주머니의 구멍 사이로 갈려나간 찢어진 종이 성냥을 찾았다. 지나가는 사람으로 보였던 자가 쏜 총알은 그만큼 가까이 스쳐 지나갔다. 그는 욕설을 내뱉었다. 하지만 그의 음식은 조금이지만 아직 남아 있었다. 체스터는 그것을 다시 입에 넣고 씹었다.

그는 최대한 빨리 마을을 벗어나는 편이 나을 것이다. 어떻게 해서든. 모든 역에 사람이 배치될 것이고, 고속도로도 안전하지 않을 터였다. 그는 생각해야 했다.

체스터 헤밍웨이는 호텔에 안전하게 도착하여 더는 사고와 맞닥뜨리는 일 없이 방에 들어갔다. 하지만 이어서 그가 자리에 앉아 음식을 씹고 담배 한두 개비를 즐기면서 보스 경감의 뇌가 터지며 젤리로 변하던 마지막 순간을 차갑게 되새기는 동안, 강철 그물이 서서히 조여들기 시작했다.

보스 경감은 숨을 길게 내뱉었다. "글레넌," 그가 닉에게 말했다. "자네의 일곱 번째 아들의 일곱 번째 아들에 대한 이야기가 무슨 내용이었지?"

"그건 제가 아닙니다. 제 아버지입니다."

"그래도……."

"경감님이 자신의 방탄조끼를 입고 있었다는 걸 알면 헤라스는 지옥보다 더 뜨겁게 타오를 겁니다."

경감은 아직도 화끈거리는 상체를 문지르며 옷 상태를 확인했다. "정말로 멋진 조끼야. 어째서 항상 악당들이 경찰보다 더 훌륭한 물건들을 갖고 있는 건지는 모르겠지만, 대체로 그렇더라고. 이제 최소한 아무도 아까 옥상에서 헤밍웨이를 떨어뜨리지 못했다고 자네를 탓할 수는 없을 거야."

"저는 그놈의 머리에 구멍을 냈어야 했습니다, 경감님."

그는 손에 쥐고 있던 금박을 입힌 낭창거리는 작은 판지 조각을 손가락으로 퉁겼다.

"어쨌든 최소한 자네는 그자의 주머니를 뚫어서 이걸 건지지 않았나."

"네, 하지만 저는 하루에 두 번이나 제 총으로 헤밍웨이를 맞히고도 도망치게 허용하고 말았습니다."

그들은 흐릿한 조명 아래 서서 경관들이 알라모 가를 구석구석 뒤지는 광경을 바라봤다. 보스는 데이브 글레넌을 향해 돌아섰다. "소용없네, 데이브. 헤밍웨이는 벌써 떠났어. 하지만 명함을 두고 갔지."

뚱뚱한 경사가 조명빛 아래에서 뒤를 돌아섰다. "내가 나중에 연습을 시켜주지, 참새 경관." 데이브가 동생을 놀렸다. "날이 따뜻해져서 놀이공원이 문을 열면, 사격 경품 가판대에 가 보자고."

"닥쳐." 닉이 중얼거렸다.

"그 입 좀 닥치게, 데이브." 경감이 부드럽게 말했다. "닉은 움직이는 택시 안에서 어둠 속에 터진 총구의 섬광을 향해 사격했네. 그리고 어쨌든 닉이 아니었다면 자네는 지금 한 경감의 장례식에 참석하기 위해서 구두에 광을 내고 있었겠지."

경감은 데이브에게 찢어진 판지 조각을 건넸다. "이게 헤밍웨이가 서 있던 길 건너 골목에 떨어져 있었고, 핏자국도 발견되었네."

데이브는 판지 조각을 커다란 손가락으로 돌려보았다. 그는 판지에 쓰인 글자를 읽었다. "다이아몬드 성냥……텔. 그리고 뒤얽힌 거미줄 같은 이 그림은 뭔가요?"

"그건 문장이야, 눈먼 형님." 동생이 으르렁거리며 말했다. "이건 헤밍웨이가 머무는 곳의 단서야. 형은 고급 호텔의 기념 성냥을 알아보지 못할지라도 경감님은 알아보셨지. 애버딘 호텔의 성냥갑 조각이라고."

"단지 네가 그 자리에서 이걸 찾았다고 해서……."

"자세히 살펴봐. 올빼미 눈, 한쪽에 붙어 있는 실 한 조각이 보이잖아. 니콜라스 글레넌의 운이 작용한 거지. 내가 총알로 헤밍웨이의 주머니를 찢어서 터진 종이 성냥 반쪽이 떨어진 거야."

"하지만," 데이브가 소리쳤다. "그렇다고 해서 그가 거기 있을 거라는 뜻은 아니잖아!"

"헤밍웨이는 분명히 애더믹의 가게에서 옷을 들고 나왔는데, 중고 물건을 취급하는 업자가 주머니 속에 든 성냥을 내버려뒀을 거라고? 아니야, 헤밍웨이는 오늘 도망친 이후에 그 성냥을 집어 들었어. 레스토랑이 아니라 분명 자기가 묵는 호텔 방에서 들고 온 성냥일거야."

경감이 말했다. "팀을 소집하게, 데이브. 라인하이머한테도 본인이 담당한 팀을 모으라고 해."

"예, 경감님. 하지만, 아이고, 호텔 전체를 급습할 수는 없습니다. 거긴 객실이 무려 2200실이나 된다고요!"

"물론 그건 힘들지. 하지만 곧 오늘 숙박한 손님과 해당 방 번호 목록을 곧 받아올 걸세. 그러고 나서도 상황이 곤란하다면, 한때는 놀이공원의 참새 경관이었던 자네의 동생이…… 뭐랄까, 그에게 짐작 가는 바가 있다네. 내가 보기에도 좋은 생각이 틀림없고."

"무슨 생각입니까, 경감님?"

대답 대신 닉은 커다란 손바닥 위에 올린 아주 작은 은색 조각을 보여줬다. 달걀 모양 껍질에 이상한 반짝이는 침전물이 붙어 있었다. 뭐든지 간에 2센티미터를 넘지 않는 크기였다. "골목 옆 보도 근처에서 찾았어." 그가 정중한 목소리로 발표했다.

"그거야?" 데이브 글레넌이 코웃음을 쳤다. "고작 그거! 뭐야! 그게 무슨 쓸모가 있어? 니콜라스, 그냥 네 배지와 총을 반납하고 도로 청소부가 되는 건 어때? 폐품수집가 같으니."

"뭐," 닉이 말했다. "나는 예전에 이걸 본 적이 있어. 아주 많이." 그는 은색 조각을 조끼 주머니에 넣었다.

"우리는 지금 시간을 낭비하고 있네." 보스 경감이 듣고 있는 사람들에게 말했다.

애버딘 호텔의 72번 객실 청소부 여인은 잔뜩 긴장한 채였다. 사실 직접 총알을 맞게 될 범위 안에 있지 않았기 때문에 많이 긴장할 필요는 없었다. 니콜라스 글레넌이 1661호의 문을 가볍게 두드리자 안쪽에서 대답이 들려왔고, 그녀는 떨리는 목소리를 진정시키려고 노력했다.

그녀는 두꺼운 벽 옆에 몸을 수그린 후 말했다. "객실 청소입니다."

방 안의 남자는 다른 뭔가를 기다리고 있었던 것 같았다. 마침내 그가 선고를 내리듯이 말했다. "필요 없어, 아줌마. 지나가."

짧은 순간 복도에도 방 안에도 침묵만이 흘렀다.

"그저 방을 치우는 것뿐입니다, 손님."

돌체스터 가에서도 문 밖에 사람들이 있었다. 우유배달원,

세탁소 직원……. 그러다 문이 열리고 법이 쳐들어왔다. 체스터 헤밍웨이는 위험을 감수하는 사람이 아니었다.

그는 으르렁거렸다. "당장 꺼져서 다른 방이나 알아봐!"

닉 글레넌은 겁에 질린 객실 청소부를 부드럽게 모퉁이로 끌어내고, 경비원을 지나 본부에서 나온 딱딱한 얼굴의 경관들 쪽으로 보냈다. "그가 좋은 충고를 하는군요." 닉이 속삭였다. "가시는 게 좋겠습니다." 두터운 양탄자 위로 긴장한 발걸음이 지나갔다.

글레넌은 형을 차가운 눈으로 바라봤다. "그인가?"

"분명히 그 목소리야. 나는 K. C.의 목격자로 재판에 회부된 적이 있지. 어디서든지 알아들을 수 있어."

"좋아." 닉 글레넌이 숨을 깊게 들이쉬었다.

그가 말했다. "헤밍웨이, 네 발로 나오겠나, 아니면 실려 나오고 싶은가? 작년 가을에 우리는 한 폭력배한테 이렇게 말했고 그는 버텨보기로 결정했지. 결국 우리가 끌고 나와서 방부처리를 해야 했어. 자네는 어떻게 하겠나?"

1661호 안의 체스터 헤밍웨이는 총 두 정을 꺼내서 문을 겨눴다. 그는 신문의 헤드라인에 어떤 말이 실릴지 상상했다. "남자라면 어디 한번 들어와서 잡아보라고 말하겠지!" 그는 문에다 대고 묵직한 총알을 한 방 쐈다.

"그러지." 닉이 대답했다. "그러면 지금, 들어간다."

기관총 소리가 들렸지만 닉의 손가락은 아직 방아쇠를 당기지 않았다. "안 돼." 그가 중얼거렸다. "나는 그를 두 번 놓쳤어. 이번에는 그 아니면 나야."

그는 처음 세 발로 자물쇠를 처리한 다음 무거운 납총알을 베니어판에 온통 퍼부으면서 우그러진 문을 발로 찼다……. 안쪽 멀리 욕실 문이 쾅 닫히는 소리가 들려서 글레넌은 온몸을 날려서 그의 앞길을 막는 커다란 문짝을 들이받았다. 그가 마룻바닥에 떨어지며 경첩이 날아갔다. 욕실 문이 열리면서 그 사이로 불꽃이 터지고…… 불이 꺼지고…… 이제 어둠 속에서 둘 중 한 명이 살아남는 일만 남아 있었다.

닉은 바닥에 납작하게 엎드린 채 귓가에서 공기가 폭발하는 소리를 들으며 터지는 섬광 사이로 단단하게 총구를 겨눴다. 그리고 남은 총알 세 발을 쐈다. 갑자기 침묵이 찾아왔다. 기침 소리에 이어 누군가가 욕조에 쓰러지는 둔탁한 소음이 들렸다.

경찰들이 불을 켜고 문간에 선 채 냄새를 맡았다.

"그가 글레넌을 잡았어."

보스는 복도에서 신음했다. "그 사악한 자식……."

"글레넌을 잡기는 뭘 잡습니까." 닉이 말했다. 그는 자기 발로 일어나 욕실 문을 밀어서 열었다. 엉망진창인 헤밍웨이의 몰골을 감안했을 때, 욕조는 그가 큰 대자로 뻗어 있기에 적절한 장소였다.

보스 경감은 시체를 쳐다봤다. "네게는 투시력이 있는 게 틀림없어." 그가 중얼거렸다.

"아닙니다, 경감님. 이 껍데기 덕분이었습니다."

그는 자신의 조끼 주머니에서 뭔가를 꺼내어 손으로 가볍게 흔들어보였다.

"피스타치오군요." 누군가가 말했다.

닉 글레넌은 침착하게 고개를 끄덕였다. 헤밍웨이도 결국 사람에 지나지 않았고, 지금은 아무것도 아닌 존재가 되었다. 가능하면 그의 영혼이 편히 쉬기를……. "돌체스터 가의 일광욕실에는 피스타치오 껍데기가 온통 널브러져 있었습니다." 닉이 말했다. "그리고 오늘 저녁, 헤밍웨이가 경감님을 기다리고 있었던 보도에도 껍데기가 흩뿌려져 있더군요. 하여튼 쉴 새 없이 먹어댔던 것처럼 보입니다. 이 호텔의 벨보이가 1661호에 머무는 손님이 하루에 두 번이나 피스타치오를 주문했다고 말하기에, 분명 헤밍웨이일 수밖에 없다고 생각했습니다. 언제 어디를 가든지, 분명 이 순간에도 먹고 있었겠지요."

"내가 대답을 알지." 데이브가 으스스한 말투로 대답했다. "만약 헤밍웨이가 지금도 이걸 먹고 있다면, 그건 지옥 불에 구운 피스타치오일 거야."

6

퓰리처상 수상 작가

수전 글래스펠Susan Glaspell

A Jury of Her Peers

수전 글래스펠

(1882-1948)

—

미국 현대연극의 어머니. 미국 최초 여성 극작가이자 소설가이다. 미국의 아마추어 극단 '프로빈스타운 플레이어즈(Pro- vincetown Players)'를 창단한 후, 20세기 초 미국 연극을 이끌었다. 유진 오닐 등 당시 젊은 극작가들의 작품을 꾸준히 상연하고 연극의 형식·소재·언어 등에 실험적인 변화를 꾀하며 미국 연극사에 활력을 불어넣었다. 에밀리 디킨슨의 죽음과 그 가정사를 그린 『앨리슨의 집Alison's House』 3막극으로 1930년 퓰리처상을 수상했다. 「여성 배심원단A Jury of Her Peers」은 1917년 발표된 작품이다.

여성 배심원단

덧문을 열자마자 날카로운 북풍을 온몸으로 맞은 마사 헤일은 다시 안으로 달려가 커다란 모직 스카프를 집어 들었다. 급히 얼굴을 따뜻하게 감싸며 부엌을 한 바퀴 훑어본 그녀는 분개했다. 마사가 불려나가는 이유는 평범하지 않았다. 아마 지금까지 딕슨 지역에서 일어난 일 중에서 가장 특이한 사건일 것이다. 하지만 마사의 눈은 그대로 두고 떠날 상황이 아닌 부엌 꼬락서니에 사로잡혔다. 빵 반죽은 섞기만 하면 되는 상태로, 밀가루는 반만 체에 내린 채 덩그러니 놓여 있었다.

마사는 일을 덜 끝낸 채로 내버려두는 게 정말 싫었다. 남편을 데리러 마을에서 올라온 보안관이 달려 들어와서 자기 아내가 헤일 부인도 함께 와주기를 바란다고 말했을 때는 이미 빵 반죽 준비를 반쯤 끝낸 상태였다. 보안관은 씩 웃으며 아마 아내가 겁에 질려서 다른 여자분과 같이 가고 싶어 하는 모양이라고 말했다. 그래서 마사가 부엌일을 죄다 내팽개치고 일어난 것이다. "마사!" 남편의 짜증 섞인 목소리가 들려왔다. "이 추운 날에 사람들을 밖에서 떨게 하지 마."

그녀는 다시 덧문을 열고 나가서 남자 셋과 여자 한 명이 기다리는 커다란 좌석 두 개짜리 사륜 경마차에 올라탔다.

마사는 옷깃을 단단히 여미면서 뒷좌석에 함께 앉은 다른 여인을 바라봤다. 작년에 지역 축제에서 처음 만난 피터스 부인은 그때도 전혀 보안관의 아내답지 않은 모습이었다. 자그마하고 가느다란 데다 목소리도 여렸다. 피터스 부부가 오기 전까지 보안관을 지낸 고먼 씨의 부인은 입 밖으로 내는 단어 하나하나에 탄탄한 법적 근거가 있는 것 같은 목소리를 지닌 사람이었다. 하지만 피터스 씨는 부인이 보안관의 아내처럼 보이지 않는 것을 벌충할 만큼 보안관다웠다. 그는 누구의 도움 없이도 혼자 보안관 자리에 선출될 만한 사람이었다. 덩치가 크고 목소리가 우렁찬 데다, 자신이 범죄자와 무고한 일반인의 차이를 잘 안다는 점을 확실히 주지시키려는 듯이 법을 준수하는 사람에게는 특히 다정하게 대했다. 순간 마사는 모두에게 상냥하고 활기차게 대하는 이 남자가 지금 보안관으로서 라이트 가로 향하고 있다는 사실을 날카롭게 인식했다.

"이 시기의 우리 마을은 그다지 쾌적하지 않군요." 피터스 부인이 마치 남자들뿐만 아니라 부인들끼리도 대화를 나누어야 한다고 생각한 듯이 겨우 용기를 내어 말을 꺼냈다.

마차가 언덕을 오르면서 시야에 라이트 가가 들어오기 시작한 탓에 그다지 대화를 하고 싶은 기분이 들지 않은 마사는 가까스로 들릴락 말락 하게 대답했다. 라이트 가는 이렇게 차가운 3월의 아침에는 매우 외로워 보였다. 사실 언제나 쓸쓸해 보이는 곳이었다. 아래로 푹 들어간 골짜기에 자리 잡은 데다 건물을 둘러싼 포플러 나무도 외로운 모습이었다. 남자들은 건물을 바라보며 사건에 대한 이야기를 나눴다. 자치구 지방 검사는 마차 한쪽 끝에 앉아 몸을 잔뜩 기울인 채로 마차가 가까이 다가가는 내도록 집을 끈덕지게 응시했다.

"부인이 함께 와주어서 정말 다행이에요." 피터스 부인은 부엌문을 통해 집 안에 들어서는 남자들을 따라가며 초조하게 말했다.

마사 헤일은 문간에 발을 들인 후에도 손잡이를 부여잡은 채 차마 문지방을 넘을 수 없을 것 같은 기분을 느꼈다. 지금 부엌에 들어서지 못하는 이유는 단순히 한 번도 이 집에 들어온 적이 없어서였다. 가끔 그런 생각이 들긴 했다. '미니 포스터를 만나러 가보긴 해야 하는데.' 라이트 부인이 된 지 20년이 지났지만, 마사는 여전히 그녀를 미니 포스터라고 생각했다. 하지만 언제나 당장 눈앞에 놓인 과업이 발목을 잡아서, 미니 포스터 생각은 금세 지워졌다. 그리고 이제야 이 집에 들어선 것이다.

남자들은 난로 가까이 다가갔다. 여성들은 서로 가까이 붙은 채 문 근처에 서 있었다. 젊은 지방 검사 헨더슨이 뒤로 돌더니 말했다. "불 쪽으로 가까이 오세요, 부인."

피터스 부인은 한 발짝 앞으로 나섰다가 멈춰 섰다. "저는 춥지 않아요." 그녀가 말했다.

그렇게 두 여성은 문간에 선 채로, 한동안 부엌을 제대로 둘러보지도 않았다. 남자들은 보안관이 미리 부보안관을 아침에 보내서 불을 피워두기를 얼마나 다행이었냐며 담소를 나눴고, 이윽고 피터스 보안관이 난로에서 물러나 외투 단추를 풀고서 공식 업무의 시작을 알리는 듯이 식탁에 손을 짚었다. "자, 헤일 씨." 그가 반공식적인 목소리로 말을 시작했다. "여기 있는 물건을 건드리기 전에, 헨더슨 씨에게 어제 아침에 여기 왔을 때 무엇을 보았는지 말씀해주시죠."

지방 검사가 부엌을 둘러봤다.

"그건 그렇고," 그가 말했다. "혹시 물건 위치가 바뀌지는 않았죠?" 그는 보안관을 향해 돌아섰다. "어제 본 것과 현장이 동일한 상태입니까?"

피터스는 찬장부터 싱크대를 거쳐 식탁 한쪽 옆에 놓인 작고 닳아빠진 흔들의자까지 찬찬히 살펴봤다.

"어제 본 그대로요."

"누군가가 여기서 어제 떠난 것이 틀림없군요." 지방 검사가 말했다.

"아, 어제." 보안관이 어제는 정말 다시 떠올리기 싫을 정도였다고 진저리를 치며 다시 말을 이었다. "정신 나간 프랭크를 모리스 본서로 보내야 해서, 미리 말해두겠지만, 어제는 정말 바쁜 날이었습니다. 오늘이면 조지 당신이 오마하에서 돌아올 거라는 걸 알고 있었으니, 여기 있는 일을 혼자 처리하는 한……"

"그럼, 헤일 씨." 지방 검사가 과거는 과거답게 흘려보내자는 어투로 말했다. "어제 아침에 여기 왔을 때 무슨 일이 있었는지 있는 그대로 말씀해주시죠."

여전히 문에 기대 있던 헤일 부인은 아이가 막 이야기를 시작하는 모습을 바라보는 엄마처럼 심장이 덜컹 내려앉는 기분이었다. 남편 루이스는 말을 할 때 종종 방향을 잃고 헤매면서 내용을 뒤섞어버리곤 했다. 마사는 그가 쓸데없는 소리를 섞어서 미니 포스터를 더 힘들게 만들지 않고 그저 솔직하고 정확하게 말하기를 바랐다. 그는 곧장 말을 시작하지 않았고, 마사는 그가 부엌에 서서 어제 본 일을 말해야 한다니 속이 울렁거리기 시작한 듯이 영 이상해 보인다는 점을 눈치챘다.

"해리와 저는 감자를 잔뜩 싣고 마을로 나섰습니다." 헤일 부인의 남편이 이야기를 시작했다.

해리는 헤일 부인의 장남이었다. 어제 싣고 나간 감자를 마을에 가져다주지 못해서 오늘 아침에 배달을 마무리해야 한다는 당연한 이유로 집을 비우는 바람에, 보안관이 집에 들러서 헤일 씨에게 상세한 내용을 지적할 수 있는 라이트가로 직접 와서 지방 검사에게 이야기를 들려달라고 요청했을 때 이곳에 함께 올 수 없었다. 헤일 부인은 이제 혹시나 해리가 오늘 충분히 옷을 따뜻하게 입고 나가지 않았을까봐 두려워하기 시작했다. 아무도 오늘 북풍이 날카롭게 분다는 사실을 깨닫지 못했던 것이다.

"우리는 이 길을 따라서 왔고요." 헤일은 방금 다 같이 온 길을 향해 손짓을 했다. "그리고 저는 집이 눈에 들어오자 해리에게 말을 했습니다. '가서 존 라이트가 전화기를 두게 만들 수 있을지 한번 보자고.' 아시겠지만," 그가 헨더슨에게 설명했다. "내가 누군가를 데리고 들어가지 않는 한, 이 사람들은 밀린 돈을 받을 때가 아니면 이 갈림길 밖으로 나올 생각을 하지 않습니다. 저는 라이트한테 전에도 이 문제에 대해서 언급한 적이 있습니다. 하지만 그는 저를 무시하면서 사람들은 어차피 말이 너무 많다며 자신이 원하는 것은 평화와 고요라고 했습니다. 하지만 그 자신이 얼마나 말이 많은지는 당신도 알고 있겠지요. 하지만 저는 만약에 집으로 찾아가서 라이트 부인이 있는 앞에서 전화 얘기를 꺼내고, 모든 여자는 전화를 좋아한다고 말하고, 이 외롭게 뻗은 길에 살려면 그게 좋지 않겠냐고 하면 어떨까……. 뭐, 저는 해리에게 들어가서 대충 그런 말을 할 거라고 했습니다. 하지만 동시에 그의 아내가 원한다 하더라도 존의 태도가 달라질 지는 모르겠다고도 했지요."

역시 루이스 헤일다웠다! 굳이 하지 않아도 될 말을 하고 있었다. 헤일 부인은 남편과 눈을 마주치려고 애썼지만, 다행히도 곧 지방 검사가 끼어들었다.

"거기에 대해서는 조금 이따가 다시 말해주시죠, 헤일 씨. 그 이야기도 궁금하지만 저는 어제 당신이 여기 들어왔을 때 정확히 무슨 일이 생겼는지 알고 싶습니다."

헤일은 매우 신중하고 조심스러운 태도로 말을 다시 시작했다.

"아무도 보이거나 들리지 않아서 문을 두드렸습니다. 그래도 아직 집 안은 조용했습니다. 8시가 지난 시각이었으니 분명 깨어 있을 터였습니다. 그래서 저는 문을 다시 더 크게 두드렸고, 누군가가 '들어오세요'라고 말하는 소리를 들었다고 생각했습니다. 확신할 수는 없지만……. 아직도 잘 모르겠습니다. 하지만 저는 문을 열었습니다. 저 문을요." 그는 지금 두 여인이 서 있는 문을 손으로 가리켰다. "그리고 저기, 저 흔들의자에," 이번에는 의자를 가리켰다. "라이트 부인이 앉아 있었습니다."

부엌에 있던 모든 사람이 흔들의자를 쳐다봤다. 헤일 부인은 흔들의자가 전혀 미니 포스터, 20년 전의 미니 포스터답지 않게 생겼다고 생각했다. 불그죽죽한 색깔에 나무 등받이 기둥은 하나가 빠졌고, 전체적으로 한쪽으로 기울어진 상태였다.

"그녀의 상태는 어때 보였나요?" 지방 검사가 질문했다.

"음," 헤일이 대답했다. "그녀는, 이상해 보였습니다."

"무슨 뜻인가요, 이상하다니?"

검사는 질문을 이어가면서 수첩과 연필을 꺼냈다. 헤일 부인은 연필의 등장이 마음에 들지 않았다. 그녀는 남편이 수첩에 적힐 쓸데없는 소리를 해서 문제를 일으키는 것을 막으려는 듯이 그를 뚫어져라 바라봤다.

그 또한 연필에 영향을 받았는지 조심스럽게 말을 꺼냈다.

"그러니까, 꼭 이제 뭘 해야 할지 모르는 사람처럼 보였습니다. 그리고 뭐랄까, 이미 할 일을 마친 것처럼 보였지요."

"당신의 방문에 대해서는 어떻게 생각하는 것 같았나요?"

"뭐, 그다지 꺼려하는 것 같지는 않았습니다. 그럭저럭요. 별로 신경 쓰지 않았습니다. 제가 '안녕하시오, 라이트 부인? 오늘은 춥지요, 그렇지 않습니까?'라고 말하자 그녀는 '그런가요?'라고 대답했습니다. 그리고 앞치마에 주름을 잡기 시작하더군요. 사실 저는 좀 놀랐습니다. 저 보고 난로 앞으로 오라던가 앉으라고도 하지 않고 그냥 흔들의자에 앉은 채, 저를 쳐다보지도 않더군요. 그래서 제가 다시 말했습니다.

'존을 만나러 왔습니다.' 그러자 그녀가, 웃었습니다. 웃었다고 할 수 있겠지요. 저는 밖에 두고 온 해리와 지인들을 떠올리고 살짝 날카롭게 물어봤습니다. '존을 만나볼 수 있을까요?' '아니요.' 그녀가 조금 멍하게 대답했습니다. '그가 집에 없나요?' 제가 말했습니다. 그러자 그녀가 저를 쳐다보았지요. '아니요.' 그녀가 대답했습니다. '집에 있어요.' '그럼 왜 만날 수 없다는 겁니까?' 저는 슬슬 인내심이 바닥나기 시작했습니다. '왜냐하면 죽었으니까요.' 그녀는 여전히 조용하고 멍한 태도로 대답했습니다. 그리고 다시 앞치마에 주름을 잡기 시작했습니다. '죽어요?' 저는 방금 들은 말을 이해할 수 없어서 되물었습니다. 그녀는 조금도 흥분하지 않은 채 의자를 앞뒤로 흔들면서 그저 고개를 끄덕였습니다. '아니, 왜…… 어디에 있습니까?' 저는 무슨 말을 해야 할지 몰라서 일단 물어봤습니다. 그녀는 그저 이렇게, 위층을 가리켰습니다." 그가 천장을 가리켰다.

"저는 혼자서 올라가볼 생각에 자리에서 일어났습니다. 이 상황에 뭘 어떻게 해야 할지 알 수 없었습니다. 저는 거기에서 여기까지 걸어와서 다시 물어봤습니다. '왜, 어쩌다 그가 죽었습니까?' '그는 밧줄을 목에 두른 채로 죽었어요.' 그녀가 말했습니다. 그리고 그저 자리를 지키고 앉아서 계속 앞치마에 주름을 잡았지요."

헤일은 말을 멈추고 마치 지난 아침에 그 자리에 앉아 있던 여자가 아직 눈에 선한 것처럼 꼿꼿하게 선 채로 흔들의자를 바라봤다. 누구도 말을 꺼내지 않았다. 마치 모두가 전날 아침에 그 곳에 앉아 있던 여자를 보고 있는 듯했다.

"그러고 나서 뭘 했습니까?" 지방 검사가 마침내 침묵을 깨고 말했다.

"저는 나가서 해리를 불렀습니다. 어쩌면, 도움이 필요할 수도 있겠다고 생각했거든요. 저는 해리를 안으로 데리고 와서 함께 2층으로 올라갔습니다." 그의 목소리가 거의 속삭이듯이 낮아졌다. "그곳에 존이 있었습니다……. 거기 누운 채."

"제 생각에는 이쯤에서 같이 2층으로 올라가보는 것이 좋겠군요." 지역 검사가 끼어들었다. "하나하나 상황을 짚어가면서 말할 수 있게 말입니다. 위로 이동해서 남은 이야기를 들어봅시다."

"음, 저는 일단 그 밧줄을 벗겨내야겠다고 생각했습니다. 그건 꼭……."

그가 말을 멈추자 얼굴에 경련이 일어났다.

"하지만 해리가 라이트에게 다가가더니 말했습니다. '아니, 이 사람은 확실히 죽었어요. 아무것도 건드리지 않는 게 좋겠어요.' 그래서 우리는 아래층으로 내려왔습니다."

"그녀는 여전히 같은 자세로 앉아 있었습니다. '누구한테든 연락을 넣었습니까?' 제가 물어봤습니다. '아니요.' 그녀는 무심하게 대답했습니다. 해리가 사무적인 어조로 질문을 계속 했습니다. '누가 이런 짓을 했나요, 라이트 부인?' 그러자 그녀는 앞치마에 주름을 잡던 손을 멈추고는 짧게 대답했어요. '몰라요.' '모른다고요?' 해리가 되물었습니다. '같은 침대에서 자고 있지 않았나요?' '맞아요. 하지만 저는 안쪽에서 자고 있었거든요.' '누군가가 그의 목에 밧줄을 두르고 목을 졸랐는데, 깨지 않았나요?' '깨지 않았어요.' 그녀는 해리의 말을 따라 대답했습니다. 우리가 도대체 어떻게 그런 일이 있을 수 있는지 믿기 힘들어 한다고 생각했는지, 잠시 후 그녀가 덧붙였습니다. '저는 잠을 깊이 자거든요.' 해리는 그녀에게 질문을 좀 더 하려고 했지만, 저는 그건 우리 일이 아닐 것 같다고 제지했습니다. 그녀가 처음 이야기를 털어놓는 대상은 검시관이나 보안관이 되어야 할 것 같았거든요. 그래서 해리는 서둘러 간선 도로를 타고 전화기가 있는 리버즈 플레이스로 향했습니다."

"당신이 검시관을 찾으러 갔다는 사실을 알자 그녀가 어떻게 행동하던가요?" 검사는 연필을 손에 쥐고 받아 적을 만반의 준비를 한 채로 물었다.

"그녀는 이쪽에 있는 의자로 자리를 옮겼습니다." 헤일은 구석에 있는 작은 의자를 가리켰다. "그리고 손을 모으고 앉아서 바닥을 쳐다봤습니다. 저는 뭔가 대화를 시도해야 할 것 같은 기분이 들어서, 존이 전화기를 놓기를 원하는지 물어보러 왔다고 말했습니다. 그러자 그녀가 웃기 시작했고,

그러다 갑자기 웃음을 뚝 멈추고 저를 쳐다봤습니다. 두려운 듯한 얼굴로.”

연필이 사각거리며 움직이는 소리에 이야기를 하던 남자가 그쪽을 올려다봤다.

“모르겠어요……. 어쩌면 두려워한 게 아닐 수도 있지요.” 그는 급하게 덧붙였다. “굳이 그랬다고 말하고 싶지 않군요. 해리는 곧 여기로 돌아왔고, 이윽고 로이드 의사선생님과 당신, 피터스 보안관이 왔습니다. 그러니 당신이 모르는 얘기는 여기까지일 것 같군요.”

그는 마지막 문장을 안도하며 내뱉고 안심한 듯이 조금 몸을 움직였다. 모두가 조금씩 움직이기 시작했다. 지방 검사는 계단 문을 향해 걸어갔다.

“일단 다 같이 2층에 먼저 올라가봐야 할 것 같군요. 그러고 나서 헛간에 들른 다음 주변을 살펴봅시다.”

그는 잠시 멈춰 서서 부엌을 둘러보았다.

“여기에는 중요한 게 아무것도 없다고 생각하시나요?” 그는 보안관에게 질문을 던졌다. “동기를 알려줄 만한 단서가, 아무것도 없을까요?”

보안관은 다시금 확신을 얻으려는 듯이 주변을 둘러보았다.

“여기에 있는 거라곤 부엌살림뿐입니다.” 그는 하찮은 부엌살림을 가볍게 비웃으며 말했다.

지방 검사는 절반에만 문이 달려 있으며 윗부분은 벽에 매몰되고 아랫부분만 구식 부엌 선반 형태인 독특하고 볼품없는 구조의 찬장을 바라봤다. 독특한 모습에 매료된 듯이 그는 의자를 끌고 와서 올라가 윗문을 열고 안쪽을 들여다보았다. 잠시 후 그는 끈적끈적해진 손을 잡아뗐다.

"여기는 엉망이군요." 그가 어처구니가 없다는 듯 말했다.

두 여성이 가까이 다가왔고, 보안관 아내가 말을 꺼냈다.

"아…… 과일조림." 그녀는 동정과 이해를 구하며 헤일 부인을 바라봤다.

피터스 부인은 지방 검사 쪽으로 돌아서서 설명했다. "그녀는 지난밤이 너무 추웠다면서 과일조림을 걱정하고 있었어요. 난롯불이 꺼지면 과일조림병이 터질지도 모른다고요."

피터스 부인의 남편이 느닷없이 웃음을 터트렸다.

"세상에, 정말 여자들이란 당해낼 수가 없습니다! 살인 혐의로 붙잡혀 있는데 과일조림이나 걱정하다니!"

젊은 검사가 입을 꾹 다물었다.

"심문이 시작되기 전에 과일조림보다 걱정해야 할 심각한 문제가 많을 텐데 말이죠."

"그거야 뭐," 헤일 부인의 남편이 타고난 사람 좋은 어투로 말했다. "여자들은 하찮은 걸 걱정하곤 하니까요."

두 여성은 서로 좀 더 가까이 붙어 섰다. 둘 다 아무런 말도 하지 않았다. 지방 검사는 갑자기 예의를 차려야 한다고 생각하며 그의 미래를 고려하는 듯했다.

"하지만," 그가 젊은 정치인의 용감함을 발휘하며 말했다. "비록 그런 걱정을 많이들 한다 하더라도, 여성분들이 없으면 우리가 뭘 할 수 있겠습니까?"

두 여성은 아무런 말도 하지 않고, 누그러지지도 않았다. 그는 싱크대로 다가가 손을 씻기 시작했다. 그는 롤러 타월을 돌려서 깨끗한 부분을 찾아 손을 닦았다.

"더러운 타월 꼴을 좀 보게! 살림꾼은 아니었나보군요, 그렇지 않나요, 숙녀분들?"

그는 싱크대 아래의 더러운 프라이팬들을 걷어찼다.

"농장이라는 데가 워낙 할 일들이 많은 법이죠." 헤일 부인이 딱딱하게 말했다.

"그렇겠죠. 하지만," 그는 헤일 부인에게 가볍게 목례를 하며 말했다. "저는 같은 딕슨 지역의 농장이면서도 저런 더러운 롤러 타월이 아닌 집들을 알고 있답니다." 그는 타월을 당겨서 전반적인 상태를 살폈다.

"저 타월은 생각보다 더 쉽게 빨리 더러워진답니다. 남자들의 손이 항상 깨끗하지는 않지요."

"오, 같은 여자들끼리 편을 드시는군요, 알겠습니다." 그는 웃었다. 그러다 갑자기 멈춰서 헤일 부인에게 예리한 눈길을 보냈다. "하지만 당신과 라이트 부인은 이웃이었죠. 분명 친구였겠군요."

마사 헤일은 고개를 저었다.

"저는 최근 들어서 그녀를 거의 보지 못했어요. 이 집에도 오지 않았고요. 벌써 1년은 훨씬 지났네요."

"이유가 뭐죠? 그녀를 그다지 좋아하지 않았나요?"

"저는 그녀를 꽤나 좋아했어요." 그녀는 진심으로 대답했다. "농부의 아내는 할 일이 많지요, 헨더슨 씨. 그리고……" 그녀는 부엌을 둘러보았다.

"그리고요?" 그가 격려하듯이 말했다.

"여기는 전혀 밝아 보이는 곳이 아니었어요." 그녀는 딱히 누구를 대상으로 하지 않고 혼잣말을 하듯이 중얼거렸다.

"그렇죠." 그가 동의했다. "누구도 여기가 밝아 보인다고 말하지는 못할 겁니다. 집을 꾸미는 데는 재주가 없는 여성이었던 것 같네요."

"음, 라이트 씨라고 재주가 있었던 것 같지는 않은데요." 그녀가 중얼거렸다.

"두 사람 사이가 좋지 않았다는 뜻인가요?" 그가 재빨리 물었다.

"아뇨, 아무 뜻도 없었어요." 헤일 부인은 단호하게 대답했다. 그리고 살짝 옆으로 돌아서면서 덧붙였다. "하지만 이곳에 존 라이트 씨가 있었다고 해서 더 밝아졌을 거라고 생각하지 않아요."

"거기에 대해서는 조금 있다가 더 이야기해보고 싶군요, 헤일 부인." 그가 말했다. "지금은 위층에 올라가서 상황을 살펴봐야 할 것 같습니다."

그는 계단 문을 향해 움직였고, 두 남자가 뒤를 따랐다.

"피터스 부인이 일을 좀 하더라도 괜찮겠지요?" 보안관이 물었다. "아시겠지만, 그녀를 위해서 옷가지를 좀 가져가려고 합니다. 물건 몇 개도요. 어제 급하게 이 곳을 떠났거든요."

지방 검사는 부엌 살림과 함께 남은 두 여성을 바라보았다.

"네. 피터스 부인." 그의 눈길은 피터스 부인이 아닌, 그 옆에 서 있는 농부의 아내를 향했다. "물론 피터스 부인은 우리 쪽 사람이시지요." 그가 중요한 직책을 맡기는 태도로 말했다. "그리고 뭔가 쓸모가 있는 게 있는지 살펴보세요, 피터스 부인. 말할 필요도 없는 일이죠. 부인들께서 동기를 찾는 열쇠를 발견하실 수도 있어요. 우리가 찾으려는 것도 바로 그겁니다."

헤일 씨는 재담을 늘어놓을 준비가 된 공연자처럼 얼굴을 쓸어내렸다.

"하지만 단서를 발견한다 하더라도, 여자들이 그게 뭔지 깨달을 수나 있을까요?" 그가 말했다. 그리고 다른 사람들을 따라 계단 문으로 올라갔다.

여자들은 계단을 올라서 방으로 들어가는 발걸음 소리를 들으며 미동도 없이 조용히 서 있었다.

그리고 이상한 주문에서 풀려나듯이 헤일 부인은 지방 검사가 으스대는 발로 밀어내서 흐트러진, 싱크대 아래의 더러운 팬들을 정리했다.

"저는 제 부엌에 남자들이 들어오는 게 싫어요." 그녀가 짜증스럽게 말했다. "쑤시고 돌아다니면서 트집이나 잡고."

"물론 여기는 그들이 참견할 영역이 아니죠." 보안관의 아내가 소심한 동조를 곁들이며 말했다.

"영역은 그렇다 쳐요." 헤일 부인이 무뚝뚝하게 말했다. "하지만 더러운 타월은 불을 피우러 온 부보안관한테 책임이 있을 것 같네요." 그녀는 롤러 타월을 잡아당겼다. "그걸 진작 떠올렸더라면! 그렇게 급하게 집을 떠나야 했는데, 부엌이 깨끗하지 않다고 트집을 잡는 건 심술궂은 일이라고 생각해요."

그녀는 부엌을 둘러보았다. 확실히 '깨끗하지는' 않았다. 그녀의 눈길이 낮은 선반에 있는 설탕통에 닿았다. 나무통 뚜껑은 열렸고, 옆에 놓인 종이 봉지에는 설탕이 반만 차 있었다.

헤일 부인이 설탕통에 가까이 다가갔다.

"그녀는 설탕을 여기 내버려두고 나갔어요." 그녀는 천천히 혼잣말을 중얼거렸다.

그녀는 집 부엌에 반만 체에 내리고 반은 내버려둔 밀가루를 생각했다. 그녀는 방해를 받아서 일을 반만 끝낸 채로 두고 와야 했다. 무엇이 미니 포스터를 방해했을까? 왜 일을 반만 마무리한 채로 두어야 했을까? 그녀는 일을 마무리하려는 듯이 움직였다. 미처 끝내지 못한 일은 언제나 그녀의 신경을 거슬렸다. 그러나 헤일 부인은 주변을 둘러보고 피터스 부인인 자신을 바라보는 것을 깨달았다. 그녀는 피터스 부인이 미니 포스터가 어떤 이유에서든지 제대로 일을 끝마치지 못했다고 생각하기를 바라지 않았다.

"과일조림이 망가져서 안타까워요." 그녀는 지역 검사가 열어본 찬장 쪽으로 걸어가 의자에 올라서며 중얼거렸다. "전부 터져버린 건지 궁금하네요."

바라만 봐도 안타까운 풍경이었지만, 그녀가 마침내 말했다. "멀쩡한 게 하나 있네요." 그녀는 과일조림병을 불빛에 비춰보았다. "이것도 체리예요." 그녀가 다시 찬장을 살폈다. "살아남은 병은 이것뿐이라고 말할 수 있겠어요."

헤일 부인은 한숨을 쉬며 의자에서 내려와 싱크대에서 병을 깨끗하게 씻었다.

"그 더운 날씨에 힘들게 일했는데 이렇게 되어버리다니, 기분이 좋지 않을 거예요. 작년 여름에 체리를 담그던 오후가 생각나네요."

그녀는 병을 식탁에 올려놓고 다시 한숨을 쉬며 흔들의자에 앉으려고 했다. 그러나 그녀는 앉지 못했다. 뭔가가 흔들의자에 앉는 것을 방해했다. 그녀는 허리를 곧게 펴고 뒤로 물러나 반쯤 몸을 튼 채로 서서 의자를 바라보며 그곳에 앉아 '앞치마에 주름을 잡고 있던' 여성을 투영했다.

보안관 아내의 가느다란 목소리가 귓가에 와 닿았다. "저는 거실 옷장에 가서 물건을 좀 챙겨와야겠어요." 그녀는 다른 방으로 향하는 문을 열고 들어가려다 멈칫하며 물러섰다. "저와 함께 가주시겠어요, 헤일 부인?" 그녀가 초조하게 권유했다. "부인? 부인이 좀 도와주시면 좋을 것 같아요."

그들은 금방 다시 돌아왔다. 황량한 추위가 감도는 문 닫힌 방은 오래 머물러 있을 곳이 못 되었다.

"춥기도 해라!" 피터스 부인은 물건을 식탁에 내려놓으며 급히 난로로 다가갔다.

헤일 부인은 식탁 옆에 서서 마을에 수감된 여성이 가져다 달라고 부탁한 옷가지를 살펴보았다.

"라이트 씨는 인색한 사람이었군요!" 그녀는 더는 기울 데가 없어 보이는 허름한 검정 치마를 집어 들고 소리쳤다. "그녀가 자신을 고립하고 있었던 이유는 이게 아닐까 싶어요. 자기 역할을 다할 수 없었을 거예요. 본인 꼴이 허름하게 느껴지면 인생을 즐기기 힘들지요. 마을 처녀 미니 포스터로 살 때는 예쁜 옷을 입고 활기차게 다니며 성가대에서 노래하곤 했었는데. 하지만 그건…… 오, 그건 20년 전 일이죠."

그녀는 부드럽고 신중한 손놀림으로 낡은 옷가지를 개어서 식탁 한 쪽에 쌓아두었다. 그녀는 피터스 부인을 올려다보았다. 그녀의 눈 속에는 마음이 거슬리게 만드는 뭔가가 있었다.

"그녀는 별로 신경 쓰지 않았어요." 헤일 부인은 혼잣말을 했다. "미니 포스터가 소녀 시절에는 예쁜 옷을 입었다 하더라도 지금 와서 달라질 게 있었겠어요."

그녀는 다시 포스터 부인을 쳐다봤지만, 확신할 수 없었다. 사실 그녀는 한 번도 피터스 부인에 대해 뭔가를 확신한 적이 없었다. 피터스 부인은 언제나 위축된 태도를 보였지만, 눈으로는 사물을 꿰뚫어보는 것 같았다.

"가져갈 물건은 이게 다인가요?" 헤일 부인이 물었다.

"아니요." 보안관의 아내가 말했다. "그녀는 앞치마도 가져다 달라고 했어요. 부탁하기에는 이상한 물건이죠." 그녀는 초조하고 소심한 태도로 말을 이었다. "감옥에서는 더러워질 일이 없을 텐데, 누가 알겠어요. 하지만 그저 기분이 좀 더 편안해지도록 해줄 것 같기도 하네요. 만일 항상 앞치마를 입고 있었다면요. 앞치마는 찬장 맨 아래 서랍에 들어 있다고 했어요. 그래, 여기 있네요. 그리고 계단 문에 항상 걸려 있는 작은 숄도 가져다 달라고 했어요."

그녀는 계단으로 이어지는 문 뒤에서 작은 회색 숄을 꺼낸 다음 잠시 선 채로 그것을 바라보았다.

헤일 부인은 느닷없이 다른 여인을 향해 급히 발걸음을 옮겼다. "피터스 부인!"

"부인은 그녀가, 그랬다고 생각하시나요?"

겁먹은 표정이 피터스 부인의 눈에 머물던 다른 감정을 흐릿하게 지워냈다.

"잘 모르겠어요." 그녀는 이 주제에 대해서 특히 움츠러든 듯한 목소리로 말했다.

"흠, 저는 라이트 부인이 그랬다고는 생각하지 않아요." 헤일 부인은 완강하게 단언했다. "앞치마와 작은 숄을 가져다 달라고 부탁하고, 과일절임을 걱정하고 있잖아요."

"피터스 씨가 말하길……" 위층 방에서 발소리가 들려왔다. 피터스 부인은 말을 멈추고 천장을 올려다본 후 더욱 낮은 목소리로 말을 이었다. "피터스 씨가 말하길 지금 상황이 그녀에게 유리하지 않대요. 헨더슨 씨는 심각하게 비꼬는 어투로 말하는 사람이고, 분명 잠에서 깨지 않았다는 그녀의 주장을 비웃을 거라고요."

잠시 아무 말도 하지 않던 헤일 부인은 다시금 중얼거렸다. "글쎄요, 존 라이트도 누군가가 목에 밧줄을 걸 때 잠에서 깨지 않았으니까요."

"그렇죠, 이상한 일이에요." 피터스 부인이 한숨을 내쉬었다. "저 사람들은 그게 정말로, 사람을 죽이기에는 이상한 방법이라고 생각해요."

그녀는 잠시 웃다가 자신의 웃음소리를 듣고 놀란 듯이 멈칫했다.

"헤일 씨도 정확히 그렇게 말했어요." 헤일 부인은 단호한 목소리로 자연스럽게 말했다. "이 집에는 총이 있었어요. 남편은 그 부분을 이해할 수 없다고 하더군요."

"헨더슨 씨는 이 사건에 필요한 건 동기라고 말했어요. 분노나, 갑작스러운 감정 변화를 보여주는 뭔가라고."

"흐음, 이 주변에는 분노를 보여주는 뭔가가 있을 것 같지 않은데요." 헤일 부인이 말했다. "잘 모르겠⋯⋯" 그녀는 마치 마음이 뭔가에 걸려 넘어진 것처럼 뚝 멈춰 섰다. 그녀는 식탁 한가운데의 접시닦이용 타월을 바라봤다. 그녀는 절반은 깨끗하게 닦여 있지만 나머지는 엉망인 식탁으로 천천히 다가갔다. 헤일 부인의 눈길은 아주 천천히, 확인하기를 바라지 않는 듯이 주변을 둘러보았다. 설탕통과 그 옆에 둔 절반만 빈 봉지. 시작했지만, 끝내지 못한 일들.

잠시 뒤 그녀는 뒤로 물러서서 뭔가를 해방시키듯이 말을 꺼냈다.

"남자들이 2층의 상태는 어떻게 생각하는지 모르겠네요? 2층은 좀 더 치워져 있었으면 좋겠네요. 사실," 그녀는 잠시 말을 멈추고 마음을 가다듬었다. "좀 비열하게 느껴져요. 그녀를 마을에 가둬두고 여기에 들이닥쳐서, 그녀가 가꾸던 집이 그녀를 배신하게 만들다니!"

"하지만, 헤일 부인." 보안관의 아내가 말했다. "그래도 법은 법이지요."

"그렇겠지요." 헤일 부인이 짧게 대답했다.

그녀는 난로로 돌아서서 불이 그다지 자랑할 만한 상태는 아니라고 중얼거렸다. 그녀는 불길을 조금 뒤적거리더니 몸을 펴고 공격적으로 말했다.

"법은 법이고…… 불량 난로는 불량 난로지요. 대체 이걸로 어떻게 요리를 한다죠?" 헤일 부인은 부지깽이로 부서진 내벽을 가리켰다. 그녀는 오븐 문을 열고 상태를 평가하기 시작했다. 그러나 사실 그녀는 머릿속에 맴도는 생각을 쓸어 담으며, 매년 골칫덩이 오븐과 실랑이를 벌여야 한다는 점이 무엇을 뜻하는지 생각했다. 이 오븐으로 빵을 구우려고 애쓰는 미니 포스터와, 한 번도 미니 포스터를 만나러 가지 않았던 자신을 떠올렸다.

그녀는 피터스 부인의 말을 듣고 흠칫 놀랐다. "사람은 낙담하고…… 자신을 잃게 되지요."

보안관의 아내는 오븐에서 싱크대, 밖에서 길어 온 물통까지 찬찬히 바라보았다. 조용히 선 두 여성 위로, 그 부엌에서 일하던 여성을 지목하는 증거를 찾아다니는 남자들의 발소리가 들려왔다. 사물을 꿰뚫어보고, 그 속의 뭔가를 파악하는 기운이 보안관 아내의 눈빛에 떠올랐다. 헤일 부인이 다시 피터스 부인에게 말을 걸었을 때는 말투가 조금 부드러워져 있었다.

"긴장을 풀어야 할 것 같아요, 피터스 부인. 일단 이곳을 벗어나면 더는 이런 기분이 들지 않을 거예요."

피터스 부인은 부엌 뒤편으로 다가가서 두르고 있던 모피 목도리를 벽에 걸었다. 잠시 뒤 그녀가 외쳤다. "어머, 그녀가 퀼트를 하고 있었어요." 그리고 퀼트 조각이 잔뜩 쌓인 커다란 바느질 바구니를 들고 돌아왔다.

헤일 부인은 조각 몇 개를 테이블에 펼쳤다.

"이건 통나무집 무늬네요." 그녀가 여러 조각을 이어 붙이면서 말했다. "예쁘네요, 그렇지 않아요?"

두 사람은 퀼트에 너무 집중해서 계단을 내려오는 발소리를 듣지 못했다. 계단 문이 열리는 순간 헤일 부인이 말을 꺼냈다.

"그녀가 퀼트를 할 생각이었을까요, 그냥 매듭을 지을 생각이었을까요?"

보안관이 손을 번쩍 들어보였다.

"저분들은 그녀가 퀼트를 할 생각이었는지, 그냥 매듭을 지을 생각이었는지 궁금해하네요!"

한바탕 여자를 비웃으며 스토브에 손을 데우는 시간이 지나간 후, 지방 검사가 가볍게 말했다.

"그럼 바로 헛간으로 나가서 정리를 해봅시다."

"이게 그렇게 이상한 일인지 잘 모르겠어요." 세 남자가 밖으로 나가며 문을 닫자 헤일 부인이 분개하며 말했다. "남자들이 증거를 찾는 걸 기다리는 동안 사소한 일을 살피며 시간을 때우는 건데 말이죠. 대체 어디가 비웃을 만하다는 건지."

"물론 뭔가 중요한 생각을 하고들 계시겠지요." 보안관의 아내가 변명하듯이 말했다.

그들은 다시 퀼트 조각을 조사하기 시작했다. 헤일 부인이

꼼꼼하고 일정하게 바느질한 흔적을 바라보며 바늘을 놀렸을 여성에 대한 생각으로 머리를 가득 메우고 있을 때, 보안관 아내가 이상한 어투로 중얼거리는 소리가 들려왔다.

"어머, 이것 좀 보세요."

그녀는 돌아서서 퀼트 조각을 헤일 부인에게 내보였다. "다른 퀼트는 전부 아름답고 고른데…… 이것만 엉망이네요. 세상에, 퀼트라고는 전혀 모르는 사람이 한 것 같아요!"

그들은 눈빛을 교환했다. 두 사람 사이에 뭔가가 교감하며 뇌리를 스쳐 생명력을 얻었다. 그리고 마치 어떤 힘이 작용한 것처럼 두 사람은 흠칫하며 서로 거리를 뒀다. 헤일 부인은 자리에 냉큼 앉아서 다른 퀼트 조각과 전혀 다른 난잡한 조각의 바느질 흔적을 손으로 뜯어냈다. 그리고 매듭을 자르고 실을 뽑아냈다.

"어머, 뭘 하시는 건가요, 헤일 부인?" 보안관의 아내가 깜짝 놀라며 말했다.

"그냥 뛰어나지 않은 바느질을 한두 바늘 뜯어내려고요." 헤일 부인은 가볍게 대꾸했다.

"우리는 함부로 뭘 건드리면 안 될 것 같은데요." 피터스 부인이 조금 힘없이 말했다.

"저는 그저 이 일을 마무리하려는 것뿐이에요." 헤일 부인은 여전히 온화하지만 사무적인 말투로 대답했다.

그녀는 바늘에 실을 꿰어서 거친 바느질을 손질하기 시작했다. 한동안 침묵 속에서 바느질이 이어졌다. 그리고 작고 소심한 목소리가 들려왔다.

"헤일 부인!"

"네, 피터스 부인?"

"그녀가 왜 그렇게…… 불안해했다고 생각하세요?"

"오, 모르겠어요." 헤일 부인은 마치 시간을 투자할 만큼 중요하지 않은 내용이라 기각한다는 듯이 성의 없이 대답했다. "저는 딱히 그녀가 불안했던 건지도 잘 모르겠어요. 저는 그저 매우 피곤하기만 해도 정말 이상하게 바느질을 하곤 하거든요."

그녀는 실을 끊고 곁눈질로 피터스 부인을 올려다보았다. 작고 날렵한 보안관 부인의 얼굴은 굳어 있는 것처럼 보였다. 눈은 마치 뭔가를 들여다보는 듯했다. 그러나 다음 순간 그녀는 가볍게 움직이면서 가늘고 우유부단한 말투로 이야기했다.

"그럼 저는 저 옷을 싸야겠어요. 남자들이 우리 생각보다 빨리 돌아올지도 몰라요. 종이와 끈을 어디서 찾을 수 있을지 모르겠네요."

"아마 찬장에 있지 않을까요?" 헤일 부인은 주변을 둘러보면서 말했다.

거친 바느질 흔적은 이제 한 줄밖에 남지 않았다. 피터스 부인은 뒤로 돌아서 있었고, 마사 헤일은 다른 퀼트 조각의 정확하고 조심스러운 바느질 솜씨와 방금까지 만지고 있던 거친 바느질 흔적을 세심하게 비교했다. 차이는 놀라울 정도였다. 이 조각을 들고 있자니 마치 스스로를 조용히 다독이던 여성의 혼란스러운 머릿속이 직접 소통을 시도하는 듯해 기분이 매우 이상해졌다.

피터스 부인의 목소리가 그녀의 주의를 환기시켰다.

"여기에 새장이 있네요," 피터스 부인이 말했다. "그녀가 새를 키우고 있었나요, 헤일 부인?"

"어머, 저는 잘 모르겠어요." 그녀는 뒤로 돌아 피터스 부인이 들고 있는 새장을 바라봤다. "저는 이 집에 와본 지 한참 되었거든요." 그녀는 한숨을 내쉬었다. "작년에 카나리아를 저렴하게 판매하는 장사꾼이 동네를 방문한 적이 있었죠. 하지만 그녀가 새를 샀었는지는 잘 모르겠어요. 아마 그랬을지도 모르죠. 예전에는 꽤나 노래를 잘했거든요."

피터스 부인은 부엌을 둘러보았다.

"여기에 새장을 두었다니 조금 신기하네요." 그녀는 방어벽을 치려는 듯이 반쯤 웃었다. "분명 새가 한 마리는 있었을 거예요. 그게 아니라면 왜 새장이 있겠어요? 새가 어떻게 된 건지 궁금하네요."

"아마 고양이가 잡아가지 않았을까요?" 헤일 부인은 바느질을 재개하며 말했다.

"아뇨, 그녀는 고양이를 기르지 않았어요. 가끔 고양이에 대해서 그런 생각을 가진 사람이 있죠. 매우 두려워하는 사람이요. 어젯밤에 그들이 라이트 부인을 우리 집에 데려왔을 때, 우리 고양이가 방에 들어오자 상당히 당황하면서 내보내 달라고 부탁하더군요."

"제 동생 베시도 그래요." 헤일 부인이 웃었다.

보안관의 아내는 대답하지 않았다. 그 침묵 때문에 헤일 부인은 뒤를 돌아봤다. 피터스 부인이 새장을 곰곰이 뜯어보고 있었다.

"이 문을 보세요." 그녀가 천천히 말을 시작했다. "망가졌어요. 경첩 하나가 당겨져서 떨어졌어요."

헤일 부인이 가까이 다가왔다.

"누군가가 일부러 그런 것 같아 보여요. 거칠게 다룬 것 같죠."

또다시 두 사람의 눈이 마주쳤다. 놀랐다가, 의문을 가졌다가, 이내 진상을 파악한 눈빛이었다. 한동안 두 여인은 말을 꺼내지도 움직이지도 않았다. 그러다 헤일 부인이 뒤로 돌아서며 무뚝뚝하게 말했다.

"남자들이 뭐라도 증거를 찾을 셈이라면 거의 끝났기를 바라요. 저는 여기가 마음에 들지 않네요."

"하지만 저는 당신이 함께 와주어서 정말 기뻐요, 헤일 부인." 피터스 부인은 탁자에 새장을 올려놓고 의자에 앉았다. "여기 혼자 앉아 있었다면 정말 외로웠을 거예요."

"네, 맞아요, 그랬겠죠?" 헤일 부인은 특별히 탄탄하고 자연스러운 목소리로 동의했다. 그녀는 바느질감을 집어 들었다가 이내 무릎 위로 툭 떨어뜨리더니, 완전히 다른 투로 중얼거렸다. "하지만 제 바람은 그거예요, 피터스 부인. 저는 그녀가 여기 살 때 가끔 들렀어야 했어요. 정말로, 그랬어야 했는데."

"하지만 당신은 물론 끔찍하게 바빴잖아요, 헤일 부인. 집안일 하며…… 아이들 하며."

"올 수도 있었어요." 헤일 부인이 곧바로 반박했다. "저는 이곳이 활기차지 않아서 멀리한 거예요. 바로 그렇기 때문에 와봤어야 하는 건데. 저는," 그녀는 주변을 둘러보았다. "여기를 한 번도 좋아한 적이 없었어요. 어쩌면 골짜기에 박혀 있어서 길이 보이지 않았기 때문일지도 모르죠. 이유는 모르겠지만 여기는 외로운 곳이고, 언제나 그랬어요. 가끔 찾아와서 미니 포스터를 만나볼걸 그랬어요. 이제야 알겠……" 그녀는 차마 말을 잇지 못했다.

"자, 스스로를 책망하면 안 돼요." 피터스 부인이 충고했다. "어떤 이유에서든, 우리는 다른 사람의 인생이 어떻게 돌아가는 지 알 수 없어요. 무슨 일이 생기기 전까지는."

"아이가 없다고 해서 일이 줄어드는 건 아니에요." 헤일 부인은 잠시 침묵에 빠졌다가 사려 깊게 말을 꺼냈다. "하지만 집이 조용해지기는 하죠. 그리고 라이트 씨는 종일 밖에서 일했어요. 그가 집에 있을 때는 아무런 손님도 찾아오지 않있죠. 존 라이트 씨를 알고 계시죠, 피터스 부인?"

"알고 지내지는 않았어요. 마을에서 본 적은 있죠. 좋은 사람이라고 하던데요."

"네, 좋지요." 존 라이트의 이웃이 으스스한 말투로 인정했다. "그는 술을 마시지도 않고, 최소한 해야 할 말만 하는 것 같고, 빚을 갚을 줄 알았죠. 하지만 엄격한 사람이었어요, 피터스 부인. 그와 함께 앉아서 하루라는 시간을 보내는 건……" 그녀는 가볍게 진저리를 치며 말을 끊었다. "마치 뼈까지 에는 싸늘한 바람과 있는 것 같아요." 헤일 부인의 눈은 앞에 놓인 식탁 위의 새장으로 향했고, 그녀는 씁쓸하게 말을 덧붙였다. "그녀가 새를 가지고 싶었을 거라고 생각했어야 했는데!"

그녀는 갑자기 상체를 앞으로 구부리고 새장을 뚫어져라 관찰했다. "하지만 어쩌다 새가 잘못되었을 것 같으세요?"

"저는 모르겠어요." 피터스 부인이 대답했다. "병에 걸려서 죽은 게 아닐까요."

하지만 대답하고 나서 그녀는 손을 뻗어 망가진 새장 문을 건드려 열었다. 두 여인은 집착하듯이 새장 문을 바라봤다.

"당신은 그녀를…… 몰랐나요?" 헤일 부인이 다정하게 질문했다.

"어제 그들이 데려오기 전까지는요." 보안관의 아내가 대답했.

"그녀는, 지금 생각해보면, 정말 새 같은 사람이었어요. 아주 다정하고 귀엽고, 하지만 약간 소심하고, 팔랑이는 사람이었죠. 어쩌다 그렇게…… 바뀌었는지."

생각이 한동안 그녀를 물고 늘어졌다. 그녀는 마침내 행복한 생각을 떠올리고 일상으로 돌아와 마음을 추스린 듯이 말했다.

"부인이 퀼트 조각을 가져가시는 게 어때요? 그녀가 다른 곳에 집중할 수 있게 만들어줄지도 모르죠."

"어머, 정말 좋은 생각인 것 같네요, 헤일 부인." 그녀 또한 분위기가 단순하고 편안해진 것을 다행이라고 여기는 듯이 동의했다. "반대할 이유가 있겠어요? 그럼, 뭘 가져가는 게 좋을까요? 여기 있는 게 전부인지 궁금하네요. 다른 소품은 없을까요?"

두 사람은 바느질 바구니로 다가갔다.

"여기 붉은색 천이 있네요." 헤일 부인이 돌돌 말린 천 꾸러미를 건네며 말했다. 천을 들어내자 그 아래에 상자가 하나 있었다. "여기, 어쩌면 여기에 가위와 바느질 소품을 넣어두었을지도 몰라요." 헤일 부인은 상자를 들어올렸다. "정말 예쁜 상자네요! 소녀 시절부터 오랫동안 간직해온 게 틀림없어요."

그녀는 잠시 상자를 들고 서 있다가 작은 한숨을 내쉬며 뚜껑을 열었다.

그 순간 그녀는 손으로 코를 가렸다.

"세상에!"

피터스 부인이 가까이 다가왔다가 도로 물러났다.

"여기에 실크 천으로 싸인 뭔가가 들어 있어요." 헤일 부인이 더듬거리며 말했다.

"분명 가위는 아니네요." 피터스 부인이 기어 들어가는 목소리로 말했다.

헤일 부인은 덜덜 떨리는 손가락으로 실크 조각을 들어올렸다. "오, 피터스 부인!" 그녀가 소리쳤다. "이건……."

피터스 부인이 고개를 숙여 가까이 들여다보았다.

"이건 그 새네요." 그녀가 속삭였다.

"하지만, 피터스 부인!" 헤일 부인이 소리쳤다. "보세요! 이 목을, 목을 자세히 보세요! 완전히 반대쪽으로 꺾여 있어요."

그녀는 팔을 뻗어 상자를 최대한 멀리 들었다.

보안관의 아내는 다시 한 번 상자 속을 자세히 들여다보았다.

"누군가가 목을 꺾었어요." 그녀가 깊은 목소리로 천천히 말했다.

또다시 두 여성의 눈이 마주치고, 갈수록 뚜렷해지는 상황 파악과 커지는 공포를 교환했다. 피터스 부인은 죽은 새와 새장의 망가진 문을 번갈아 바라봤다. 다시 한 번 두 여인은 눈빛을 마주했다. 그 순간 바깥문에서 소리가 들려왔다. 헤일 부인은 상자를 바구니에 쌓인 퀼트 조각 아래 밀어 넣고, 그 옆의 의자에 깊숙이 앉았다. 피터스 부인은 서서 탁자를 잡고 있었다. 지방 검사와 보안관이 함께 부엌으로 들어왔다.

"그럼, 숙녀분들." 지역 검사가 마치 진지한 주제를 다루다가 가벼운 농담거리로 화제를 전환하는 태도로 말했다. "그녀가 퀼트를 할 생각이었는지, 아니면 매듭을 지을 셈이었는지 알아내셨습니까?"

"저희 생각에는," 보안관의 아내가 당황한 목소리로 말했다. "아무래도, 매듭을 지으려고 했던 것 같아요."

검사는 다른 곳에 정신이 팔려 있어서 그녀의 목소리가 뒤로 갈수록 바뀌는 것조차 눈치채지 못했다.

"흠, 매우 흥미로운 관점이군요." 그가 관대하게 말했다. 그는 새장을 찾아냈다.

"새는 날아갔답니까?"

"아무래도 고양이가 잡아간 것 같아요." 헤일 부인이 신기할 만큼 차분한 어투로 말했다.

그는 뭔가를 생각하는 듯이 이쪽저쪽으로 걸어 다녔다.

"여기에 고양이가 있나요?" 검사가 무심하게 질문을 던졌다.

헤일 부인은 보안관의 아내를 바라봤다.

"음, 지금은 없네요." 피터스 부인이 말했다. "아시다시피 고양이는 신묘하니까요. 마음대로 떠나기도 하죠."

그녀는 의자에 푹 주저앉았다.

지방 검사는 피터스 부인에게 전혀 신경을 쓰지 않았다. "누가 밖에서 침입한 흔적은 전혀 없어요." 그는 방해받았던 대화를 이어간다는 투로 피터스에게 말을 걸었다. "범인은 이 집에 있던 밧줄을 썼죠. 이제 다시 2층으로 올라가서 찬찬히 하나하나 살펴봅시다. 분명히 이 집에 대해서 잘 아는 누군가가……."

남자들 뒤로 계단 문이 닫히면서 목소리가 멀어져갔다.

두 여성은 꼼짝하지 않고 자리에 앉은 채로 눈길조차 주고받지 않았지만, 마치 서로 힐끗거리며 눈치를 본 것처럼 동시에 뒤로 등을 기댔다. 그러나 마치 앞으로 나올 말이 두렵지만 그래도 해야만 한다는 듯이 대화를 시작했다.

"그녀는 새를 좋아했어요." 마사 헤일이 낮은 목소리로 천천히 말했다. "그녀는 새를 예쁜 상자에 담아서 묻어줄 생각이었어요."

"제가 어렸을 때," 피터스 부인이 속삭이듯이 말했다. "제 아기 고양이를…… 작은 손도끼를 든 소년이 제 눈앞에서, 제가 가까이 가기도 전에……" 그녀는 갑자기 얼굴을 가렸다. "만일 그들이 붙잡지 않았더라면 저는 분명히……" 그녀는 스스로 마음을 다잡고 발자국 소리가 울리는 천장을 올려다본 후 미약하게 말을 끝맺었다. "그를 해쳤을 거예요."

그리고 그들은 아무 말도 없이 딱딱하게 앉아 있었다.

"저는 그게 어떨지 궁금해요." 헤일 부인이 마침내 이상한 곳을 헤치고 나가는 길을 찾는 듯이 말을 시작했다. "아이를 갖지 않고 사는 건 어떤 느낌일까?" 그녀는 그간의 세월 동안 라이트 부인에게 여기가 어떤 곳이었는지 알아내려는 듯이 부엌을 천천히 훑어보았다. "아니, 라이트 씨는 새를 좋아하지 않았어요." 그녀가 이어서 말했다. "노래하는 생물. 그녀는 줄곧 노래를 했죠. 그는 그것도 죽였어요." 그녀의 목소리가 딱딱해졌다.

피터스 부인은 불안하게 움직거렸다.

"물론 우리는 누가 새를 죽였는지 모르죠."

"저는 존 라이트를 알아요." 그것이 헤일 부인의 대답이었다.

"지난밤에 이 집에서 일어난 일은 끔찍한 사건이었어요, 헤일 부인." 보안관의 아내가 말했다. "자는 사이에 사람을 죽인다…… 목에 밧줄을 감아서 졸라 생명을 앗아간다니."

헤일 부인은 새장을 향해 손을 뻗었다.

"우리는 누가 그를 죽였는지 몰라요." 피터스 부인은 거칠게 속삭였다. "우리는 몰라요."

헤일 부인은 움직이지 않았다. "만약에 몇 년이고 아무것도 없던 집에, 새가 들어와서 당신에게 노래를 불러준다면, 고요함이 정말 끔찍하게 느껴질 거예요. 새가 사라진 후의 고요함이."

마치 그녀 안에서 자신이 아닌 뭔가가 이야기를 들려주는 듯 했다. 그리고 헤일 부인의 발언이 피터스 부인 안에서 잠자던, 자신도 모르던 뭔가를 일깨웠.

"저는 고요함이 뭔지 알아요." 그녀가 묘하게 단조로운 목소리로 말했다. "우리가 다코타의 정부 공여 농지를 불하 받아서 살 때, 우리 첫 아이가 두 살이 된 후에 죽어서…… 그리고 저는 아무도 없는 채로……."

헤일 부인은 동요했다.

"남자들이 증거 찾기를 얼마나 빨리 마무리할 거라고 생각하세요?"

"저는 고요함이 뭔지 알아요." 피터스 부인이 똑같은 말투로 반복했다. 그리고 그녀 또한 정신을 차렸다. "법은 범죄를 처벌해야 해요, 헤일 부인." 그녀는 고집스러운 소심한 태도를 고수하며 말했다.

"당신이 미니 포스터를 만났다면 좋았을 텐데." 그것이 헤일 부인의 대답이었다. "그녀가 하얀 드레스에 푸른 리본을 메고, 합창단에 서서 노래를 부르던 시절에 말이죠."

그 소녀와의 추억, 자신이 소녀와 20년간 이웃으로 살았다는 사실, 그리고 산 채로 죽어가게 만들었다는 것, 이 모든 생각이 갑자기 헤일 부인의 마음속에 도저히 감당할 수 없도록 다가왔다.

"오, 저는 가끔씩 여기에 찾아왔어야 했어요!" 그녀가 울었다. "그게 바로 범죄예요! 누가 이걸 처벌하겠어요?"

"우리가 그걸 끌어안고 살 수는 없어요." 피터스 부인은 겁에 질려 계단 쪽을 쳐다보면서 말했다.

"어쩌면 저는 그녀에게 도움이 필요하다는 걸 알았을지도 몰라요! 이제 와서 말하지만, 이상해요, 피터스 부인. 우리는 가까이 살았지만, 너무나 멀리 살았어요. 우리는 같은 일을 겪었어요. 전부 조금씩 다른, 같은 일일 뿐이에요! 그게 아니라면, 어째서 당신과 내가 이해했겠어요? 왜 우리는 깨닫고 말았을까요. 지금 이 순간 알아낸 사실을?"

그녀는 손을 눈앞에서 휘저어 보였다. 그리고 식탁 위의 과일절임병을 발견하고 손을 뻗어 그러쥐었다.

"제가 당신이라면, 그녀에게 과일절임들이 망가졌다고 말하지 않을 거예요! 멀쩡하다고 전해주세요. 괜찮다고 전부. 여기…… 이걸 증거 삼아 가져다주세요! 그녀는 어쩌면 다 망가졌는지 어떤지 끝까지 모른 채 넘어갈 수도 있어요."

헤일 부인이 돌아섰다.

피터스 부인은 마치 그걸 가져가게 되어서 다행이라는 듯이, 대대로 내려온 가보를 만지듯이 과일조림병을 들어 올렸다. 할 일이 생겨서 다른 생각을 멀리할 수 있게 되었다고 생각하는 듯 했다. 그녀는 일어나서 과일조림병을 포장할 뭔가를 찾다가, 거실에서 가져온 옷더미에서 페티코트를 집어 들어 초조한 손놀림으로 병을 감쌌다.

"정말이지!" 그녀는 억지로 꾸며낸 높은 목소리로 말했다. "남자들이 우리가 하는 얘기를 들을 수 없어서 다행이죠! 이렇게 사소한, 죽은 카나리아 같은 거나 보면서 신나하다니." 그녀는 서둘러 과일조림병을 챙겼다. "마치 대단히 사건에 관련된 증거를 본 것처럼 말이에요. 정말, 웃어넘길 일 아니겠어요?"

계단에서 발소리가 들려왔다.

"아마 다들 웃겠죠." 헤일 부인이 중얼거렸다. "어쩌면 웃지 않을지도 모르고요."

"아니오, 피터스." 지방 검사가 날카롭게 말했다. "살인을 저지른 동기 말고는 모든 것이 뚜렷합니다. 하지만 배심원들이 여성에 관해서는 어떻게 행동하는지 잘 아시지 않습니까. 뭔가 확실한 증거가 있기만 하면…… 뭔가 내세울 물건이 말이죠. 이야기를 들려주는 물건. 이렇게 어설픈 살인 사건과 일맥상통하는 증거가 필요해요."

헤일 부인은 은밀한 눈길로 피터스 부인을 바라봤다. 피터스 부인도 그녀를 쳐다봤다. 그리고 두 사람은 급히 다른 곳으로 눈길을 돌렸다. 바깥문이 열리고 헤일 씨가 들어왔다.

"밖에 사람들이 도착했습니다." 그가 말했다. "꽤 춥네요."

"저는 여기 혼자 남아 있겠습니다." 지방 검사가 갑자기 선언했다. "프랭크를 저에게 좀 보내주시겠습니까?" 그가 보안관에게 부탁했다. "모든 걸 다시 한 번 훑어보고 싶군요. 더 할 수 있는 일이 있었을 것 같은 기분이 들어서 만족스럽지 않아요."

다시 한 번, 두 여인의 눈빛이 잠시 마주쳤다.

보안관이 식탁으로 다가왔다.

"피터스 부인이 가져가는 물건을 확인하지 않아도 괜찮겠소?"

지역 검사는 앞치마를 들어올리며 웃었다.

"오, 제 생각에는 숙녀 분들이 챙긴 물건 중에 위험한 건 없을 것 같군요."

헤일 부인의 손은 박스가 숨겨진 바느질 바구니에 얹혀 있었다. 그녀는 바구니에서 손을 치워야겠다고 생각했다. 하지만 그럴 수 있을 것 같지 않았다. 검사가 상자를 가리려고 덮어둔 퀼트 조각을 하나 들어 올렸다. 그녀의 눈이 불이라도 난 듯 뜨거워졌다. 그녀는 만약에 그가 바구니를 들어 올린다면 잡아챌 기세였다.

그러나 검사는 바구니를 집어 들지 않았다. 그는 다시 한 번 작게 웃으며 돌아서서 말했다.

"아니오, 피터스 부인이 하시는 행동을 확인할 필요는 없습니다. 보안관의 아내는 법과 결혼한 것이나 마찬가지니까요. 그렇게 생각해보신 적이 없으신가요, 피터스 부인?"

피터스 부인은 식탁 옆에 서 있었다. 헤일 부인은 그녀를 바라보았지만, 피터스 부인이 외면하고 있어서 얼굴을 볼 수 없었다. 그녀가 거의 들리지 않는 목소리로 입을 열었다.

"그렇게 생각해본 적은 없어요." 그녀가 말했다.

"법과 결혼하다니!" 피터스 부인의 남편이 싱긋 웃었다. 그는 거실로 향하는 문으로 이동하며 지방 검사에게 말했다.

"조지, 잠깐 이 방에 같이 가보시죠. 창문을 한번 살펴봐야 합니다."

"오, 창문들." 지방 검사가 조롱하듯이 웃었다.

"바로 따라 나가겠습니다, 헤일 씨." 보안관은 여전히 문간에서 기다리고 있는 농부에게 말했다.

헤일은 말을 살피러 나갔다. 보안관은 지방 검사를 따라 다른 방으로 향했다. 다시 한 번 두 여인이 부엌에 홀로 남은, 유일한 마지막 기회였다.

마사 헤일은 손을 단단히 부여잡은 채로 벌떡 일어나 앉아 있는 다른 여인을 쳐다보았다. 법과 결혼하지 않았냐는 이야기를 들으며 외면한 이후로 고개를 돌리지 않은 탓에 처음에는 그녀의 눈을 볼 수 없었다. 하지만 헤일 부인의 눈길이 그녀가 다시 돌아보게 만들었다. 피터스 부인은 천천히 마지못해 눈이 마주칠 때까지 고개를 돌렸다. 잠시 두 사람은 피하지도 주춤하지도 않고 타오르는 눈길을 뚫어져라 주고받았다. 그리고 마사 헤일의 눈이 이 자리에 존재하지 않지만 계속해서 함께했던 여성의 유죄를 확실하게 굳힐 물건이 숨겨진 바구니를 가리켰다.

피터스 부인은 한동안 움직이지 않았다. 그러다 행동에 돌입했다. 그녀는 돌진해서 퀼트 조각을 뒤져 상자를 꺼낸 다음 가방에 넣으려고 애썼다. 하지만 상자가 너무 컸다. 그녀는 필사적으로 상자를 열어서 새를 꺼내려고 했다. 하지만 거기서 멈추고 말았다. 그녀는 차마 새를 만질 수 없었다. 피터스 부인은 속수무책으로 바보같이 서 있었다.

안쪽 문에서 손잡이를 돌리는 소리가 들렸다. 마사 헤일은 보안관과 지방 검사가 막 부엌으로 들어오는 순간, 보안관의 아내에게서 상자를 잡아채 입고 있던 커다란 코트의 주머니에 쑤셔 넣었다.

"뭐, 헨리," 지방 검사가 경박하게 말했다. "적어도 우리는 그녀가 퀼트를 할 생각이 아니라는 건 알아냈으니까요. 그녀는 그러니까, 그걸 뭐라고 부르죠, 숙녀분들?"

헤일 부인의 손은 그녀의 코트 주머니에 들어가 있었다.

"우리는, 매듭을 지었다고 하죠, 핸더슨 씨."

7

풀리처상 수상 작가

T. S. 스트리블링 T. S. Stribling

A Daylight Adventure

T. S. 스트리블링

(1881–1965)

—

T. S. 스트리블링은 필명이며, 본명은 토마스 지기스문트 스트리블링Thomas Sigismund Stribling이다. 변호사, 교사, 편집자 등의 여러 직업을 거치며 문학적 재능을 살려 전업 작가가 되었다. 시골 마을을 배경으로 한 3부작 역사소설 『상점The Store』으로 1933년 퓰리처상을 수상했다. 그가 저술한 범죄심리학자 '포지올리 교수' 시리즈는 미스터리 사상 가장 독특하고 비극적인 탐정으로 단편 미스터리 역사에서 회자되고 있다. 포지올리 교수의 매력을 느낄 수 있는 「한낮의 대소동A Daylight Adventure」은 1950년에 처음 발표되었다.

한낮의 대소동

지금부터 이어지는 코디 캔시 부인에 대한 기록은, 그녀가 남편 제임스 캔시의 살해 혐의를 받던 당시의 이야기가 아니다. 심지어 재판이 진행될 때도 아닌, 완전히 희망이 사라진 7~8개월 후에 테네시 랜스버그의 머시니 보안관이 죄수를 자치구 교도소에서 내슈빌의 주형무소로 이송하는 작업에 착수한 그 순간에 벌어진 사건이다.

시간이 그만큼 흐른 탓에, 자연스럽게 헨리 포지올리 교수나 지금 펜을 든 나에게는 지문이나 총흔 내지는 정신학적 분석 등 보통 많은 범죄 사건에 생명력을 불어넣는 단서를 밝힐 기회가 주어지지 않았다.

머시니 보안관이 죄수를 데리고 마을을 벗어나기 고작 몇 분 전에 우연히 차를 몰고 랜스버그에 도착한 것이 우리의 불운이었다. 그리고 그때까지 우리는 사건에 대해 아무것도 몰랐다. 우리 둘은 그저 법원 광장의 모나크 카페에 점심을 먹으려고 들어갔고, 카운터의 자리가 비기까지 몇 분간 기다렸다. 마침내 두 남자가 자리를 떴다. 포지올리는 의자에 앉으면서 종이냅킨 통과 케첩 병 사이에 끼워진 오래된 지역신문 한 부를 발견했다. 그는 신문을 펼치고 읽기 시작했다. 거의 순간적으로 신문 기사 내용을 흡수하는 모습을 보고 나는 분명 살인 이야기이겠거니 확신했다. 왜냐하면 그는 오로지 그것만 읽었기 때문이다.

나 자신은 살인에 전혀 관심이 없다. 개인적으로는 언제나 흥미롭다기보다 개탄스럽게 생각한다. 포지올리 교수의 범죄학 조사에 대한 글을 쓰면서 먹고살고 있으니, 그저 직업에 연관된 위험 요소이자 괴로움이라고만 여겼다.

우리가 앉은 카페 바깥의 광장은 사람들로 붐비고 온통 움직임과 소음이 가득했다. 나는 일상 소음 가운데에서 웬 전도사가 확성기에 대고 떠드는 소리를 들었다. 코디 캔시 자매를 죄인의 비운에서 꺼내주기를 신께 기도하며, 그는 코디 자매가 '적확한' 죄인이 아니라 거의 결백한 여성이라는 이상한 대사를 덧붙였다.

왜 전도사가 신도 한 명에 대해 공개적으로 그런 발언을 해야 하는지 영문을 알 수 없었다. 보통 테네시힐의 전도사는 개종자를 매우 나쁜 사람으로 치부하며 강력하게 은총을 요구했고, 나는 사람들에게는 대부분 은총이 필요하다고 생각했다. 지금 들려온 기도 속에서 한 여자를 '거의 결백하다'고 표현한 것도 상당히 귀에 꽂히는 발언이었다.

아마 포지올리도 잠재의식 속에서 여성의 이름을 들었는지, 느닷없이 고개를 쳐들고 나에게 '캔시'라는 이름이 들리지 않았냐고 질문했다. 나는 그렇다고 대답하며 방금 확성기를 통해 울려 퍼진 말을 반복해서 들려줬다.

우리의 범죄학자는 입을 꾹 다물고 머릿속으로 계산을 하더니 "아무래도 캔시 부인이 출산을 해서 보안관이 내슈빌의 형무소로 그녀를 이송하려는 모양이군"이라고 말했다.

나는 자세한 내막이 어떻게 되느냐고 물었다. 그러자 포지올리가 지금까지 읽던 신문을 톡톡 두드렸다. "방금 약 7개월 전에 이곳 랜스버그에서 열린 한 여성의 재판 속기 기록을 읽었네. 그녀는 종신형을 선고받았지만, 당시 임신 중이라 판사는 아기를 낳을 때까지 랜스버그 교도소에 머무른 후에 내슈빌 주형무소로 이송하라고 명령을 내렸어. 그러니 이 소음으로 미루어보건대, 출산을 끝낸 어머니가 주형무소로 향하는 길에 올랐다고 추측할 수 있네."

방금 친구가 말한 대로, 곧 전도사의 확성기 소리가 울려 퍼졌다. "오, 신이시여, 코디 자매를 구하기 위해 은총을 내려 주소서! 머시니 보안관이 내슈빌 이송에 착수했습니다. 기적을 보여주소서. 오, 주여, 그녀의 결백을 보안관에게 설득하여주소서. 당신은 그녀를 저버릴 수 없습니다. 신이여, 코디 자매는 모든 신앙과 믿음을 당신에게 바쳤습니다. 당신도 알고 있듯이, 비록 그녀가 작은 범죄를 저지르기는 했지만 이는 순수한 마음으로 당신을 위해 행한 일이었습니다. 그러니 은총을 내려서 보안관을 막고 결백한 여성을 불공평한 형벌에서 구해주소서, 아멘." 그리고 확성기 옆에서 작은 말소리가 들려왔다. "머시니 보안관, 우리에게 5분만 시간을 더 주시오. 신에게는 코디 자매에게 도움의 손길을 뻗을 시간이 필요하오."

나 또한 테네시 출신이라 힐 지역의 전도사가 신의 특별한 가호를, 그것도 즉시 바라는 것이 얼마나 자연스러운 일인지 알고 있었다. 하지만 단 한 번도 내슈빌로 향하는 죄수의 구출을 염원하는 기도는 들어본 적이 없었다. 나는 포지올리 쪽으로 돌아앉으며 말했다. "전도사는 여성이 뭔가 작은 범죄를 저질렀다는 건 인정하고 있네. 그건 뭔가?"

"위조야." 그가 대답했다. "캔시 부인은 자신을 위해서 남편의 유언장을 위조한 다음, 얻어낸 수익금을 레더우드 교회에 새 천장을 올리는 데 썼네. 그 또한 법정 기록에 남아 있는 내용일세."

"그렇다면 다들 그녀가 결백하다고 주장하는 다른 범죄는 뭔가?"

"남편인 짐 캔시의 살해 혐의. 그냥 결백하다는 주장이 나오는 정도가 아니라, 실제로 결백하네. 재판에서 드러난 증거를 보면 의심할 여지없이 증명할 수 있어.”

나는 충격을 받았다. “그러면 왜 재판부는 선고를……”

범죄학자는 입술을 아래로 끌어내렸다. “왜냐하면 그녀의 결백을 입증하는 증거는 심리학적인 내용이니까. 당연히 배심원이 이해할 수 있는 수준이 아니고, 재판부도 마찬가지지.”

나는 친구를 빤히 바라보았다. “자네는 지금, 이렇게 늦은 시기에도 그녀의 결백을 증명할 수 있나?”

“만약에 이 신문이 법원 속기사의 기록을 정확하게 반영한 거라면, 아마 그럴 거라고 확신하네.”

“세상에, 지금껏 들은 중에 제일 대단한 이야기가 아닌가, 이렇게 딱 들어맞다니!”

“딱 들어맞다니, 무슨 뜻인가?”

“아니, 모르겠나? 보안관이 결백한 여성을 형무소로 보내려는 찰나, 전도사가 신에게 그녀를 구할 방도를 내려달라고 요청하자마자, 이곳에 자네가 정확히 필요한 순간에 나타난 거야. 자네는 그녀가 결백하다는 걸 알고, 증명할 수도 있네!”

포지올리는 과학자 특유의 메마른 웃음을 지어 보였다.

“오, 알겠어. 자네는 내가 여기 방문한 것이 신의 섭리에 따른 결과라고 생각하는군.”

“달리 뭐가 있겠는가?”

“자네의 환상을 깨야 해서 미안하지만, 아니네. 그럴 수가 없어. 이건 그저 아주 특별한 우연에 지나지 않아. 그리고 나는 그것 또한 증명할 수 있네." 이 말을 마지막으로 친구는 다시 신문에 집중하기 시작했다.

덕분에 나는 솔직하게 긴장하기 시작했다. 우리가 캔시 부인에게 뭔가 해줘야만 할 것 같은 기분이 들었다. 나는 카운터 옆자리에 앉은 남자를 바라봤다. 그는 포지올리를 향해 고갯짓을 했다. "저이는 여기 사는 사람이 아니죠?"

나는 그렇다고 대답했다.

"만약에 여기 출신이 아니라면, 어떻게 사건의 진상을 안다는 게요?"

"방금 신문에서 읽었다고 말했잖습니까."

"저 사람은 신문을 읽지 않았소. 내가 보고 있었는걸. 신문을 읽은 게 아니라 그림책을 보듯이 페이지를 그냥 휙휙 넘기기만 했지."

나는 그에게 그게 포지올리식 독서법이라고 말했다. 보기만 하면 내용을 파악할 수 있는 즉독이라는 방법이었다.

힐 토박이 사내는 고개를 흔들었다. "아니, 사람 바보 취급하지 말게. 저 신문이 카운터에 놓인 이후로 백여 명이 넘는 사람이 저걸 읽는 걸 봐왔는데, 제일 빠르게 읽은 사람도 처음부터 끝까지 읽는 데 1시간하고도 12분이 더 걸렸다고."

나는 고개를 끄덕였다. 딱히 흥미가 없었기 때문에 대충 반응했다. "아마 대부분 그렇겠지요."

"당연하지." 그가 흉포한 어투로 느릿하게 말했다. "내가 지금 한 말은 다 사실이오."

"당신의 말을 의심하는 게 아닙니다." 나는 그를 달랬다. "오히려 당신이 내 말을 의심하고 있지 않습니까. 나는 이 친구의 즉독 능력을 알고 있으니까요."

이 말에 그는 잠시 조용히 있더니, 곧 예민하게 반응했다. "이거 보시오. 만약에 저이가 신문을 보고 내용을 알아낸 거라면, 거기서는 그녀가 유죄라고 하는데 무슨 근거로 코디 캔시가 결백하다는 거요?"

"왜냐하면 신문에 실린 판결이 현존하는 증거와 일치하지 않기 때문이지요. 저 사람은 증거를 훑어보고, 이 여인은 위조에 있어서는 유죄이지만 살인은 무죄라고 판단한 겁니다."

토박이 남자는 그대로 가만히 멈췄다. 가죽같이 거친 얼굴에 묘한 표정이 떠올랐다. "저 사람은 형사죠, 형사 맞죠?"

"뭐, 정확히 형사는 아닙니다. 형사들에게 추리하는 법을 가르치는 오하이오 주립대학교의 교수였습니다."

"흐음. 여기에는 누가 고용해서 온 거요?"

"그런 사람은 없습니다." 내가 말했다. "그냥 우연히 들른 것뿐입니다."

"우연이라고, 하! 내가 그 말을 믿을 것 같은가?"

"네, 당연하지요."

"홍, 내가 보기엔 말이지, 보안관이 코디 캔시를 주형무소로 보내려고 하고 전도사가 도움을 구하는 기도를 한순간에 떡하니 저렇게 대단한 전문가가 나타났는데, 그냥 우연히 여기에 들렀다고? 내가 그 말을 믿겠느냐고?”

대단히 흥분해서 떠들어대는 옆 사람은 아무래도 상황이 이렇게 된 책임이 나에게 있다고 생각하는 듯했다.

“뭐, 그럼 어떻게 생각하십니까?” 나는 뭐든지 믿고 싶은 대로 믿으라는, 그래도 딱히 불만이 있는 건 아니라는 뜻으로 가볍게 질문했다.

“아까 말한 대로지 뭐. 누가 고용한 거 아니겠소.”

나는 범죄학 관련 조사로는 한 푼도 받아들지 않는 포지올리에 대해 의심을 품는 사람이 있다는 사실 자체가 재밌게 느껴졌다. “뭐, 그렇게 믿는 건 당신 자유지만요. 만일 내 말을 믿어준다면 헨리 포지올리 교수를 잘 알고 신뢰하는 사람으로서, 그가 코디 캔시 부인이 내슈빌 주형무소로 수감되는 당일에 이 테네시 랜스버그에 도착한 것은 우연이고, 완전한 우연이며, 그저 우연에 지나지 않는다고 말하겠소. 그러니 도와주시오, 존 도(John Doe, 북미 지역에서 신원 미상의 남자를 지칭할 때 쓰는 용어)여.”

나는 옆 사람의 음침한 기분을 가볍게 띄울 수 있기를 바랐지만, 그는 음울한 태도로 의자에서 일어섰다.

“당신이 그의 성스러운 이름을 들먹인 것을 신이 용서하길 바라오.”

"존 도는 하나님의 성스러운 이름이 아닙니다." 나는 그에게 가르쳐주었다. "그건 보안관이 증인에게 맹세를 시킬 때 쓰는 말이지요."

"뭐든지 간에, 당신은 신의 이름을 들먹였소."

"신의 이름이 아니라 '존 도'라니까요."

"뭐든지 간에, 형제여." 그는 위협적인 느릿느릿한 어투로 말했다. "당신은 그의 이름을 가볍게 들먹였소. 성서는 가볍게 말하는 행위에 경고를 내리지. 그 죄악에서 벗어날 수 없을 거요."

이 말을 마지막으로 그는 마치 내 존재를 신발에서 털어내려는 듯이 발치를 문설주에 문지르면서 카페를 나섰다.

내가 음침한 남자의 뒷모습을 바라보는 동안 포지올리는 신문에서 고개를 쳐들었다.

"꽤나 황당한 인물이군, 안 그런가?"

"나에게는 아니네." 내가 말했다. "나는 이 산골짝에서 태어났지."

"자네는 저 사람을 이해할 수 있다는 소리인가?"

"그런 것 같아."

"저 사람의 말에 존재하는 뚜렷하고 견고한 모순점을 발견하지 못했다고?"

나는 기억을 되짚으며 뭔가 평범하고 단순한 모순점을 찾아보려고 노력했다. 포지올리가 지적을 할 때는 주로 지극히 당연한 사실일 경우가 많았지만, 역시 머릿속에는 아무것도 떠오르지 않았다. 나는 포지올리에게 어떠한 모순이냐고 물어봤다.

"두 가지, 확실하게 모순된 반응을 보였네. 내가 형사라는 점, 자네의 신성모독에 가까운 발언, 둘 다 거슬려 했지."

"아직도 무슨 말인지 모르겠네."

"더 간단하게 설명해주지. 그는 분명히 교회 집사일 걸세."

"어떻게 그렇게 말할 수 있나?"

"왜냐하면 그가 자네 발언의 '가벼움'을 꾸짖었으니까. 성서에서는 집사에게 신도의 잘못을 꾸짖으라고 가르치고, 언어의 가벼움은 그 잘못 중 하나야. 그러니 분명 집사이겠지."

"좋아, 그렇다고 치자고. 그게 왜 모순이 되는가?"

"내가 형사라는 점을 거슬리게 여기니까. 집사는 본래 법과 질서를 지지해야 하네."

나는 웃었다. "자네는 테네시힐의 교인들이 어떤지 전혀 모르네. 그들 안에 존재하는 그 모순점은 오랜 역사를 지니고 있어. 그들의 선조는 혁명 전에 기쁘게 신을 숭배하며 그와 동시에 내국 소비세에서 벗어나기 위해 이곳에 정착했다네. 그 이후로도 이들은 계속해서 신을 숭배하고 법을 배척하는 중이지."

순간 어떤 남자가 광장에서 모나크 카페로 뛰어들어왔다. 나는 급박한 그 움직임에 저절로 그를 주목했다. 평범한 상황이라면 이 지역 사람은 비가 내리는 상황에서도 행동을 서두르지 않기 때문이다. 그는 카운터를 쭉 훑어본 다음, 곧장 내 친구에게 다가와 손을 번쩍 들었다.

"실례합니다, 형제여. 혹시 당신은 전도사인가요?"

"아니, 아닙니다." 포지올리가 말했다.

"그렇다면 당신은 보내 온 형사이겠군요. 저와 함께 나가시겠습니까?"

"네? '보내 온'은 무슨 뜻이지요?" 범죄학자가 물었다.

"그야 신이 당신을 보냈으니까요." 남자는 급하지만 솔직하게 설명했다. "존슨 형제가 방금 신에게 코디 캔시 자매가 결백하다는 사실을 증명하여 교도소에서 벗어나게 만들 수 있는 누군가를 보내달라는 기도를 드렸습니다. 당신이 하는 말을 모조리 엿들은 짐 필립은 급히 나와서 우리에게 여기 그녀의 결백을 확신하는 형사가 와 있다고 말했지요. 그러니 신이 당신을 보낸 겁니다."

포지올리는 그의 말에 반박했다. "이 신문에 실린 증거를 바탕으로, 저 여성이 결백하다는 점은 확실히 증명할 수 있습니다. 하지만 그런다고 무엇이 달라지겠습니까, 재판이 이미 끝나서 선고를 받고 난 후인데?"

"형제여." 토박이 남자가 대답 대신 다시 물어왔다. "만일 신이 이 일을 시작하셨다면, 그 끝맺음 역시 신이 하실 거라고 생각하지 않습니까?"

"이거 보게, 포지올리." 내가 끼어들었다. "우리는 뭔가 이유가 있어서 여기 온 거 같다니까."

"그래, 순전히 사고로, 우연히 말이지." 범죄학자가 딱딱거렸다. "우리 존재는 이 여성과 아무런 관련이 없는 데다……."

그가 뭐라도 비유할 말을 찾고 있는 사이에 내가 주장했다. "만일 그녀가 결백하다는 사실을 알고 있다면, 그걸 전하는 게 자네의 의무라고 생각하지 않나……."

범죄학자는 손짓과 표정으로 내 입을 막았다. "나에게 의무가 있긴 하겠지……. 그래…… 그래, 의무가 있어. 나가서 내가 할 수 있는 일을 하겠네."

그를 데리러 온 남자가 제일 크게 기뻐했다. 대화를 엿듣던 카페의 모든 사람도 환성을 질렀다. 나를 제외한 모두가 좋아했다. 그러나 나는 포지올리의 말투며 표정이 영 마음에 들지 않았다. 그가 나가서 진짜로 무슨 짓을 하려는 건지 궁금해졌다.

어쨌든, 우리가 레스토랑을 벗어났을 때는 이미 광장에 있는 사람 모두가 우리의 정체를 알고 있는 듯했다. 완전히 대소동이 벌어졌다. 도움을 요청하는 전도사의 기도가 즉각 응답을 받았다. 이는 기적이었다.

우렁찬 소리를 내는 선전 트럭은 광장 남쪽의 자치구 교도소 앞에 서 있었다. 트럭 옆에 세워져 있는 보안관의 차 뒷자석에는 수갑을 찬 여성 죄수가 앉아 있었다. 차 가까이에는 어린 아기를 팔에 안은 여인이 서성거렸다. 아마도 죄수가 낳은 아이로, 엄마가 내슈빌로 이송되더라도 랜스버그에 남을 터였다. 자연히 군중은 여성에게 동정심을 느꼈고, 우리가 그녀를 즉시 곤경에서 구출해주기를 기대했다. 나는 앞으로 밀려가는 동안 어떤 남자가 옆 사람에게 속삭이는 소리를 들었다. "덩치 큰 남자가 형사고, 날씬한 사람은 그의 조수래. 커다란 남자가 하는 일을 받아 적는다던데."

솔직히 나는 이 상황에 감동받은 만큼 다가올 결과가 심히 우려되었다. 나는 포지올리에게 무슨 짓을 할 생각이냐고 캐물었다.

그는 함께 걸어가면서 나를 힐끗 쳐다봤다. "저들의 환상을 치료할 걸세."

"그게 무슨 뜻인가? 환상을 치료한다니……."

포지올리는 고개를 까닥이며 주변에 가득 모인 군중을 가리켰다. "이 사람들 앞에서 저 여성이 결백하다는 사실을 밝히기는 하겠지만, 그와 동시에 내가 제시한 증거가 죄수에게 아무런 이득이 되지 않을 거라는 점 또한 알려줄 걸세. 그러면 진실은 신의 섭리와 아무런 상관이 없다고 설득할 수 있을 것이고, 한 무리의 군중을 더욱 이성적이고 사실적인 사람들로 만들 수 있겠지. 내가 짊어진 의무는 그거라고 보네."

그가 설명한 계획은 처음부터 끝까지 너무 가혹하게 들렸다. "뭐, 보안관은 출발하기 전에 5분만 시간을 주겠다고 했으니까. 자네가 그 모든 일을 5분 사이에 전부 해치울 수는 없을 테니 차라리 다행일세."

포지올리의 논증을 어떻게든 피해보려는 내 희망은 거의 그 즉시 망가지고 말았다. 자그마한 체구의 보안관이 차에서 내려서 선전 트럭을 향해 걸어와 전도사에게서 마이크를 넘겨받았다. 곧 보안관의 목소리가 울려 퍼졌다.

"신사 숙녀 여러분, 저는 지금 이 사건이 캔시 부인에게 도움을 주기 위한 것이라는 점을 마음속 깊이 이해합니다. 신이 내린 기적의 손길인지, 인간의 소행인지는 모르겠습니다. 하지만 뭐든지 간에 내슈빌로 출발하기 전까지, 캔시 부인에게 결백을 증명할 기회를 1시간 더 드리겠습니다."

동의하는 함성이 높아졌다. 트럭 위의 전도사가 확성기를 다시 손에 잡았다. "형제자매님들," 목사는 엄숙하고 느릿느릿한 말투로 발표를 시작했다. "저는 이렇게 훌륭한 사람을 보내주신 그분에 대해 일말의 의심도 품지 않았습니다. 여기 모신 분을 소개하도록 하겠습니다. 헨리 포지올리 교수님, 아마 잡지에서 읽어본 사람도 분명히 있을 만큼 대단한 분이십니다. 신은 코디 캔시 자매의 결백을 밝혀서 곤경에서 구해내기 위해, 이곳에 기적적으로 포지올리 교수를 보내셨습니다. 그러면 포지올리 교수님에게 코디 자매를 소개하도록 하겠습니다. 교수님, 비록 저는 코디 자매가 완전히 결백하다고 주장하지는 않겠으나, 그녀는 정말 좋은 사람입니다.

물론 그녀는 오래된 연애편지에 먹지를 대고 한 글자 한 글자 베껴내어 남편의 유언장을 위조하였습니다. 그녀는 이제 그것이 잘못된 행동이었다는 점을 알지만, 당시에는 오로지 신의 영광을 위해 일하는 것이었습니다."

동의하는 함성이 쏟아졌다. "영광 있으라!" "그녀를 구해주십시오, 하나님!" 등이었다. 전도사가 말을 이었다. "짐 캔시, 코디 자매의 남편은 신앙을 조롱하고 비웃는 사람이었습니다. 그는 신에게 1센트도 기부하지 않았고, 기도하기 위해 무릎을 꿇지도 않았습니다. 그래서 코디 자매는 종교적 결과를 낳을 수 있도록 그의 유언장을 위조했습니다. 저는 지금, 신께서는 당시 짐이 살해당할 것이라는 사실을 알고 계셨다고 생각합니다. 하지만 코디 자매에게는 그럴 생각이 추호도 없었습니다. 그는 그저 살해당한 겁니다. 그리고 여기 모인 우리들은 그녀가 짐의 돈으로 무슨 일을 했는지 다들 알고 있습니다. 레더우드 교회당에 새로운 지붕을 올렸지요. 오, 신이여, 그녀를 구해주십시오, 형무소로부터!" 또 다른 희망과 동정의 함성이 이때 울려 퍼졌다. "그리고 형제자매들이여, 그녀가 재판장에서 어떻게 행동했는지 보십시오. 짐의 살해 혐의를 뒤집어썼을 때, 그녀는 변호사를 위해 단돈 한 푼도 쓰지 않았습니다. 코디 자매는 그 돈은 자신이 아니라 신을 위한 것이니 그가 자신을 구할 것이라고 말했습니다. 그녀는 천국에 한 분이 계시니 이 땅에서는 변호사가 필요하지 않다고 말했습니다. 그녀는 신이 자신에게 도움을 보내줄 것이라 했습니다. 그리고 지금, 그의 이름을 찬양하며, 그는 이 최후의 순간에, 이곳에 도움을 보내셨습니다." 다시 한 번 함성과 갈채가 쏟아졌다. 소음이 반쯤 가라앉자 그가 말을 이었다. "포지올리 교수, 이제 코디 자매의 남편에 대한 결백을 증명하고 그녀를 자유로이 풀어주십시오."

전도사가 트럭 아래 선 포지올리에게 마이크를 장엄하게 건네자 새로운 함성이 터져 나왔다. 나는 온갖 사건 사고가 넘쳐나는 포지올리의 긴 역사 속에서도 이번만큼 긴장한 적이 없었다. 진의를 파악하고 격분한 이곳 사람들 때문에 그가 구체적으로 특별히 어떤 진정한 위험에 처하게 될 거라고 생각하지는 않았다. 하지만 다른 한편으로, 남부에서는 3분 안에 군중을 모을 수 있고 그들은 사람을 기차에 태워서 마을 밖으로 내보내거나 타르를 붓고 깃털을 잔뜩 뿌리고 채찍질을 하는 등, 상대방이 얼마나 거슬리는 행동을 했는가에 따라서 거의 무슨 일이든 할 수 있었다. 포지올리는 남부에 산 적이 전혀 없어서, 지금 본인이 손대려는 영역이 어떤 것인지 전혀 몰랐다.

포지올리가 말을 시작했다. "신사 숙녀 여러분, 저는 할 말이 많지 않습니다. 만일 제가 사실에 관해서 새로운 증거를 들이밀 수 있다면, 사건을 재개하고 캔시 부인을 석방할 수 있겠지요. 하지만 옛 증거의 재해석은 재심리의 법적 근거가 되지 않습니다. 제가 지금 할 수 있는 일이라고는 이 지역신문에 실린 증거에 근거해서 캔시 부인의 살인 혐의가 무고하다는 사실을 설명하는 것뿐으로, 부인은 여전히 보안관과 함께 내슈빌의 형무소로 가야만 합니다."

절망이 광장을 가득 채웠다. 격렬한 항의와 애원, 기도가 잇따라 들려왔다. 전도사가 그들을 진정시켰다. 그는 마이크를 받아들더니 소리쳤다. "오, 이 믿음 부족한 사람들 같으니, 지금 코디 자매에게 구원이 다가왔다는 것이 보이지 않소? 신이 아무 도움도 되지 않을 형사를 이곳으로 보냈을 거라고 생각하시오? 저는 제가 여기 서 있다는 사실만큼이나 승리할 것을 굳건하게 믿습니다. 포지올리 형제여, 선한 마음으로 발언을 계속해주시오!"

현 상황의 역설적인 부분이 나를 자극했다. 포지올리가 이 상황에 해당하는 지극히 유물론적인 해법을 내놓을 수 있도록, 전도사는 기적을 바라는 희망을 담아 그에게 도움을 간청하고 있었다. 정말로 아이러니한 일이었다. 다행히 나를 제외하면 그 누구도 이 내면의 갈등을 파악하지 못했다. 그랬다면 군중은 신속하게 분기탱천했을 것이다. 범죄학자가 논증을 시작했다.

"신사 숙녀 여러분, 방금 전도사가 코디 캔시 부인이 남편이 보낸 오래된 연애편지 꾸러미에 먹지를 대고 한 글자씩 베껴서 그의 유언장을 위조했다는 점을 상기시켰습니다. 하지만 그는 캔시 부인이 위아래로 밑줄을 잔뜩 쳐서 너무나 뻔하고 결정적인 위조죄의 증거물이 된 해당 연애편지를 아직도 가지고 있다는 사실은 언급하지 않았습니다! 그녀는 증거물을 없애버리지 않았습니다. 열쇠를 잃어버려서 잠그지도 못하는 가방에 넣은 채로 거실에 보관했습니다. 그러니 남녀노소를 불문하고 누구든 이 행동이 무엇을 증명하는지 알 수 있을 것입니다!"

물론 이는 틀린 의견이었다. 포지올리는 청중의 지적 수준을 과대평가했다. 그의 말이 잘 들리도록 가까이 다가온 사람들은 어서 설명을 해달라고 소리를 질렀다.

"추가 설명을 할 필요도 없습니다." 범죄학자가 덧붙여 설명했다. "만약에 그녀가 남편의 연애편지를 여태 간직할 정도로 충분히 그에게 감성적인 마음을 품고 있었다면, 당연히 남편을 죽일 생각은 없었겠지요. 그리고 미리 계획했다면 여기저기 표시한 편지가 발견되었을 때 경범죄인 위조죄의 부정할 수 없는 증거가 될 것이라는 점을 알고 있었을 것입니다. 만일 남편이 살해당한다면 경찰이 집을 수색할 것이고, 숨기지 않은 편지들이 발견될 거라고 생각하겠지요. 그러니 캔시 부인은 본인 손으로 남편을 죽이지 않았을 뿐만 아니라, 그가 살해당할 것이라는 의심조차 하지 않았던 것입니다. 잠기지 않는 여행 가방에 보관한 연애편지는 그녀가 남편의 살인에 있어서 정범도, 종범도 될 수 없다는 증거입니다."

포지올리의 추론의 단순함을 접한 사람들이 여기저기서 놀라워하며 감탄사를 내뱉었다. 모두가 자신 또한 진작에 그렇게 생각해야 했다고 여겼다.

포지올리는 아직 추론이 다 끝나지 않았으니 조용히 하라고 손짓을 해보였다. 침묵이 돌아오자 범죄학자가 말을 이었다. "그리고 방금 전도사가 말했듯이, 또 아까 지역신문 기사에 실린 내용에서 확인했듯이 캔시 부인은 재판장에서 그녀를 대변할 변호사를 고용하지 않았습니다. 그녀는 모든 수익금을 오래된 레더우드 교회에 새 지붕을 얹는 데 투자했습니다. 그리고 법정에 서서 신이 자신을 보호할 것이기 때문에 그리했다고 주장했습니다."

누군가 고함을 질렀다. "맞아! 지금도 보호하고 있어! 그녀를 구하기 위해 당신을 보냈다고!"

포지올리는 손을 번쩍 들어 올리더니 부정적인 표정으로 고개를 살짝 흔들었다. 이것이 그가 광장에 선 이유, 이 산골 사람들이 천우신조의 사건에 너무 의존하지 않고 훨씬 과학적인 기초를 갖춰서 자립할 수 있도록 이끌겠다는 유물론적인 이유였다. 그는 조용히 읊조렸다.

"이렇게 말하게 되어서 안타깝지만, 신사 숙녀 여러분, 제가 여기에 온 것은 순수한 우연입니다. 왜냐고요? 너무 늦게 왔기 때문입니다. 만일 천상의 힘이 결백한 여성을 구하기 위해 저를 여기에 보낼 셈이었다면, 비록 그녀는 결백한 여성이긴 하지만, 여하튼 천상의 힘이 개입한 것이라면 분명 시간에 맞춰서 보냈을 겁니다. 하지만 저는 제때에 맞추지 못했습니다. 재판은 끝났습니다. 모든 증거는 거기 있지요. 제가 드릴 수 있는 옛 증거의 재해석만으로는 새로이 재판을 열어달라고 요청할 수 없습니다. 이는 새로운 재판의 근거가 될 수 없습니다. 그러니 오늘 형무소로 향하는 길에 선 이 결백한 여성은 반드시 나아가서 불공평한 수감 생활을 감당해야만 합니다. 그러니 오늘 이 자리에 제가 나타난 것은 누군가를 섬기거나 뭔가에 공헌하기 위해서가 아니라 그저 우연입니다."

포지올리가 측은하게 환상을 부정하자 광장 전체에서 온갖 목소리가 울렁거리며 퍼졌다. 사람들은 보안관에게 몰려들어 캔시 부인을 풀어주지 않으면 직접 데리고 나오겠다고 소리를 질렀다. 그나마 머리가 차가운 사람들이 반란자를 다독이고, 누군가가 큰 목소리로 포지올리에게 질문했다.

"포지올리 교수, 살인을 저지른 범인은 누굽니까? 당신은 모든 것을 알고 있지요? 누가 한 겁니까?"

범죄학자는 부정적으로 손짓했다. "저는 전혀 모릅니다."

"악마요!" 몸집이 떡 벌어진 남자가 소리쳤다. "어서 누가 짐 캔시를 죽였는지 설명해주시오, 방금 그 아내가 결백하다고 설명한 것처럼!"

"저는 할 수 없습니다. 불가능합니다. 저는 살인에 관한 증거를 살펴본 것이 아니라, 그녀가 살인을 저지르지 않았다는 사실을 증명하는 증거만 훑어보았지요. 두 가지는 완전히 다른 영역입니다."

"어서! 어서!" 대여섯 명이 앞다투어 소리를 질렀다. "신이 당신을 지금까지 도와주셨소. 그가 당신 곁에 있어요!"

이는 매우 음산한 종류의 흥미로운 광경이었다. 군중들은 포지올리가 논리적인 근거로 사용한 매우 유물론적인 관점을 뒤틀어서 심령론적 해석으로 탈바꿈했다. 그러나 포지올리는 흥미롭게 여기지 않았다. 그는 손을 번쩍 들어 보였다.

"여러분, 제가 어떻게 범인에 대해서 뭐라도 알고 있을 수 있겠습니까? 저는 그저 1시간 전에 점심을 먹으려고 여기 왔을 뿐인데."

바짝 말라 쭈글쭈글하게 나이 든 농부 한 명이 옥수수 껍질의 색과 질감을 꼭 닮은 얼굴로 소리쳤다. "누군가가 짐을 쏘기는 쐈지요, 그렇지 않습니까, 포지올리 교수님?"

"아, 맞습니다. 누군가가 그에게 총을 쐈습니다."

"저, 그렇다면 짐 캔시를 쏜 범인은 어떤 성격을 지닌 사람일지 짚이는 바가 있으십니까?"

"아, 물론입니다. 캔시를 살해한 범인의 유형에 대해서는 아주 확실한 사견을 가지고 있습니다."

"그럼요, 형제여, 그렇겠지요." 농부가 만족스럽게 고개를 끄덕였다. "신이 제 마음속에 생각을 불어넣어서 당신에게 바로 그 질문을 하게 만들었습니다." 그가 보안관을 향해 돌아섰다. "머시니 보안관, 코디 자매를 형무소로 데려가기 전에 저 교수가 짐을 죽인 범인이 어떤 사람일지 설명할 시간이 있겠소?"

보안관이 손을 들었다. "저는 그녀 대신 누가 짐을 죽였는지 알아낼 수 있도록, 코디 자매의 이송 출발 시간을 두 시간 더 미루겠습니다."

"좋아요." 한 여자가 소리쳤다, "어서 우리에게 어떤 악마가 그랬는지 말해주세요!"

"음, 부인, 저는 짐 캔시를 쏜 범인은 남자라고 말하겠습니다."

"오, 그럼요, 그건 우리 모두가 알고 있습니다." 많은 청중이 소리쳤다. "여자는 누군가를 총으로 쏘지 않아, 독약을 먹이지…… 이건 규칙 같은 거지요.""어서, 우리에게 다른 설명을 해주시오."

"흠, 어디 봅시다." 포지올리는 큰 소리로 곰곰이 생각을 이어갔다. "위조 자체부터 다시 살펴봅시다. 이건 캔시 부인이 했지요. 그녀도 인정했습니다. 하지만 그녀가 스스로 생각해낸 일은 아닙니다. 왜냐하면 이는 매우 고등 범죄에 해당하는 발상인데, 그녀는 그러한 고등 범죄 심리를 갖추고 있지 않기 때문입니다. 사실 캔시 부인은 아주 종교적이고 순종적인 사람입니다. 또한 만약에 오래된 연애편지를 짜깁기해서 유언장을 베껴 쓰겠다는 발상을 해낼 정도로 똑똑했다면, 증거를 곧바로 처분하지 않고 자물쇠 없는 가방에 넣어두는 것이 얼마나 위험한 행동인지도 깨달았겠지요. 그러니 누군가가 그녀에게 유언장을 위조하는 법을 알려주었다고 할 수 있습니다."

진정한 범죄에 한 발짝 가까이 다가갔다고 생각한 군중들에게서 분노의 함성이 터져 나오며 추리를 방해했다. 몇몇 사람들이 범죄학자가 말을 이어갈 수 있도록 군중을 진정시켰다. 마침내 포지올리가 다시 추리를 시작했다.

"좋아요, 캔시 부인은 스스로 위조를 하겠다고 생각해낸 것이 아닙니다. 그리고 도구처럼 이용당했지요. 하지만 그녀는 매몰차고 단호한 사람이 아닙니다. 보안관의 차에 앉아 있는 모습을 보기만 해도 알 수 있지요. 캔시 부인은 부드럽고 순종적인 여성이며, 씁쓸한 결말로 이어질 계획을 이끌어 갈 수 있는 사람이 아닙니다. 그러나 재판장에 서자 본인에게 씁쓸한 결말이 닥칠 행동을 이어갔지요. 그리고 이상하게도 그 결과 레더우드 교회에 새로운 지붕이 생겼습니다. 신사 숙녀 여러분, 짐 캔시 살인 사건의 기본 동기는 레더우드 교회의 새 지붕입니다. 정말 이상한 일이지만, 사실입니다. 캔시 부인은 재판에 회부되었을 때 변호사를 고용하기를 거부했습니다. 왜? 레더우드 교회에 지붕을 얹을 돈을 절약하기 위해서지요. 그러니 위조죄를 저지르라고 그녀를 설득한 사람이 또한 그녀가 교회 지붕을 고칠 돈을 손에 쥐고 있도록 설득한 사람이며, 신이 내려와서 그녀를 살해 혐의에서 자유로이 풀어줄 것이라고 생각하게 만든 사람입니다."

군중의 흥분은 끝없이 올라갔다. 그들은 모자를 던지고 소리를 치면서 약속했듯이 신이 코디 자매를 위해 도움의 손길을 뻗었다며 고함을 질렀다. 보안관은 차에서 일어나 코디 자매의 이송 지연 시간을 오늘 오후 내내로 늘리겠다고 소리쳤다. 그는 우리가 진범을 바싹 쫓고 있으니 마을에 남아서 체포를 해야 한다고 주장했다.

포지올리가 불안해하는 모습이 눈에 들어왔다. 그의 불안한 심리를 설명하려면 나보다 더 현명한 심리학자가 있어야 할 것이다. 물론 그의 설명은 의도에서 멀리 벗어난 결과를 낳고 있었다. 그는 손을 들어 올리고 관중에게 호소했다.

"여러분, 제발 이 사실을 기억해주십시오. 저는 그 사람이 누군지 모릅니다. 어떤 사람인지 전혀 알 수 없습니다. 다만 그가 어떤 유형의 사람인지 설명할 수 있을 뿐입니다."

"좋습니다." 수많은 목소리가 소리쳤다. "어서 유형을 설명해주시오, 머시니가 체포할 수 있게!"

범죄학자는 마음을 추스르고 추론을 시작했다. "그는 이런 유형의 사람입니다. 저는 조금 전에 모나크 카페에서 점심을 먹으면서 캔시 부인의 재판 기사가 실린 지역신문을 읽었습니다. 제가 신문을 읽는 동안 옆에 앉아 있던 남자 분은 그간 낯선 사람들이 오가며 식사용 카운터에 놓인 그 신문을 읽는 모습을 몇 달간 봐왔다고 말했습니다. 그런 사람은 이 살인과 모종의 관련이 있는 이일 가능성이 있지요. 또는 그저 일반적으로 범죄 전체에 병적인 호기심을 가진 사람일수도 있고요……."

"계속하세요, 고지가 눈앞에 보이네요!"

만족에 찬 외침이 들려왔다. 포지올리는 좌중을 진정시켰다.

"잠깐! 잠깐! 저는 이 남자가 유죄라고 주장하는 게 아닙니다! 저는 그저 여러분에게 범죄학자가 반드시 모든 증거나 단서를 조각조각 수집하고 반영해서 다양한 가설을 세우는 과정을 보여주는 것뿐입니다."

"알겠습니다, 교수님. 그가 짐 캔시를 죽인 게 아니라면 대체 범인은 누군가요?"

포지올리는 얼굴을 쓱쓱 문질렀다.

"카페에 있던 남자에 대해서 아는 바가 전혀 없듯이, 저는 범인이 누군지도 모릅니다. 다만 살인자로 추정되는 자의 심리적 묘사를 하고 있을 뿐입니다. 자, 저와 함께 카운터에 앉아 있던 이 남자는 종교적 형식을 위반했다는 이유로 제 동행인을 질책했습니다. 사실 상당히 화를 냈지요. 그 점은 짐 캔시가 자유사상가라는 사실과 연관 지어 생각할 수 있지요. 자유사상가는 그런 남자를 상당히 거슬리게 만들 것입니다. 만일 짐이 이 남자의 신앙을 모욕했다면, 그는 죽음이라는 극단적인 형태라 하더라도 반드시 짐에게 징벌을 내려서 정의를 실현해야 한다고 생각할 수도 있습니다. 또한 캔시의 죽음으로 인해서 만일 그가 돈을 받게 된다면 이는 반드시 교회 복지에 쓰여야 한다고 스스로를 설득할 수도 있습니다. 예를 들자면 레더우드 교회에 새롭게 올라간 지붕이 있겠지요. 이러한 계획을 세운 그는 손쉽게 캔시 부인에게 영향을 미쳐서 짐의 유언장을 위조하게 만들어 유산이 교회로 돌아가도록 조종할 수 있습니다. 그러고 나서 짐을 습격해 총으로 쏴서 유언장이 그대로 실현되게 만듭니다. 그러면 두 가지 토끼를 한 번에 잡은 거나 마찬가지 아니겠습니까? 개인적인 복수를 달성하면서 교회에도 기여할 수 있으니까요. 살인자는 이런 사람일수도 있고, 물론 지금부터 설명할 완전히 상반된 성격의 사람일 수도 있습니다……."

그 순간 보안관이 뒷좌석에서 죄수가 기절한 모습을 발견했기 때문에, 포지올리가 얼마나 더 많은 살인자 유형을 설명할 수 있었을지는 아무도 알 수 없었다. 덕분에 큰 소동이 벌어졌다. 산골에서 자란 여자가 기절하는 사건은 멀쩡한 말 한 마리가 냅다 쓰러지는 것이나 마찬가지로 충격적인 일이다. 보안관은 선전 트럭에 올라가 아픈 여성을 내슈빌 주형무소에 데려갈 수는 없으며, 일주일이 걸리더라도 캔시 부인이 아기와 함께 이곳에서 안정을 취하도록 한 후에 이송할 것이라고 발표했다. 말을 끝맺은 머시니 보안관은 차에서 내려와 인파 속으로 사라졌다.

모두가 기쁨에 차서 포지올리를 둘러싸고 그의 연설에 연신 감사를 표했다. 뚱뚱한 남자가 사람들을 밀어제치고 포지올리를 붙잡은 다음 나에게 손짓을 하며 자기 호텔로 와서 저녁을 먹자고 제안했다. 포지올리는 이미 모나크 카페에서 점심을 먹었다며 거절했다.

"그렇다면 분명 배가 고프시겠군요. 어서 이리 오세요. 제 아내가 당신들을 꼭 데려오라고 부탁했답니다. 아내는 광장에서 연설을 마친 모든 전도사와 성가대에게 식사를 대접하거든요."

포지올리는 계속해서 배가 고프지 않다며 거절의 의사를 밝혔지만, 남자는 더 가까이 다가와서 나름 속삭이는 목소리로 말하기 시작했다.

"배가 고프든 고프지 않든 상관없소. 제 아내는 당신네들이 아직 살아 있는 채로 안전한 곳에 들어오기를 바란단 말이오!"

"살아 있는 채라니요!"

포지올리가 소리쳤다.

"그래, 살아 있는 채로 말이오. 샘 홀리 집사가 짐 캔시를 살해했다고 동네방네 떠들어놓고 이미 한번 살인을 저지른 놈이 당신은 가만히 내버려둘 거라고 생각한 거요?"

충격을 받은 포지올리가 반박했다.

"하지만 나는 샘 홀리 집사라는 이름을 들어본 적도 없소!"

"당신이 언급한 사람이 바로 샘 홀리 집사이고, 집사는 당신 얼굴을 알지 않소. 자, 둘 다 어서 이리 따라오시오!"

"하지만 나는 그저 특정 유형을 설명한 것뿐인데……."

"여보시오, 만약에 대도시라면 어떤 성격에 들어맞는 사람이 한 트럭씩 있겠지요. 치과 의사도 다 비슷비슷하고, 은행가도 똑같은 모습들이고, 변호사도 고만고만하지 않겠소. 하지만 여기 테네시힐에서는 그놈은 그놈뿐이오. 어떤 성격을 가진 사람에 대해 설명을 한다면, 그냥 그놈이 이놈이라고 말하는 거나 마찬가지란 말이오. 몸에 바람구멍 나기 전에 얼른 우리 호텔로 갑시다. 지금 여기에 여름용 리조트를 짓겠다고 온 마을 사람들이 난리가 났는데, 여행객을 살해하는 곳이라는 오명을 뒤집어쓰고 싶지 않소."

그제서야 우리는 호텔 주인이 왜 그런 생각을 하는지 이해할 수 있었고, 우리 또한 평화롭고 친절하다는 랜스버그의 평판을 보존할 수 있도록 돕고 싶은 마음에 조바심이 끓어올랐다. 우리는 호텔 주인의 뒤를 따라 초조하게 광장을 건너서 호텔로 들어가 또 다른 점심을 먹기 위해 자리에 앉았다.

호텔에는 이미 많은 사람이 모여서 다들 비교적 결백한 여성을 불공평한 판결에서 구해내고 샘 홀리 집사의 유죄 선언을 이끌어낸 진기한 신의 손길에 대해 떠들고 있었고, 포지올리는 아직 그녀가 위험에서 벗어난 것은 아니라며 두어 번 주장했지만 주변을 둘러싼 모든 손님은 곧 그렇게 되리라고 굳게 확신했다.

사건은 흐지부지하게 김빠지는 결말을 맞이하는 듯했다. 손님들은 드디어 식사를 끝내고 하나둘 호텔을 나섰다. 우리는 몇몇 사람을 붙들고 우리가 차를 타러 가도 안전할지 의견을 타진했다. 다들 모르겠다고 대답하는 통에 우리는 직접 시도해보기 전에는 알 수 없다는 결론을 내렸다. 포지올리와 나는 기다렸다가 한 무리의 남녀가 우글거리며 호텔을 나설 때 그 틈에 섞였다. 그들과 떨어져서 보도를 걸어가고 있을 때 다급한 총성이 들려왔다. 호텔 바로 건너편에 자리한 '레인 카운티 위클리 해럴드'의 사무실 뒤쪽이었다. 전혀 예측하지 못한 사태는 아니었다. 게다가 아마 랜스버그에서는 자주 일어나는 일인지, 군중은 일사불란하게 일정한 움직임을 보였다. 모두가 서로의 뒤로 숨으며 가까운 문과 샛길로 향하는 대형을 이뤘다. 이때 머시니 보안관이 호텔에서 가까운 곳에 있는 정육점에서 대응사격에 나섰다. 그곳에서 대응해야 한다는 사실을 어떻게 미리 알았는지는 도무지 알 수 없었다. 우리를 미끼로 사용한 것인지도 여전히 오리무중이다.

어쨌건, 보안관의 네다섯 번째 사격으로 총격전은 마무리되었다. 범인은 어쩌면 당연한 일이겠지만, 샘 홀리 집사였다. 군중은 사망한 그를 보고 신원을 파악했다. 보안관은 소규모 접전 속에서 팔에 총을 맞았고, 다들 이제 넉넉잡고 석 달이 지나기 전까지는 그가 캔시 부인을 주형무소로 데려갈 수 없겠다고 동의했다. 그녀는 최소한 석 달이라는 유예기간을 받았다.

우리가 차에 올라 랜스버그를 벗어나는 동안 군중은 주지사 앞으로 보낼 코델리아 캔시 부인을 위조라는 경범죄로 경감하라는 내용의 탄원서를 돌렸다. 탄원서 안에는 캔시 부인의 자애로움과 순수함, 범조의 수익금을 교회에 바친 너그러움, 기타 이웃에 대한 선행 기록이 여럿 담겨 있었다. 마을 변호사가 아내는 남편의 서명을 위조할 수 없다는 기록을 첨부했다. 아내가 남편의 물건을 훔친다는 개념이 성립하지 않는다면, 위조는 절도의 형태이므로 아내가 남편의 서명을 위조한다는 개념 또한 양립할 수 없다는 주장이었다. 캔시 부인은 남편을 위해 이름을 대리 서명했을 뿐이지 위조 행위를 저지른 것이 아니었다.

탄원서는 등록된 민주주의 유권자 243명의 서명을 받아냈다. 테네시의 주지사는 민주당원이었다.

사건이 이렇게 진행될 즈음, 우리는 랜스버그를 벗어났다.

8

에드나 세인트 빈센트 밀레이Edna St. Vincent Millay

The Murder in the Fishing Cat

에드나 세인트 빈센트 밀레이

(1892–1950)

—

미국의 시인이자 극작가. 1923년, 『하프 제작자의 발라드The Ballad of the Harp-Weaver』로 퓰리처상을 수상했다. 그 후 『한밤중의 대화Conversation at Midnight』 등 다수의 시 작품을 남기며 서정 시인으로서의 입지를 다졌다. 그는 스스로 "매우 가난하지만 몹시 즐겁다"라고 말하며 순수 시인의 면모를 보였다. 그는 극단 '프로빈스타운 플레이어즈'에 가입해 배우로도 활동하며 수전 글래스펠과도 가깝게 지냈다. 「낚시하는 고양이 레스토랑The Murder in the Fishing Cat」은 퓰리처상을 수상한 해에 발표되었다.

낚시하는 고양이 레스토랑

이제 아무도 '낚시하는 고양이 레스토랑'에 찾아오지 않았다. 이유는 딱 꼬집어 말하기 어렵다.

레스토랑의 인기는 요리가 뛰어난가, 혹은 와인 셀러 위에 거미줄이 쳐져 있는가에 좌우되지 않는다. 그리고 장어와 새우가 헤엄치는 어슴푸레하고 침침한 유리 수조를 하나도 아닌 무려 열 개씩 마련했다 하더라도 성공을 확신할 수는 없었다. 장피에르는 이러한 진리를 알고 있었고, 본인의 실패를 자책하지 않았다. 누구에게나 일어날 수 있는 일이니까.

14년간 그는 파리라는 장소에 걸맞은 맛있는 토끼 요리를 선보였다. 그리고 설사 완두콩이 조금 크고 딱딱하더라도, 부브레산 백포도주가 연한 사과주 수준이라 하더라도, 딸기에 고작해야 설탕을 한 작은 술밖에 뿌리지 않았다 하더라도, 다들 7프랑짜리 메뉴에 뭘 바라냐고 하지 않는가? 고급 요리를 기대하지는 않았을 것이다. 하지만 적어도, 다른 어느 레스토랑에 가더라도 여기처럼 빨갛고 하얀 차양 아래의 테이블에 편안하게 앉아서 신선한 뱀장어를 직접 고른 후, 냅킨으로 솜씨 좋게 잡아낸 살아 움직이는 뱀장어가 온몸의 근육을 비비 틀면서 부엌으로 들어가 5분 뒤 접시에 담긴 요리로 등장하는 경험을 할 수는 없을 것이다. 치로스 레스토랑 이상 가는 경험이다.

어쩌면 물론, 마고가 남들 앞에서 과하게 큰 소리로 그에게 핀잔을 주었기 때문일 수도 있다. 하지만 손님 중에서 아내에게 가끔씩 '비열한 놈'이나 '우유죽처럼 허여멀건 놈'이라는 소리를 들어본 적이 없는 사람이 어디 있겠는가? 있다면 나와보라고 하라.

그리고 어쨌든, 그녀는 지금 여기 없다. 장피에르의 옆에서 버터를 짓이기고 긴 빵 조각을 탕탕 내려치다가 9시가 지나면 양파 수프 한 그릇을 앞에 두고 앉아서 한숨을 내쉬며 14년을 보낸 마고는 그를 떠났다. 자연스럽게 구부러진 붉은 수염을 가진 택시 운전수와 함께 도망쳤다. 그 이후로 이곳은 매우 고요했다.

장피에르는 젖은 행주를 손에 들고 입구에 서서 지나가는 사람을 바라봤다. 다들 그저 지나치기만 했다. 한때는 지나가는 사람들이 모두 가게로 들어오기를 기대한 적도 있었지만, 지금은 세상 물정을 훨씬 잘 알고 있었다. 손님은 다들 '마부와 트럭 운전사의 만남'이라는 이름의 옆집 레스토랑으로 들어갔다.

"나는 재능이 없어." 장피에르가 말했다. 그는 인도로 나가서 아직 덜 말라 축축한 행주로 테이블을 바쁘게 닦았다.

한 남자와 한 소녀가 지나갔다. 두 남자가 걸어갔다. 한 여성이 신문을 팔며 지나갔다. "신문! 신문요! 『라 리베흐떼』 3판 있어요! 신문! 신문요!" 두 젊은 남자가 걸어갔다. 한 사람은 작업복을 입었고, 다른 사람은 팔에 문신이 있었다. 한 남자와 한 소녀가 서로에게 다정하게 팔을 두르고 지나갔다. 남자가 말했다. "그래, 그래. 그 말이 맞아." 아주 어린 여자아이가 자그마한 주름진 꽃잎이 달린 패랭이꽃과 빛바랜 장미꽃을 담은 바구니를 들고 나타났다. 진지한 얼굴이었다. 아이는 팔에 코트를 걸치고 유모차를 밀고 있는 여자에게 신중하게 꽃을 내밀었다. 걸어가면서 신문을 읽는 노인에게도, 똑같은 옷을 걸치고 서둘러 걸으며 수다를 떠는 두 젊은 여성에게도 꽃을 들이밀었다.

신부 한 명이 성큼성큼 걸어왔다. 커다란 신발 위에서 검은 옷자락이 펄럭이고, 머리 뒤쪽에 걸린 모자는 뻣뻣하고 야트막했다. 그는 버스를 놓치지 않으려고 애썼다. 그가 뛰기 시작했다. 어린 소녀는 달려가는 신부를 진지하게 바라보았다. 그에게서 눈을 떼지 않은 채로 연한 푸른색의 제복을 걸친 군인에게 꽃을 내밀었다. 그리고 소녀는 옆집 식당으로 들어가 테이블 사이를 누볐다.

"향을 맡아보세요, 부인." 소녀는 무심하게 말하면서, 나른하게 포크를 흔들며 식탁 건너편에 앉은 남자와 대화를 나누던 입술을 아주 붉게 칠한 젊은 여자의 코밑에 패랭이꽃 한 다발을 냉담하게 들이밀었다.

"네. 네, 고마워요." 여자는 건성으로 대답하며 소녀를 쳐다보지도 않고 손을 휘저어 쫓아냈다.

한 미국 소년이 '옐로북'을 읽으면서 혼자 밥을 먹고 있었다. 그는 책에서 눈을 떼고 테라스로 다가오는 어린 소녀를 쳐다봤다. 소녀가 가까이 오자 소년이 말을 걸었다.

"얼마죠, 아가씨?" 그가 물었다.

소녀는 소년에게 다가와 작은 배를 식탁에 기댔다.

"10센트입니다." 소녀는 그의 이마를 응시하며 혀짤배기소리로 말했다.

소녀에게 팔을 두르고 바구니에서 꽃다발을 골라낸 소년은 빈 포도주 잔에 꽃을 꽂고 탄산수를 부었다. 그리고 소녀에게 프랑 동전을 건네면서 거스름돈은 가지라고 말했다. 소녀는 그를 빤히 바라보더니 거리로 나가서 바구니를 행인에게 내밀기 시작했다.

장피에르는 개점 준비를 시작했다. 번성하는 가게 주인이라면 오후 내내 멍하니 버티고 서서 옆집 가게 사정만 보지는 않을 것이다. 사람들이 낚시하는 고양이 레스토랑에 찾아오지 않는 데는 이유가 있었다. 얼빠진 주인 때문이었다. 그는 축축한 행주로 철제 다리가 달린 테이블 두 개를 닦고, 거리 옆 울타리의 월계수 나무에서 갈색 잎을 떼어낸 다음 레스토랑으로 들어갔다.

"안녕, 필립?" 그는 이제 수조 속 유일한 주인이 된 커다란 뱀장어에게 반갑게 인사했다.

평생에 걸쳐도 장피에르가 뱀장어를 '필립'이라고 부르는 이유를 설명할 수는 없을 것이다. 하지만 그는 그렇게 부르면 기분이 좋았다. 생명체에게 이름을 주는 순간 그 대상은 주체성을 부여받고 자신이 말을 걸 수 있는 상대가 되었다.

장피에르는 부엌으로 가서 전날 저녁에 샐러드를 만들고 남은 바닷가재 자투리를 들고 나와 수조에 넣었다.

마부와 트럭 운전사의 만남 레스토랑이 사람들로 심하게 붐비는 모습을 보고 두 남자와 두 여자가 낚시하는 고양이 레스토랑으로 들어와 자리를 잡았다.

식당 안쪽에서 장피에르가 노래하는 소리가 들려왔다.

"오, 부인, 여기 좋은 치즈가 있어요! 오, 부인, 여기 좋은 치즈가 있어요! 여기 우유로 만든 좋은 치즈가 있어요!"

한 남자가 지팡이로 테이블을 두드렸다. 장피에르는 노래를 멈추고 오늘의 요리 메뉴판을 집어든 다음 검은색 수염을 정돈하고 급히 달려 나갔다.

"오늘은 토끼 고기가 참 좋습니다." 그가 말했다. "포도주는 어떻게 하시겠습니까, 손님?"

반년 전만 해도 그와 아내, 웨이터 모리스 세 명이서 레스토랑을 꾸리고 있었다. 모리스는 열여섯 살 때부터 같이 일한 직원이었지만, 곧 열아홉 살이 되자 모르는 것이 없는 국방부가 냉큼 징집해갔다.

이후 두 달간은 달랑 부부 두 명이서 레스토랑을 운영했지만, 인력은 그 정도면 충분했다. 그리고 이제 마고도 떠나고 그 혼자 남았다. 하지만 사정은 갈수록 나빠져서, 드물게 손님이 찾아오면 그는 서둘러 모든 요리와 서빙, 청소를 혼자 도맡아 했다.

장피에르는 파리에서 14년간 얼마 되지 않는 친구를 사귀었다. 고객과 이웃, 그리고 친하게 지내야만 하는 자영업자들과 유쾌하게 교류하며 지냈다. 하지만 무엇보다 아내에게 매우 만족했다. 마고는 스페인 국경에서 온 아름다운 여성으로, 프랑스인보다 스페인인에 가까웠다. 그는 마고를 바로 근처인 룩셈부르크 정원에서 처음 만났다. 지금도 레스토랑 입구에서 당시 그녀가 앉아 있던 나무를 볼 수 있었다. 그녀는 뒤쪽 챙에 수많은 작은 장미를 높게 쌓은 분홍색 밀짚모자를 이마 위에 눌러썼고 허리가 아주 가늘었다. 그녀는 하얀 천에 무언가 자수를 놓고 있었다.

장피에르는 마고가 앉은 의자 근처를 여러 번 스쳐 지나갔고, 그때마다 그녀는 시선을 올렸다 내리기를 반복했다. 마고가 자리에서 일어나자 그는 그녀 옆으로 다가갔다.

"아가씨, 제가 옆에 앉아도 괜찮을까요?" 그가 물었다.

"아뇨, 안 돼요." 그녀는 그를 쳐다보지도 않고 급하게 대꾸한 다음 발걸음을 재촉했다.

그러나 장피에르는 마고와 보폭을 맞춰 걸으며 고개를 숙여 더욱 부드러운 말씨로 구애했다.

"이렇게 아름다우신 분이 그토록 잔인하시다니요."

"절 좀 내버려두시죠!" 그녀는 핀잔을 주고서 고개를 쳐들고 빠르게 자리를 벗어났다.

하지만 다음 날 오후, 그녀는 다시 나무 아래에 나타났다.

"내 아내를 기억하니, 필립?" 장피에르가 말했다. "눈매가 섹시하고 발목이 아름다운 마고 말이야."

필립은 아무런 대답도 하지 않았다.

"기억하겠지, 그래도." 장피에르가 단언했다. "마고는 자주 물을 휘저어서 너를 화나게 만들곤 했지." 잠시 멈춘 뒤 그가 다시 말을 이었다. "필립, 너는 마고를 기억하지, 그렇지?"

필립은 아무 말도 하지 않았다.

"뭐, 어쨌든," 장피에르가 말했다. "그녀는 떠났어."

필립은 지난 석 달간 수조에 혼자 남아 있었다. 이제 아무도 뱀장어를 먹지 않았다. 드물게 찾아오는 손님은 토끼 고기나 양고기, 혹은 쇠고기 스테이크와 감자를 주문했다. 이 시점에 시골에서 대야에 담겨 납품되는 뱀장어를 더 주문하는 것은 바보 같은 일일 터였다. 장피에르는 변화를 꾀하는 중이니까 뱀장어나 새우 발주는 잠시 미뤄야 한다고 스스로를 설득했다.

낚시하는 고양이 레스토랑의 주인이 매일 아침 아래층으로 내려와 문을 열고 테이블과 의자를 도로 한편에 내놓을 때면 필립은 언제나 수조 아래의 녹색 바닥에 누워 게으르게 뒹굴었고, 부드러운 아침 햇살을 받은 등줄기는 한 번도 본 적 없는 색으로 반짝였다.

필립의 수조는 모서리를 황동으로 마감한 직사각형 유리 탱크였다. 가운데의 작은 배수구를 통해 신선한 물을 공급했고, 더러워진 물은 반구형 철망을 씌운 한쪽 구석의 파이프를 통해 나갔다. 어느 날 수조를 바라보던 장피에르는 왜 철망이 둥근 모양인지 의문이 생겼다. 고민하던 그는 만일 파이프 끝부분에 편편한 철망을 씌우면 오물과 찌꺼기가 수시로 구멍을 막기 때문에 거품처럼 둥그런 반구형으로 만들었을 것이라고 짐작했다. 스스로 결론을 찾아낸 장피에르는 자신이 매우 자랑스럽게 느껴졌다.

한때는 필립이 회녹색을 띤 가느다란 몸통으로 매우 활발하게 움직였다. 석 달이 지난 지금은 전체적으로 검녹색을 띠고 머리 뒤쪽에 옅은 초록색의 작은 지느러미 두 개가 달린 데다 투명한 보라색 척추로 꼿꼿하게 설 수 있었다. 덩치는 커졌지만 언제나 그랬듯이 유연하게 헤엄쳤다.

장피에르는 뱀장어에 관한 기묘한 이야기를 들은 적이 있다. 어디까지가 사실인지는 아직 모른다. 들은바에 따르면, 어미 뱀장어는 물가로 찾아와서 출산을 할 때 알 대신 포유류처럼 제 모양을 다 갖춘 새끼를 낳는다고 한다. 자그마한 새끼는 실뱀장어라고 부른다. 그리고 새끼를 낳고 나면 어미는 자식을 버리고 떠난다. 얼마간 시간이 흐르고 나면 실뱀장어는 스스로 살 곳을 찾아다니기 시작한다. 만일 가까이에서 찾은 물구덩이가 햇볕에 말라붙어 사라지면 살아남기 위해 더 멀리 나아간다. 수천 마리에 달하는 실뱀장어 부대가 물을 찾아 땅바닥을 30미터 가까이 전진한다. 그들의 구불구불한 이주 작전이 사람 눈에 띈 적은 한 번도 없다. 그저 때때로 풀숲 가운데에서 숨을 거둔 실뱀장어 시체가 발견되면 그제야 이곳으로 그들이 지나갔다는 사실을 알게 될 뿐이다.

"말해봐, 필립." 장피에르가 말했다. "너는 익살꾸러기야, 그렇지?"

아무런 변화 없이 하루하루가 지나갔다. 매일 간간이 손님이 찾아와 식사를 하고 돌아갔다. 한번은 동시에 열 명이 들어와서, 장피에르는 만약에 장사가 계속 이렇게 잘된다면 웨이터를 구해야겠다고 결심했다. 하지만 그것도 그때뿐이었다.

날이 갈수록 아내에 대한 그리움이 더욱 심해졌다. 어느 날은 룩셈부르크 정원의 메디치 거리를 거닐다가, 처음 그녀를 만났던 장소 근처를 지나게 되었다. 한 젊은 여성이 나무 아래 앉아서 자수를 놓고 있었지만, 마고가 아니었다. 그녀는 옅은 하늘색 실크 주름 장식을 단 짧은 드레스를 똑같이 입힌 어린 두 딸과 함께 시간을 보내고 있었다. 아이들은 새된 목소리로 서로를 부르고 쫓으며 거리를 돌아다녔다. 그러다 하늘색 실크 리본으로 묶은 머리가 풀린 아이가 한 손에는 리본을 들고, 다른 한 손으로는 찰랑찰랑한 금발을 하나로 모아서 머리 위로 잡은 채 어머니에게로 달려왔다. 머리를 묶어주는 내내 아이는 여동생을 바라보며 "기다려! 기다려, 줄리엣"이라고 외치고 조바심을 내며 갈색 다리를 동동 굴렀다.

장피에르는 마고 사이에 태어난 유일한 아이가 백일해로 명을 달리하지 않았더라면 얼마나 좋았을지 생각했다. 저 어린 소녀들보다 훨씬 아름다웠을 것이다. 딸은 엄마를 쏙 빼닮았었다. 그리고 아마 지금도 그와 함께 있었을 것이다. 만일 오늘 오후를 딸과 함께 보낼 수 있다면, 그는 딸을 파리 식물원으로 데려가서 함께 온갖 빛깔로 반짝이는 새들을 구경할 것이다. 그리고 드 마고 카페의 노면 테이블에 앉아 그는 블론드 맥주를, 딸은 석류 주스를 마시겠지. 언제나 거리에서 늙수그레한 노인 행상꾼이 줄을 목에 걸고 자신의 배 앞으로 펼쳐놓은 나무 좌판에서 파는, 버튼을 누르면 폴짝폴짝 뛰어다니는 흰색과 갈색의 진짜 털로 된 귀여운 토끼 인형을 사 줄 것이다.

시간은 덧없이 흘러갔다. 5월이 지나가고 6월도 사라졌다. 어느 날 모리스가 보낸 '메츠의 전경'이라는 사진이 새겨 있는 엽서가 도착했다. 뒷면에는 '아슬아슬한 초보 비행사가 안부 전합니다'라는 내용이 조심스럽게 연필로 적혀 있었다. 장피에르는 엽서를 받고 매우 행복해했다. 그는 하루에 네 번씩 주머니에서 엽서를 꺼내 큰 소리로 읽고, 뒤집어서 앞에 적힌 본인의 이름도 즐겁게 되뇌었다. 늦은 오후, 그는 아직 필립에게 엽서를 읽어주지 않았다는 기쁜 사실을 깨닫고 신이 나서 유리창으로 발걸음을 옮겼다. 하지만 아직 아내에게서 연락이 온 적이 없었다.

장피에르는 테라스에서 마고가 울부짖는 소리를 한 번만 더 들을 수 있다면 뭐든지 할 수 있을 것 같았다. "수…… 수프 하…… 하나!" 그리고, 오, 제발 개자식이라든가 날강도, 더러운 낙타라고 한 번만 더 불릴 수 있다면!

그는 수조로 다가가 흔들리는 수면 위로 고개를 들밀었다.

"너는 내 아내야, 필립. 알지?" 장피에르가 말했다. "너는 더러운 년이야!"

입 밖으로 다정하게 욕설을 내뱉고 나니 훨씬 행복한 기분이 든 장피에르는 팔짱을 끼고 문간에 잠시 버티고 서서 뻔 뻔한 얼굴로 세상을 내려다보았다.

"안녕, 자기?" 어느 날 아침, 장피에르는 뱀장어에게 다가가 바닷가재 집게발로 수면 위를 휘저으며 말을 걸었다. 그러나 필립은 거의 움직이지 않았다. 장피에르는 물속으로 집게발을 집어넣어 필립의 등을 건드렸다. 납작한 지느러미가 가볍게 떨렸지만 그뿐이었다. 장피에르는 급히 허리를 펴고 놀란 마음에 수염을 잡아당겼다. 그리고 다시 상체를 깊이 숙여서 뱀장어가 자신을 제대로 볼 수 있도록 그림자를 드리우고 소리를 질렀다.

"필립, 필립, 내 친구. 아픈 거 아니지, 그렇지?"

그는 간절히 대답을 기다렸지만 아무런 반응이 없었다. 뱀장어는 여전히 그 자리에 가만히 누워 있었다.

"맙소사!" 낚시하는 고양이 레스토랑의 주인은 큰 소리로 외치며 손으로 머리카락을 잡아 뜯었다. 그제야 처음으로 이상할 정도로 차분하고 잔잔한 수면이 눈에 들어왔다. 언제나 한가운데 배수구에서 거품을 일으키며 들어오던 신선한 물줄기가 멈춰 있었다.

"아이고, 세상에!" 장피에르는 다시 소리를 지르며 주방으로 뛰어 들어갔다. 막힌 파이프를 청소하기에 적당한 도구가 좀처럼 눈에 띄지 않았다. 길이가 충분한가 싶으면 너무 굵었다. 포크라면 가능할 법했지만, 분명히 길이가 충분치 않을 터였다. 하지만 그는 일단 시도해보기로 했다.

그는 다시 창문가로 달려가 파이프를 포크 끝으로 찔렀다. 그리고 다시 몸을 펴고 숨도 쉬지 않은 채 기다렸다. 물방울은 올라오지 않았다. 그는 주방으로 달려가 주방 집기를 남김없이 뒤졌다. 가느다란 철사 하나 찾아볼 수 없다니! 담배 파이프 청소 도구! 그거야! 그는 미친 듯이 주머니를 뒤졌지만 사실 한 번도 그런 물건을 가지고 다닌 적이 없었다. 그는 만일 마고가 있었다면 펴서 사용할 수 있는 머리핀을 갖고 있었을 거라고 생각하며 떠나간 사람에게 잔인한 저주를 퍼부었다. 문득 모서리에 세워둔 빗자루가 눈에 들어왔다. 그는 달려가서 빗자루 가지를 한 움큼 뜯어내 다시 수조로 달려갔다.

"기다려, 기다리라고, 필립!" 그는 달려가며 소리쳤다. "죽지 마! 조금만 더 기다려!" 그리고 그는 빗자루 가지 하나를 파이프로 밀어 넣었다. 그러다 가지가 부러지는 바람에 꺼내기가 더 힘들어졌다. 이마에서 땀방울이 흘러내렸다. 그는 가지 두 개를 모아서 한번에 조심스럽게 밀어 넣었다.

"죽지 마! 죽지 말라고!" 그는 가지가 부러지지 않도록 조심스럽게 신음했다.

갑자기 놀랍게도 물이 다시 들어오며 더께와 음식물 찌꺼기가 천천히 배수구를 향해 움직였다. 장피에르는 손목까지 물에 담가 더러운 물을 배수구 쪽으로 유인했다.

다음 날 필립은 다시 제 상태를 되찾았다. 장 필립은 두려워하며 방으로 조심스럽게 들어가 유리창에 다가갔다.

"오늘 아침은 좀 어때?" 그는 소심한 목소리로 물어보며 손가락을 수조에 집어넣었다.

장어는 깨어나서 뚱하게 반대쪽 유리창을 향해 구물구물 헤엄쳐갔다.

장피에르는 기뻐하며 신나게 킥킥대고는 오전 내내 미소를 띠고 노래를 불렀다. "오, 부인, 여기 좋은 치즈가 있어요!"

장피에르는 자신의 침실을 좋아하지 않았다. 마고가 떠난 이후 매일 조금씩 더 더럽고 어수선해지기만 했다. 우선 그는 물론 절대로 침대를 정리하지 않았다. 밤이 되면 아침에 일어난 모습 그대로인 침대 속으로 기어 들어갔다. 얇은 담요 한쪽은 언제나 바닥에 끌리고, 반대쪽 끝에는 침대 커버가 바닥까지 흘러내려 있었다. 시트는 매일 더 회색에 가깝게 더러워졌고, 베개는 납작해졌다. 그리고 언제나 사각형 베개의 단추가 달린 뒷부분을 베고 자는 듯했다.

가끔씩 그는 더러워진 시트를 끌어내 깨끗한 세탁물로 갈았다. 그러나 그럴 때면 평소보다 더욱 불행해졌다. 그는 마고가 더 그리워졌다. 그녀는 언제나 침대는 달콤한 향기가 나고 깨끗해야 한다고 주장하며 부드럽고 오래된 리넨을 만족스럽게 손을 쓸어보곤 했다. 마고는 종종 자랑스럽게 말했다. "자기야, 솔직히 말해서 요즘에는 미국인으로 가득한 커다란 고급 호텔에서도 면으로 된 침대보를 써. 나는 어떻게 거기서 사람들이 잠을 잘 수 있는지 모르겠어. 나는 못 잘 거야."

매일 아침 일어날 때마다 장피에르는 신음 소리를 낸 다음 무겁게 몸을 뒤척였다. 그리고 손등으로 눈을 문지르고 햇빛을 바라봤다. 그는 좁은 벽난로 위 선반에 놓인 그의 형제가 어린 시절에 찍은 빛바랜 사진을 쳐다봤다. 그들은 모조 보트 위에 앉아 있었다. 그는 무심하게 가짜 노를 쥐고 있었고, 형은 줄에 매달린 잘생긴 가짜 생선을 성의 없이 흔들고 있었다.

그는 시계라고 알고 있는 천에 둘둘 싸인 유령 같은 덩어리를 쳐다봤다. 반짝이는 황동 나선으로 장식해 너무나 우아하고 고급이라 아내가 사랑스럽게 수건에 싸서 보관하던 시계였다. 덕분에 시계 앞면은 전혀 보이지 않았다. 하지만 어쩌겠는가? 모든 걸 다 가질 수는 없기 마련이다. 시계와 사진 사이에는 놀라운 물건이 있었다. 목이 좁은 병 위에서 유유히 성장하고 있는 커다란 멜론이었다. 위대한 속임수였다. 하지만 장피에르는 멜론에게 질려 있었다.

그는 방 안의 모든 물건에, 인생의 모든 면모에 질렸지만 특히나 벽난로 위에 놓인 물건들에 질려 있었다. 그리고 그 중에서도 왁스로 만든 치자꽃 화환과 시계 사이에 서 있는 촛대에 특히 치를 떨었다. 초를 꽂아본 적 없는 촛대로, 초록색 개구리가 납작한 수련잎 위에 쪼그리고 앉아 있는 모양이었다. 장피에르는 그게 수련잎에 앉은 초록색 개구리인 줄도 몰랐다. 쳐다보거나 관찰한 지 너무 오래된 탓이었다. 그저 벽난로 위 장식물 중 하나로 인식하며 살아왔다.

그러나 어느 날 아침 일어나서 신음 소리를 낸 후 뒤척이다 아직 어제에 머물러 있는 무딘 눈을 떴을 때, 그는 뜬금없이 촛대를 잠시 바라보았다. 그리고 갑자기 말했다. "저것 봐! 저것 보라고!" 그리고 집게손가락을 가만히 코 옆에 갖다 댔다.

그날 아침 그는 간헐적으로 작은 미소를 띠며 서둘러 옷을 챙겨 입었다. 그리고 의복을 다 걸치자마자 촛대를 주머니에 찔러 넣고 계단을 달려 내려갔다.

"좋은 아침, 필립!" 그는 레스토랑에 들어서며 소리쳤다. "야생적인 남자를 위해 작은 친구를 데려왔어!"

기쁘게 그리고 조심스럽게 주의를 기울이며 그는 녹색 개구리를 수조 바닥에 앉혔다. 뱀장어는 아름다운 곡선을 그리며 멀어져갔다. "네 말동무를 데려왔어, 필립." 장피에르가 말했다. "나에게 네가 그렇듯이 말이야."

그는 문을 열었다. 룩셈부르크의 나무와 분수에서 밀려온 신선한 아침 공기가 들어왔다.

별일 없이 하루하루가 지나갔다. 어느 날 장피에르는 '신선한 꽃'이라는 간판이 걸린 가게 유리창 밖에 오랜 시간을 서서 안을 들여다보았다. 그는 마고가 본인을 떠난 것은 참으로 안 된 일이며, 그렇지만 않았어도 오늘 하얗고 커다란 작약과 보라색과 분홍색 스위트피로 만든 꽃다발을 받았을 거라고 혼잣말을 중얼거렸다. 그날은 결혼기념일이었다. 창가에는 수련도 있었다.

장피에르는 갑자기 사랑에 빠진 소년의 얼굴로 꽃집으로 쳐들어가 어깨를 으쓱이고 손짓을 하며 평범한 모욕적인 말을 얼마간 교환한 후, 긴 줄기의 수련을 들고 가게를 나서 필립이 있는 집으로 돌아갔다.

일주일이 지난 어느 날 오후, 세인트 미셸 플레이스를 향해 센 강변을 20여 분간 걷다가 메디치 거리로 이어지는 세인트 미셸 거리에 올라선 한 남자가 있었다. 그는 메디치 거리 모퉁이에서 망설이며 양쪽 길을 번갈아 바라봤다. 그때 아주 어린 소녀가 길거리에서 나타나 패랭이꽃과 장미가 담긴 바구니를 내밀었다. 그는 고개를 흔들었다.

그 순간 모퉁이에 있는 사람은 그 둘뿐이었다. 어린 소녀는 그 옆에 서서 양쪽 길을 번갈아 살펴보고 망설이며 잠시 서 있었다. 그러다 소녀는 바구니를 팔 아래 끼우고 메디치 거리로 향했다. 그리고 소녀가 메디치 거리로 걸어가자 남자는 소녀의 선택이 자신의 발걸음을 좌우하도록 내버려두며 그 뒤를 따랐다.

그는 천천히 걸으면서 카페 앞 차양 아래에서 점심을 먹는 많은 사람들 옆을 지나가며 관찰했다. 점심을 먹을 장소를 찾는 중인 그는 혼자 있고 싶었다.

낚시하는 고양이 레스토랑 앞에는 철제 다리가 달린 직사각형 테이블 여섯 개가 놓여 있었고, 각각에 빛바랜 수염패랭이꽃과 꽃잎이 떨어져 시든 수술이 드러난 장미가 꽂인 오돌토돌한 푸른색 유리병이 올라가 있었다. 가게는 황량했다. 살며시 흔들리는 수면에 수련이 떠 있고 바닥에는 인조 녹색 개구리와 큼직하고 게으른 뱀장어가 졸고 있는 물로 가득 찬 유리 수조가 자리 잡은 한 유리창을 제외하면 생명의 흔적이라고는 찾아볼 수 없었다.

남자는 테이블 하나에 자리를 잡고 앉아 꽃병을 쥐고 테이블 바닥을 두드렸다. 대답이 없었다. 그는 다시 두드렸다.

"네, 손님!" 레스토랑 뒤쪽에서 대답한 장피에르가 오늘의 요리 메뉴판을 든 채로 열심히 달려 나왔다.

"오늘은 토끼 고기가 참 좋습니다." 그가 말했다. "그리고 양다리도 좋지요. 포도주는 어떻게 하시겠습니까, 손님?"

"백포도주로 하겠소." 남자가 말했다. "반병짜리로 주시오. 토마토 샐러드와 양파 수프, 그리고 뱀장어를 먹겠소."

"알겠습니다, 손님." 장피에르가 말했다. "소시지 다음은 뭘 드시겠습니까?"

"소시지(andouille)가 아니라," 남자는 가볍게 짜증을 내며 대답했다. "뱀장어(anguille) 말이오."

"네, 알겠습니다." 장피에르는 가볍게 전율하며 대답했다. 그는 젖은 행주로 테이블을 닦고서 다시 레스토랑으로 들어갔다. 의자에 앉아서 고개를 한쪽으로 푹 숙이자 이내 눈이 툭 불거져 나왔다. "이런, 세상에!" 장피에르가 중얼거렸다.

한참의 시간이 흘렀다. 바깥 테라스에 앉은 남자가 테이블을 시끄럽게 두드렸다.

"네, 손님." 장피에르가 대답하며 벌떡 일어났다. 그는 접은 냅킨과 두꺼운 흰 접시, 칼, 포크, 숟가락, 둥근 빵 두 조각, 상표가 없는 백포도주 한 병을 급히 챙겼다. 그리고 두 손 가득히 물건을 챙겨 든 채 밖으로 나섰다.

식탁을 차린 후 그는 한 손을 둥글려서 귀 뒤에 가져다 대며 잘 듣겠다는 듯이 상체를 앞으로 기울였다.

"죄송하지만 주문을 다시 한 번만 말씀해 주시겠습니까?" 그는 반쯤 속삭이듯이 부탁했다.

남자는 짜증을 내며 인상 쓴 얼굴로 장피에르를 올려다보며 주문을 다시 읊은 뒤 포도주를 집어 들었다.

장피에르는 안쪽으로 사라졌다가 토마토 샐러드를 들고 돌아왔다. 다진 초록색 양파를 흩뿌린 아주 예쁜 요리였다. 그는 곧바로 양파 수프를 가져왔다. 수프는 그다지 맛있지 않았다. 불린 빵이 대부분의 부피를 차지하는 데다 그다지 뜨겁지도 않았다. 그러나 갈아 올린 치즈가 어떻게든 맛을 완성했다.

손님이 수프를 다 먹자 장피에르는 다시 다가와서 접시를 치웠다.

"그리고 다음 요리 말입니다만," 그가 의미심장하게 빛나는 눈길로 손님과 눈을 맞추며 말했다. "시간이 조금 걸리니 이해해주시기 바랍니다."

"예, 예." 남자는 대답하며 어깨를 으쓱했다. 다른 곳에서 점심을 먹을 걸 그랬다고 희미하게 후회하는 중이었다.

"왜냐하면 그가 살아 있거든요." 장피에르는 이해할 수 없는 자존심이 가득 찬 목소리로 똑똑하게 말했다. "그래서 먼저 죽여야 합니다. 보세요, 살아 있지요!" 그리고 손님의 소매를 당기며 엄지손가락으로 창문가의 놋쇠 장식 유리 수조를 가리켜보였다.

남자는 언뜻 곁눈으로 창문을 바라보고서 소매를 흔들어 팔을 떨쳐냈다.

"백포도주 반병 더 주시오." 그가 주문했다.

장피에르는 한동안 멍하니 서서 수면 아래를 바라보았다. 뱀장어는 수조 아래에서 몸을 쭉 펴고 햇살을 받으며 졸고 있었다. 필립은 멍하니 두꺼운 지느러미를 튕겼다가 다시 얌전하게 누웠다. 까만 등뼈가 침울한 무지갯빛으로 빛났다.

"필립," 장피에르가 수조 수면으로 얼굴을 밀어붙이면서 속삭였다. "필립, 내 작은 필립, 안녕!"

장피에르의 눈에서 눈물이 흘러넘쳤고, 무섭게 흐느끼기 시작한 목과 가슴이 병에 걸린 고양이의 어깨처럼 들썩였다.

"오, 성모 마리아여!" 그는 신음하며 깨끗하고 하얀 냅킨을 손에 단단히 감았다.

공기 속에 드러난 뱀장어는 온몸을 뒤틀며 몸부림쳤다. 매우 박력이 넘치고 강력했다. 마구 꿈틀거리는 묵직한 몸통이 장피에르의 손목에 부딪혔다. 잡고 있기가 힘들었다. 부엌으로 돌진하면서 한 손에서 다른 손으로 옮기는 것마저 까다로웠다.

장피에르는 뱀장어를 테이블로 가지고 가서 칼로 손을 뻗었다. 칼이 사라지고 없었다. 이마 위로 흘러내린 땀이 볼을 따라 수염으로 내려갔다.

그는 정신없이 부엌 안을 내달리며 헤맸고, 그동안 뱀장어는 계속해서 그의 손아귀 속에서 흔들리고 뒤틀렸다. 그는 자신이 뭘 찾는 중인지조차 떠올릴 수 없었다.

빗자루! 아니, 아니야, 빗자루가 아니었다. 그는 마침내 마고가 빵을 난도질할 때 사용하던 그녀의 칼을 발견했다. 빨갛고 하얀 양파껍질들 아래 불쑥 튀어나온 칼자루가 그를 쳐다보고 있었다. 지금껏 내내 그 자리에서 그를 응시하고 있었던 것이다.

그는 천천히 옆을 지나쳤다가 날째게 돌아서서 칼자루를

손으로 잡아챘다. 그리고 식탁에 필립을 단단히 짓누른 다음, 고개를 옆으로 돌리고 눈을 감은 채 칼을 내리쳤다. 도마를 다시 바라보자 칼은 식탁에 박혀 있었다. 필립 근처도 가지 못했다. 그는 칼을 잡아당겨서 빼냈다. 장어가 휘두른 채찍 같은 꼬리에 맞은 칼이 바닥으로 떨어졌다. 그는 칼을 집으려고 몸을 숙였다. 장어가 장피에르의 손아귀 안에서 버둥거리다 그의 얼굴을 강타했다.

"아아아악!" 장피에르가 소리쳤다. "네가 감히, 네가!" 얼굴이 화끈거리고 분노가 치밀어 오른 그는 칼자루를 그러쥐고 벌떡 일어났다.

"네가 감히, 감히 네가!" 그는 이를 갈며 말을 되풀이했다. 목덜미가 뻣뻣하게 굳으며 눈동자에서 불길이 일었다. "감히, 네 녀석이! 두고 보자, 비둘기 새끼 같으니!" 불꽃이 튀고 포효가 울려 퍼졌다. 눈이 따갑고 폐에 연기가 가득 차올랐다. 부풀어 오른 심장이 터지며 오랜 고립으로 쌓인 분노와 고통이 핏속에 독약을 가득 풀며 온몸을 따라 달려갔다.

"거짓말쟁이 얼굴을 뭉개주지!" 그가 소리쳤다. "스페인 년 같으니!"

"이건 네 발목 때문이고! 이건 네 붉은 수염한테 주는 거다! 받아라! 받아!"

장피에르는 바닥에 무릎을 꿇고 필립의 머리를 칼자루로 두들겼다.

낯선 손님이 필립을 먹는 내내 장피에르는 문틈으로 교활하게 그를 지켜보았다. 작은 웃음이 두 번 그의 입가에 떠올랐지만, 그는 수염을 잡아채서 입꼬리를 끌어내렸다. 그는 몇 달 만에 행복을 느꼈다. 그는 붉은 수염의 택시 운전수를 죽였고, 여섯 등분을 낸 다음 튀겼으며, 지금 낯선 손님이 그를 먹고 있었다.

손님이 떠난 후 장피에르는 접시를 모아서 주방으로 들고 가는 내내 혼자 킥킥댔다. 발로 차서 구석으로 날아간 뱀장어 머리를 본 그는 침을 뱉었다. 그러나 포도주병과 소금, 후추, 식초, 기름병을 가지러 돌아왔을 때, 그는 창문의 수조를 쳐다봤다. 밝은 녹색 개구리가 앉아 있고 수련이 떠다니는, 꽤나 텅 비어 있는 수조. 그리고 그는 자신이 죽인 것이 마고라는 사실을 기억해냈다.

그는 손으로 목을 감싸 쥐고 수조를 응시했다. 마고! 아니, 대체 어떻게 된 거지? 그는 절대로 마고를 죽일 생각이 없었다, 그건 확실했다. 이런 엄청난 실수를! 하지만, 아니다, 그가 마고를 죽였다는 건 사실이 아니다. 끔찍하고 괴로운 악몽이다. 룩셈부르크 가든의 나무에 햇살이 비치는 모습이 보였다. 만약에 마고가 죽지 않았다는 증거가 필요하다면, 저 풍경보다 더 확실한 게 있을까?

하지만 다시금 생각해보면, 그녀가 집에서 사라진 지 상당한 시간이 흘렀다. 목소리를 들은 지도 거의 1년이 다 되어갔다. 따져보면 그녀가 죽은 것 같은 정황들이 제법 있었다.

하지만 그는 확실히 마고를 죽였다! 얼마나 바보 같은지! 그는 이제 그 상황을 완벽하게 기억해냈다. 그는 강둑이 황동으로 이루어진 강으로 마고와 함께 보트를 타고 나아갔다. 마고의 손에는 노가, 그의 손에는 줄에 매달린 잘생긴 물고기가 들려 있었다. 강 끝자락에는 반구형 철망을 씌운 댐이 있었다. 반대쪽 끝에 숨겨진 샘에서는 쉴 새 없이 거품이 올라왔다.

그는 마고를 바라보았다. 그러는 동안 마고의 손에서 노가 부드럽게 미끄러지며 떨어져 강물 아래로 가라앉았다. 보트 반대편에서는 줄에 매인 물고기가 그의 손을 자연스럽게 벗어나 물에 빠졌다. 그러다 그는 강물의 수면이 갈수록 낮아지는 것을 눈치채고 불안해졌다. 그는 강둑을 바라보았다. 마치 황동으로 만든 높은 벽처럼 생긴 둑이었다. 그는 다시 강을 바라보았다. 꼭 수프 접시처럼 수위가 얕아져 있었다.

그는 마고를 물에 빠뜨려 죽이려면 서둘러야겠다고 생각했다. 곧 그녀를 익사시킬 만큼의 물이 남아 있지 않을 테니까. "하지만 나는 마고를 익사시키고 싶지 않아!" 그는 항의했다. 그러나 남자는 계속해서 수염패랭이꽃 줄기로 테이블을 두드렸다. 그리고 장피에르는 그렇게 말하면서도 보트 끝에서 손을 뻗어 양손으로 마고의 허리를 쥐고 수면 아래로 밀어 넣었다.

마고의 나긋나긋한 신체는 장피에르의 손아귀에 잡힌 채 강력하게 휘어졌다. 그는 마고의 유연함에 경악했다. 여섯 개의 스트랩이 달린 우아한 에나멜 구두를 신은 그녀의 발이 수면 위로 올라왔고 발목이 서로 교차했다. 심지어 그녀의 머리도 젖지 않았다. 그럼에도 생명의 기운이 그녀에게서 빠져나왔다. 생기가 수면 위로 멋진 색의 거품을 올려 보내며 햇살 아래 드러났다.

장피에르는 룩셈부르크를 바라보았다. 하얀 드레스를 입은 어린아이가 줄에 매달린 파란 풍선을 든 채 문을 통해 정원으로 들어갔다. 장피에르는 미소를 지으며 하늘로 날아가는 풍선을 쳐다봤다.

저쪽에서는 흰색과 자주색 꽃송이가 백합처럼 춤추는 나무 아래에 하얀 원피스를 입고 챙에 장미를 잔뜩 얹은 분홍색 모자를 쓴 마고가 영원히 앉아 있었다. 그녀의 머리 위로 손목에 줄로 묶어둔 파란 풍선이 영원히 떠 있었다.

그녀는 그와 아주 가까운 곳에 있었다. 아주 잠깐이면 그녀에게 다가가 모자를 들어 올리며 '아가씨, 옆에 앉아도 될까요?'라고 말할 수 있었다.

그들 사이로는 황동 강둑의 수위가 문 앞의 연석까지 올라와 만들어진 영원히 흐를것만 같은 강물에 햇빛이 빛나고 있었고, 수영을 하기에는 너무나 넓은 강물 속은 굴러가는 모터 버스와 흔들리는 붉은 택시로 가득 찼다. 사람들은 노를 저으며 창문 밖을 지나쳐 이리저리 흘러갔다. 신부는 퍼덕이는 가운을 입고서 발아래 놓인 사각형 보트를 밟고 항해에 나섰다. 어린 소녀는 눈을 감고 바구니에 탄 채로 표류했다. 소녀의 손에는 갈색 카네이션이 가득 쥐여 있었다. 짧은 망토에 굵은 주름을 잡은 헌병 둘이 지나갔다.

헌병이 등장하자 장피에르는 심하게 동요하며 창문에서 한 발짝 떨어졌다. 분명 지체 없이 바로 해야 할 일이 있었지만 그게 뭐였는지 도통 기억나지 않았다. 마고의 기억이 날카로운 부리를 가지고 마음속으로 날아 들어왔다. 그는 머리 위로 팔을 휘저어 그것들을 놀래켜서 쫓아냈다. 그는 해야 할 일이 있었고, 즉시 실행해야 했다.

뭔가가 그의 어깨를 가볍게 건드렸다. 그는 기어 들어가는 비명을 내지르며 발꿈치로 돌아섰다. 뒤에 있는 건 그저 벽이었다. 그가 벽에 닿을 때까지 물러선 것이었다. 그러나 그는 혼잣말을 중얼거렸다. "이건 벽일 뿐이야." 그리고 소매로 이마를 닦은 후 양옆으로 하나씩 늘어선 헌병 두 명을 보았다. 오른쪽에 선 헌병이 반대쪽 헌병에게 말했다.

"이 사람이 그 사람이야, 아내를 수프 접시에 빠뜨려서 죽인 남자."

그러나 다른 헌병이 대답했다. "아니야, 이 사람은 아내의 머리를 칼로 두들겼어. 양파 껍질을 보지 못한 거야?"

그리고 처음으로 장피에르는 두 사람에게 달린 붉은 수염을 보았고, 그가 졌다는 것을 알았다.

"이리와, 친구." 그들은 그렇게 말하더니 뒤로 물러났고, 장피에르는 혼자 남아 서 있었다.

느닷없이 그가 서 있던 바닥이 발아래 놓인 양탄자를 휙 잡아당긴 것처럼 뒤쪽으로 빠르게 이동했고, 그는 얼굴을 아래로 향한 채 넘어졌다. 그의 목덜미로 차가운 바람이 밀려 들어왔다.

"아니야, 그럴 수 없어!" 그는 비명을 지르고 격렬하게 구르며 부엌으로 뛰어 들어가 문에 빗장을 질렀다.

그는 문 뒤에 무릎을 꿇고 열쇠 구멍을 통해 그들에게 말했다.

"선생님," 장피에르가 말했다. "2층에 있는 제 방에 제 머리만큼 큰 멜론이 파이프 굵기만 한 크기의 목을 가진 병에 얹혀 있습니다. 파리의 불가사의지요. 어쩌다 그것이 거기 있게 된 것인지 알아내는 사람에게 제가 1만 프랑을 드리겠습니다."

그리고 그는 큰 소리로 낄낄거리기를 어찌 멈추지 못하며 열쇠구멍에 귀를 대고 엿들으려 애썼다.

순간 그는 계단을 오르는 그들의 발소리를 들었다.

그는 그들이 올라가는 발소리에 맞춰서 계단의 개수를 세며 머리를 끄덕거렸다. 그들이 2층에 도착했다는 사실을 깨닫자 조용히 앞으로 미끄러져 나와 계단 문에 빗장을 질렀다.

그의 머리는 매우 맑았다. 어깨에 달린 풍선만큼이나 가벼였다. 그는 반드시 해야 할 일이 무엇인지 정확하게 알고 있었다. 그는 시체를 묻어서 모든 죄책감의 흔적을 지우고 도망가야 했다. 더는 시간을 지체할 수 없었다. 그는 모자와 코트를 걸려 있던 못에서 꺼내어 정문 앞의 의자에 올려놓고 준비를 마쳤다. 그리고 부드럽고 신속하게 부엌으로 향했다.

그는 식탁에서 부러진 등뼈 여섯 개와 큰 칼, 씻지 않은 접시를 모았다. 스토브에서 기름진 팬을, 바닥에서 부서지고 핏자국이 가득한 머리를 들어올렸다. 그는 모든 물건을 신문지에 싸서 의자에 올려놓고 옷을 덮어 가렸다.

들어봐! 방 위에서 들려온 발소리였나? 아니야.

그는 급하게 식탁을 청소하며 마지막 기름얼룩이 사라질 때까지 초조하게 행주로 닦고, 바닥의 커다란 얼룩을 문질러 없애고 부엌을 정돈했다.

들어봐! 방 위에서 들려온 발소리였나? 아니야.

그는 의자에서 신문 봉지를 집어 들고 앞치마로 가려서 보이지 않게 한 다음 마른 흙과 시든 줄기로 가득한 화분과 빈병, 철사가 부서지고 녹슨 새장을 쌓아두는 레스토랑 뒤편의 작은 텅빈 뜰로 나갔다.

그곳에 짐을 내려놓은 장피에르는 한 시간 동안 공포에 떨며 땀을 흘리고 노역을 해서 필요한 것보다 훨씬 깊게 판 구멍에 물건을 묻었다.

오후가 지나가고 저녁이 찾아왔다. 옆집 카페 이름 위에 조명이 켜졌다. 거리 위쪽에서도 다른 불이 밝혀졌다. 거리가 불빛으로 반짝였다. 거리를 오가고 테이블에 앉아 밥을 먹으며 대화를 나누는 사람들로 거리는 활기를 띠었다.

낚시하는 고양이 레스토랑에서는 어둠 속에서 황혼이 짙어지다 곧 어두움이 암흑이 되었지만 불은 켜지지 않았다. 문은 활짝 열려 있었다. 밤바람이 문을 통해 들어와 빈방으로 흘러갔다.

자정 무렵 어둠에 잠긴 레스토랑의 문이 열린 모습을 보고 헌병이 다가와 열린 문을 두드리며 사람을 찾았다. 아무런 대답이 없었다.

그는 문을 닫고, 가던 길로 발걸음을 옮겼다.

Clerical Error

제임스 굴드 커즌스

(1903-1978)

—

1949년, 소설 부문에서 퓰리처상을 수상했다. 1924년 하버드 대학교 2학년에 재학 중에 그의 첫 소설 『혼란Confusion』으로 작가 세계 입문을 하며 문재를 인정받았다. 그 후 제2차 세계대전 참전 경험이 그의 작품 세계의 기 적인 바탕이 되었다. 커즌스의 대표작, 『사랑에 사로잡혀서By Love Possessed』는 당시 34주 연속 뉴욕타임즈 베스트셀러 목록에 오르는 경이적인 기록을 세웠다. 그의 소설은 현대 문학의 경향에 따르지 않고, 익숙하지 않지만 전통적인 기존의 문학 구조 및 보수적인 테마의 사용을 특징으로 한다. 「기밀 고객Clerical Error」은 1935년 작이다.

기밀 고객

거리로 접한 문을 열고 세 부분으로 나뉜 층계를 내려간다. 양측 벽을 가득 채운 책장 사이로 약 20미터에 달하는 좁고 긴 내부를 지나면 작은 사무실이 나오고, 흐릿한 책상 불빛 아래 업무를 보고 있는 덩치 큰 누리끼리한 남자가 보인다. 그는 정문이 열리는 소리에 고개를 들어 안경을 통해 진원지를 진지하게 확인했다. 하얗고 작은 콧수염을 짧게 깎은 올곧은 자세의 마른 신사 한 명이 '어떤 책이든 50센트'라는 표지판을 내건 탁자 옆에 서 있는 것을 본 그는 다시 책상 앞에 놓인 종교 주간지로 관심을 돌렸다. 그는 옆에 둔 수첩에 필요한 내용을 끼적이면서 부고 기사를 읽었다. 업무를 끝내고 다시 올려다보자, 하얀 콧수염의 신사가 가게를 따라 들어와 책상 앞에 서 있었다.

"네, 손님?" 그는 주간지와 수첩을 옆으로 밀치면서 말했다. "무엇을 도와드릴까요?"

하얀 콧수염의 신사는 날카로운 눈으로 그를 응시했다.

"이 가게 주인이신가요, 조레스 씨?" 그가 말했다.

"예, 손님, 그렇습니다."

"그런 것 같군요. 내 이름은 잉갤, 잉갤 대령이오."

"만나서 반갑습니다, 대령님. 무엇을……."

"제 이름을 듣고도 떠오르는 게 전혀 없으신가 보군요."

조레스는 안경을 벗고 그를 탐색하듯이 쳐다봤다. "아니요, 대령님. 떠오르는 게 없습니다. 잉갤이라. 아니요. 저는 그런 이름을 가진 분을 전혀 모릅니다."

잉갤 대령은 지팡이를 겨드랑이에 끼우고 안쪽 호주머니에서 봉투를 꺼냈다. 그는 봉투에서 종이 한 장을 꺼내서 편 다음 잠시 쏘아보더니 책상에 던졌다. "아마," 그가 말했다. "이것이 기억을 되살리는 데 도움이 될 거요."

조레스는 잠시 코를 찡긋거리면서 잉갤 대령을 더욱 진지하게 응시하다가 다시 안경을 썼다. "오!" 그가 말했다. "수표군요. 맞습니다, 실례했습니다. 한 번도 직접 만나보지 못한 손님과는 편지만으로 사업을 하고 있지요. '세인트 존스의 교구 목사관, 고프리 잉갤 목사 선생', 아, 맞아요, 맞습니다."

"고인이 된 잉갤 선생은 내 형이었소. 이 수표에는 확연히 어떤 오류가 있었던 게 틀림없소. 그는 절대 이런 책을 주문하지도, 받아서 읽고 싶어 하지도 않았소. 당연히 그런 책이 형의 유품 속에서 발견되지도 않았고."

"흠," 조레스가 말했다. "네, 그래요." 그는 항목별로 나뉜 목록을 읽으면서 민망한 듯 헛기침을 했다. "알겠습니다. 저기, 잠시 제 기록을 좀 확인해보겠습니다." 그는 망가진 2절판 크기의 대형 책자를 뒤편 책꽂이에서 끄집어냈다. "G, H, I—" 그가 중얼거렸다. "잉갤. 아, 네……."

"그럴 필요 없소." 잉갤 대령이 말했다. "이건 당연히 오류요. 내가 보기에는, 매우 이상한 오류구려. 좀 더 신중하게 장사에 임하기를 강력하게 충고하는 바요. 만약에 남몰래 이런 종류의 책을 팔아서 본인의 평판을 떨어뜨리겠다면 그건 당신 자유요. 하지만……."

조레스는 고개를 연신 끄덕인 다음 의자 등받이에 기댔다. "음, 대령님." 그가 말했다. "물론 그런 의견을 가지시는 건 자유입니다. 저는 고객의 취향에 왈가왈부하는 사람이 아닙니다. 자, 이건 제가 보기에 의심할 여지도 없이 이 출처가 가리키는 곳에서 책 주문이 들어온 것 같군요. 저번 5월 15일에 주문을 받았습니다. 아마 책은 벌써 도착했겠지요. 그건 제 소관이 아닙니다. 하지만 대령님이 말씀하시는 오명이라는 관점에서 살펴보자면, 저는 이러한 문학을 주문하는 분들은 주로 사적인 장소에 숨겨두고 몰래 읽는 경향이 있다고 말씀드리겠습니다. 저는 지난 8개월간 계산서를 보냈지만

한 번도 돈을 받지 못했습니다. 물론 저는 손님이, 앞서 말씀하셨듯이 고인이 되신 걸 몰랐습니다. 그래서 이 마지막 청구서로 법적 조치를 취한 것이지요. 삼가 조의를 표……."

"이 지독한 날도둑 놈!" 잉갤 대령이 소리쳤다. "당신은 정말로 잉갤 선생이 이런 책을 구입했다고 계속해서 강력하게 주장할 생각인가? 내가 한마디 하겠는데……."

조레스가 말했다. "존경하는 대령님, 잠시 기다려주십시오, 부탁입니다! 그렇게 확신하실 수 있으십니까? 저는 구매자에 대한 의견은 아무것도 밝히지 않았습니다. 저는 뭘 주장할 생각을 하는 것이 아니라, 그저 물건을 발주했으니 돈을 받을 자격이 있다고 말하는 것뿐입니다. 저는 가난한 사람입니다. 손님이 저에게 돈을 지불하지 않으면, 제가 어떻게 할 수가……."

"이, 비열한 사람 같으니……."

조레스는 손을 들어 보였다. "제발, 제발!" 그가 항의했다. "정말 불공평하고 정당하지 않은 태도를 보여주고 계십니다, 대령님. 이건 오랫동안 지속되어온 거래입니다. 저는 그동안 아무런 조치도 취하지 않고 기다렸습니다. 저는 만약에 이런 종류의 서적 청구서가 세상에 드러날 경우 많은 손님에게 불쾌한 사건을 야기할 수 있다는 것을 잘 알고 있습니다. 하나도 특별할 게 없는 상황입니다, 대령님. 제 기밀 고객 목록을 보시면 분명 놀라실 겁니다."

잉갤 대령은 신중하게 말했다. "형님의 기존 주문서를 보여주시겠나."

"아," 조레스가 입술을 오므리며 말했다. "치사하시군요, 대령님. 제가 그런 서류를 가지고 있지 않을 거라는 점은 잘 알고 계시지 않습니까. 문제를 일으킬 수 있는 요소를 모아 둔다니, 제가 저지를 수 있는 한 가장 경솔한 짓일 겁니다. 저는 상황에 따라서 법적으로 유효하게 사용할 수 있는 청구서 사본을 가지고 있습니다. 제 입장을 이해하시겠지요."

"확실히," 잉갤 대령이 말했다. "더러운 파렴치한이자 불한당의 입장이라는 건 잘 알겠네. 자네를 몽둥이질하는 기쁨을 기꺼이 맛봐야겠군." 그는 겨드랑이에 끼웠던 지팡이를 휘둘렀다. 조레스는 잽싸게 자리에서 빠져나와 책상에서 전화기를 집어든 채로 의자를 걷어차 대령의 진로를 방해했다.

"교환원," 그가 말했다. "경찰을 불러주게." 그리고 그는 서랍을 잡아 열어 권총을 꺼냈다. "자, 손님," 그가 벽에 등을 댄 채로 말했다. "경찰이 금방 올 겁니다. 저는 당신의 비난을 꽤나 참아 넘겼습니다만, 어디에든 한계라는 게 있지요. 지체 높으신 분인 만큼 화를 내시는 이유는 백번 이해하지만, 지금 취하신 행동의 변명은 되지 못합니다. 당장 여기서 나간 다음 제가 청구한 금액에 합당한 수표를 보내주신다면 굳이 더 이야기를 나눌 필요도 없을 겁니다."

잉갤 대령은 지팡이를 단단히 휘어잡았다. "여기서 경찰관을 기다리도록 하지." 그는 놀라울 만큼 평정을 되찾은 채로 말을 이었다. "내가 너무 서둘렀군. 놀랄 만하다는 당신이 말하는 소위 말하는 고객 목록을 생각해보면, 의심할 여지없이 다른 사람들도……."

느닷없이 대령의 지팡이가 허공으로 날렵하게 뛰어올라 조레스의 손목을 가격했다. 권총이 허공을 날아 바닥에 떨어졌고, 잉걸 대령은 발로 총을 멀리 차냈다. "이런 책은 성직자의 친지들이 세상에 드러내고 싶어 할 만한 종류가 아니지? 누군가의 부고 기사를 발견했다면 청구서 보내기를 망설일 이유가 어디 있겠는가? 대부분 분명히 돈을 내고 입을 다물었겠지. 정말 기발한 계획이네, 선생."

조레스는 손목을 움켜쥐고 움찔거렸다. "도대체 이해할 수 없는 헛소리군." 그가 말했다. "어떻게 감히……."

"그렇지?" 잉걸 대령이 말했다. "평범한 상황이었다면 아마 나도 어쩔 줄을 몰랐을 거야, 선생. 하지만 이 경우에는 당신이 실수했어! 나는 형님이 당신에게 이상야릇한 책을 주문하지도, 그것을 사적인 공간에 숨기거나 몰래 읽지도 않았을 거라고 확신할 수 있다네. 분명 부고에는 언급하지 않았지만, 잉걸 선생은 사망하기 15년 전에 불행히도 완전히 눈이 멀고 말았거든……. 저기에, 선생 당신이 부른 경찰이 왔구먼."

10

퓰리처상 수상 작가
마크 코널리Marc Connelly

Coroner's Inquest

마크 코널리

(1890–1980)

—

1930년, 『푸른 목장 The Green Pastures』으로 퓰리처상을 받았다. 또한 다른 작품으로 아카데미 각색상과 토니상 남우주연상 후보에 오르는 쾌거를 이뤘다. 코널리는 도로시 파커, 조지 코프먼 등 1900년대 초기 미국 문학의 중심 역할을 했던 작가·배우·에디터·비평가 등으로 이루어진 명사 모임, '앨곤퀸 라운드 테이블(Algonquin Round Table)'의 일원으로서 당대 문화 발전에 기여도를 높였다. 코널리는 본 수록작 「사인 심문 Coroner's Inquest」으로 '오 헨리 문학상'을 수상하기도 했다.

사인 심문

"성함이 어떻게 되시죠?"

"프랭크 와인가드입니다."

"어디에 거주하시죠?"

"웨스트 55가의 185번지입니다."

"어떤 일에 종사하십니까?"

"〈헬로, 아메리카〉 무대감독입니다."

"제임스 다월의 고용주이십니까?"

"그렇다고 할 수 있죠. 우리 둘 다 연출가인 벤더 씨 밑에서 일하지만, 저는 무대 뒤를 책임지고 있습니다."

"시어도어 로벨은 아십니까?"

"네, 그렇습니다."

"같은 회사에 근무하는 사람인가요?"

"아닙니다. 우리 극단이 처음 리허설을 시작할 때 그를 만났습니다. 대략 석 달 전쯤, 그러니까 6월이었지요. 난쟁이 역할 배우 모집 공고를 내자 로벨과 지미가 다른 난쟁이 배우 한 무리와 함께 찾아왔습니다. 로벨은 우리가 원하는 역할을 하기에는 너무 키가 컸어요. 그 이후로는 지난 화요일에 저희가 사건 현장인 집에 찾아갈 때까지 한 번도 본 적이 없습니다."

"선생님께서 시체를 발견하셨지요?"

"네, 그렇습니다. 파이크 부인과 함께 목격했습니다."

"당시 둘 다 사망한 상태였나요?"

"네, 그렇습니다."

"어쩌다 저지시티까지 찾아가게 되셨습니까?"

"아, 월요일에 지미가 극단에 나타나질 않아서 개막 시간 즈음에 집으로 전화를 걸었습니다. 파이크 부인이 둘 다 외출 중이라고 하기에 지미든 로벨이든 집에 돌아오면 저에게 연락을 달라는 전갈을 남겼습니다. 그러고 나서 화요일 아침이 되자 파이크 부인이 전화를 걸어서 그 방에 들어가려고 했지만 빗장이 걸린 상태였다고 알려주시더군요. 다른 거주인이 죄다 부재중이라 혼자 집에 있기 무섭다고 하셨습니다.

저는 뭔가가 조금 잘못되었다는 우려가 들었습니다. 그래서 기다리시라고 말한 다음 저지시티로 지하철을 타고 찾아갔지요. 도착한 시각은 정오 즈음이었습니다. 파이크 부인과 저는 함께 방으로 올라갔고, 제가 문을 부수고 들어갔습니다."

"거기서 이 칼을 발견하셨나요?"

"네, 그렇습니다. 지미 옆에서 한 발짝 정도 떨어진 곳의 바닥에 있었습니다."

"뭔가가 잘못되었다는 우려라고 하셨죠? 그건 무슨 뜻인가요?"

"지미에게 무슨 일이 생긴 것 같다는 느낌을 받았다는 뜻입니다. 물론 이 정도의 사건을 생각한 건 아닙니다. 하지만 저는 그가 최근 들어서 우울해한다는 사실과, 로벨이 그가 힘을 내는 데 전혀 도움이 되지 않는다는 점을 알고 있었거든요."

"그들이 서로 다퉜다는 뜻인가요?"

"아닙니다. 그저 둘 다 우울해하고 있었습니다. 로벨이 우울에 시달린 지는 꽤 되었지요. 로벨은 지미의 매부입니다. 역시 난쟁이인 지미의 여동생과 약 5년 전에 결혼을 했는데, 안타깝게도 1년여 후에 여동생이 죽고 말았지요. 그 전부터 여동생 부부와 함께 살았던 지미는 여동생이 죽고 난 후 로벨과 함께 파이크 부인의 건물에 방을 구해서 함께 지내왔습니다."

"이러한 사정은 어떻게 알게 되셨죠?"

"저는 지미와 극단에서 꽤 친하게 지냈습니다. 지미는 작고 좋은 친구인 데다 제가 일자리를 준 것에 대해 매우 감사하게 여겼습니다. 2막의 동양식 장면에 등장할 난쟁이 배우는 고작 한 명이었는데, 에이전시가 열다섯 명을 보내왔거든요. 감독인 게링 씨는 바쁘다면서 저보고 캐스팅을 하라고 했고, 저는 제일 키가 작은 지미를 선택했지요.

서로 친해지고 나자 지미는 저에게 채용해줘서 고맙다고 말했습니다. 그 전까지 거의 1년간 아무 일도 못했다고 하더군요. 지미는 서커스나 박물관에서 난쟁이 역할을 하기에는 키가 큰 편이라, 뭐든지 들어오는 일이라면 냉큼 하고 있었답니다. 어쨌든 우리는 시간이 지날수록 더 친해졌고, 지미는 저에게 매부에 관한 사정을 전부 알려줬습니다."

"본인과 매부 사이에 악감정이 있다는 식의 이야기를 내비친 적은 없습니까?"

"아니오, 없습니다. 지미가 로벨에 대해서 험한 말을 한다는 건 전혀 상상할 수도 없군요. 사실 제가 보기에 지미는 매부에게 상당히 애정을 가진 편이라, 도울 수 있는 일이 있다면 뭐든지 했을 겁니다. 로벨은 지미보다 상황이 더 좋지 않았습니다. 2년 넘게 일자리를 구하지 못해서 지미가 거의 먹여 살리고 있었지요. 지미는 로벨이 늦성장을 맞이한 이후 얼마나 침체되었는지에 대해 자주 이야기했습니다."

"늦성장요?"

"네, 늦성장 말입니다. 난쟁이들 사이에서는 종종 일어나는 일이라고 듣기는 했지만, 실제로 경험담을 들려준 건 지미가 처음이었습니다. 보통 난쟁이는 열넷에서 열다섯 살까지 성장한 다음 평생 그 키로 살지만, 때때로 개중에 서른 즈음이 되면 다시 성장을 하는 사람이 있고, 1~2년 사이에 30센티미터에서 그 이상까지 크기도 한다고 들었습니다. 그렇게 자라고 나면 영원히 그 키에 머무릅니다. 하지만 더 는 난쟁이처럼 보이지는 않지요.

3년쯤 전에 로벨에게 늦성장이 찾아왔습니다. 당연히 일자리를 구하기 어렵게 되었고, 상당히 타격이 컸지요.

지미와 파이크 부인의 말에 따르면, 로벨은 항상 늦성장 이야기를 했다는 것 같습니다. 로벨은 일주일에 두 번 찾아와서 뉴욕의 에이전시를 만나곤 했지만, 일자리 의뢰는 전혀 없었지요. 그걸 확인하고 나면 다시 저지시티로 돌아갔습니다. 지미는 연극에 출연하게 된 이후로 뉴욕에 자주 올라와 외곽에 거주하는 사촌이나 지인 집에 머물렀기 때문에, 로벨은 거의 대부분 혼자 시간을 보냈습니다.

최근 들어서는 로벨이 거의 뉴욕에 찾아오지 않았습니다. 하지만 지미는 매주 토요일 밤에 저지시티로 돌아가서 월요일까지 로벨과 함께 시간을 보내며 기운을 북돋아주려고 애썼죠. 매주 일요일이면 함께 산책을 하고 영화를 봤습니다. 제 생각에는 로벨이 지미와 함께 거리를 걸으면서 서로의 키 차이를 절절히 깨달았던 것 같아요. 아마 두 사람이 사망하게 된 제일 큰 원인은 그게 아닐까 싶습니다."

"무슨 뜻이죠?"

"음, 앞서 말했듯이 지미는 로벨을 측은하게 여겨서 힘이 되려고 애썼어요. 아마 서로를 먹여 살리는 것은 일을 하고 있는 지미 쪽이고, 앞으로도 지미는 단순한 삶의 이치에 따라 계속 일을 할 수 있을 테지만, 로벨은 언제까지나 너무 키가 큰 난쟁이로 살 거라는 사실을 둘 다 깨달았을 겁니다. 분명 그런 생각이 로벨의 마음속을 너무나 간단하게 깊이 파고들었겠지요.

그리고 3주 전 월요일, 지미는 눈앞이 캄캄해지기 시작했습니다.

당시 저는 무대 입구 바깥쪽에 서 있었습니다. 대략 7시 30분 즈음이었죠. 지미가 골목을 따라 걸어 내려왔습니다. 보통 작은 지팡이를 흔들면서 꽤나 활기차게 걸어오던 지미가 바닥을 멍하니 바라보고 있어서 뭔가 이상하다고 생각했습니다. 그래서 저는 말을 걸었습니다. '오늘 기분은 좀 어때, 지미?' 지미는 '별로 좋지 않습니다, 와인가드 씨'라고 대답했지요. 그래서 저는 다시 되물었습니다. '왜, 무슨 일인가, 지미?' 이번에는 정말로 무슨 일이 생겼다는 걸 확실하게 느낄 수 있었습니다.

'무섭습니다.' 그가 말했어요. 그래서 제가 물어봤죠. '왜?'

'저, 다시 키가 크기 시작했어요.' 지미가 말했습니다. 마치 일주일 내로 틀림없이 사망하는 중병에 걸렸다는 사실을 방금 알아낸 사람 같았죠. 덜덜 떠는 것처럼 보였습니다.

'무슨 소리야, 말도 안 돼, 지미.' 제가 말했습니다. '키가 자랄 리가 없잖아.'

'아니오, 자라고 있어요.' 지미가 말했습니다. '저는 서른한 살이고, 제 매부가 그랬던 것처럼 늦성장을 하는 거예요. 제 아버지도 그랬지만, 아버지네 식구한테는 재산이 있었으니까 상관없었어요. 하지만 저는 달라요. 저는 계속 일을 해야만 합니다.'

지미가 계속 그런 상태이기에, 저는 마음을 좀 편하게 만들어주려고 노력했습니다.

'내가 보기에는 괜찮은 것 같은데.' 제가 말했습니다. '원래 키가 얼마였나?'

'94센티미터입니다.' 지미가 말했습니다. 그래서 저는 '소품실로 가서 키를 재주겠네.'라고 제안했습니다.

그는 펄쩍 뛰며 뒤로 물러났습니다. '아니요,' 지미가 말했습니다. '저는 알고 싶지 않아요.' 그리고 미처 설득하기도 전에 탈의실로 가버렸습니다.

지미는 일주일 내내 심히 우울해 보였습니다. 다음 월요일 저녁에 모습을 드러냈을 때에는 거의 창백하게 질려 있었죠.

저는 지미가 화장을 하려고 계단을 오르고 있을 때 그를 잡아챘습니다.

'그만 생각하고 힘을 내.' 제가 말했습니다. 저는 지미가 제 손에서 벗어나 도망치려 할 거라고 생각했지만, 그러지 않더군요. 대신 마치 제가 이해하지 못할 거라는 듯이 웃어 보였습니다. '소용없어요, 와인가드 씨.' 마침내 지미가 입을 열었습니다.

'내 얘기를 들어봐.' 제가 말했습니다. '자네, 그 매부와 함께 있었지. 안 그래?' 지미는 그렇다고 하더군요. '그래.' 제가 말을 이었습니다. '그래서 자네가 키를 신경 쓰게 된 거야. 내가 듣기에도 그 매부는 본인의 불운을 너무 자주 언급하던데, 그래서 자네까지 꺼림칙하게 된 거야. 이번 주말에는 그와 좀 떨어져 있도록 해.'

지미는 잠시 말없이 가만히 서 있었습니다. 그러더니 입을 열었습니다. '그건 좋지 않아요. 로벨은 집에 혼자 있으니 친구가 필요합니다. 그리고 어차피 이건 제 문제고요. 저는 이미 5센티미터 가까이 자랐어요.'

저는 그를 살펴봤습니다. 꽤 애처로워 보이긴 했지만 그 외에는 별다른 변화를 느낄 수 없었습니다.

제가 말했습니다. '키를 재보기는 했나?' 지미는 아니라고 하더군요. 그래서 제가 물었습니다. '그러면 대체 어떻게 알 수 있는 건가? 바지 빼고는 옷도 여전히 잘 맞는 듯하고, 솔직히 바지는 좀 커 보이는데.'

'제가 멜빵을 조정해서 조금 길게 늘였어요.' 지미가 말했습니다. '그리고 이 바지는 항상 제 치수보다 조금 컸습니다.'

'가서 확인해보세.' 제가 말했습니다. '나한테 긴 자가 있으

니까 정확하게 확인해보자고.'

하지만 아마 지미는 현실을 직시하기가 너무 무서웠나 봅니다. 그러겠다고 말하지 않더군요.

그러고서 지미는 일주일 내내 저를 피해 다녔습니다. 지난 토요일 저녁이 되어서야 저는 극장을 떠나는 지미와 맞닥뜨렸습니다. 저는 그에게 기분은 좀 나아졌냐고 물었죠.

'저는 괜찮습니다.' 지미가 말했습니다. 겉으로는 정말 죽을 만큼 무서워 보였지만요.

화요일에 파이크 부인의 전화를 받고 나서 저지시티로 향하기 전까지는 그게 마지막으로 지미를 본 순간이었습니다."

"순찰 경찰관 고를리츠는 자신이 도착했을 때 시체 두 구가 각각 방의 반대편 끝에 있었다고 증언했습니다. 와인버그 씨가 강제로 문을 열고 들어갔을 때도 그 상태였습니까?"

"네, 그렇습니다."

"검시관은 두 명이 모두 같은 종류로 보이는 칼에 의한 상처로 사망했다고 진술했습니다. 와인버그 씨는 다월이 쓰러졌을 때 손에서 칼을 떨어뜨렸을 거라고 생각하십니까?"

"네, 그렇습니다."

"와인버그 씨는 지금 다월이 일자리를 잃을 거라는 공포 때문에 두 사람이 자포자기했을 거라고 주장하시는 겁니까?"

"아닙니다. 저는 전혀 그렇게 생각하지 않습니다."

"그건 무슨 뜻입니까?"

"저, 파이크 부인과 함께 방에 들어갔을 때, 저는 그 칼을 발견하고 부인에게 이들이 가지고 있기에는 조금 독특한 칼이라고 말했습니다. 보시면 아시겠지만 푸주칼이지 않습니까. 그러자 파이크 부인이 몇 주 전에 부엌에서 저 칼을 잃어버렸다고 하시더군요. 로벨이나 지미가 가져갔을 거라고는 생각도 하지 못했다고요. 그때 저도 로벨이나 지미가 칼을 훔쳤다는 게 이상하게 느껴졌습니다. 그러다 지금까지 있었던 일들을 전부 끼워 맞추고서야 무슨 일이 벌어졌는지 알게 되었습니다. 침대에 놓여 있던 부러진 작은 지팡이를 보셨나요?"

"이거 말씀인가요?"

"네, 맞습니다. 그러니까, 저는 지미가 다시 크기 시작했다는 말을 전혀 믿지 않았습니다. 그래서 파이크 부인이 잃어버린 칼 이야기를 했을 때 곰곰이 그간의 사건을 따져보았습니다. 제 생각에는 지미가 우연히 그걸 발견하고 나서 오 분쯤 후에 칼을 휘두르지 않았을까 싶어요."

"우연히 뭘 봤다는 거죠?"

"그러니까, 로벨이 살짝 머리가 이상해진 거죠. 아마 그가 미리 칼을 훔쳐서 지미 몰래 숨겨뒀을 겁니다. 지미는 칼을 발견하고서 로벨이 이걸로 뭘 하는 중인지 알 수 없어서 이상하게 여겼지요. 로벨이 털어놓기를 거부해서 지미가 혼자 알아냈거나, 어쩌면 로벨이 솔직하게 고백했을 수도 있습니다. 어느 쪽이든 간에 지미는 지팡이를 확인했습니다. 항상 손에 쥐고 다니던 그 지팡이 말입니다. 그동안 로벨이 지미가 보지 않을 때를 틈타서, 지팡이 끝부분을 칼로 조금씩 도려냈던 겁니다!"

11

퓰리처상 수상 작가

스티븐 빈센트 베네 Stephen Vincent Benet

The Amateur of Crime

스티브 빈센트 베네

(1898-1943)

—

44년의 길지 않은 생을 보냈음에도 불구하고, 많은 상을 수상한 소설가이자 시인. 17세에 첫 작품을 발표한 베네는 이후 퓰리처상을 두 번 수상했다. 그의 단편 「우는 여인들 The Sobbin' Women」이 아카데미상 수상작인 〈7인의 신부 Seven Brides For Seven Brothers〉의 원작으로 알려지면서 주목을 받았다. 영화화된 또 다른 원작 소설 『악마와 대니얼 웹스터 The Devil and Daniel Webster』는 그에게 '오 헨리 문학상'을 안겨주었다. 단편소설을 많이 집 한 작가의 「아마추어 범죄 애호가 The Amateur of Crime」는 1927년 작이다.

아마추어 범죄 애호가

"스칼렛 씨는 취미가 어떻게 되시나요?"

컬버린 부인은 가장 수줍음을 타는 손님에게 다정하게 말을 걸었다. 부인이 소문난 미소를 얼굴 가득 띠고서 그를 향해 고개를 돌리자 귓가에서 길고 달랑거리는 골동품 수정 귀걸이가 작은 별처럼 반짝거렸다.

"살인입니다."

안경을 쓴 올빼미처럼 지적인 인상에 영국식 야회복 상의를 차려입은 젊은이가 차분하게 대답했다. 컬버린은 기쁨에 찬 환성을 가볍게 내뱉었다.

규칙에 깐깐하게 매달리기로 유명한 집주인과 규칙을 깨부수기로 악명 높은 집주인이 공존하는 시대에, 컬버린 부인은 아무런 규칙도 인지하지 않는 듯한 안주인이라는 독특한 성격으로 유명 인사가 되었다. 그녀가 여름 한 철간 롱아일랜드 별장의 문을 여는 것을 축하하는 행사에 참석하기 위해 찾아온 사람들은 일부러 그렇게 만들기도 쉽지 않을 정도로 각양각색이었다. 하지만 컬버린 부인은 뭔가를 의도적으로 계획하는 사람이 아니었다.

이 특별한 초대 파티에는 다른 여러 사람과 더불어 미국에 대한 루리타니아 부채 위원회의 위원장인 루리타니아의 미르코 왕자, 특출하게 아름다운 왕자비, 루리타니아의 대사인 코소바 남작, 영화배우 데이지 딜라이트, 주교, 은행가, 군악대 지휘자, 당대 가장 유명한 전문 댄서, 막 사교계에 데뷔한 젊은 상류층 숙녀 둘, 여성 올림픽 다이빙 챔피언, 맹인 피아니스트, 자신을 맹수 사냥꾼이라고 뭉뚱그려 모호하게 설명한 랭 씨, 마지막으로 방금 컬버린 부인의 질문에 놀라 볼을 분홍색으로 물들인, 쥐색 머리칼과 큼직한 뿔테 안경 때문에 순진하고 솜털이 보송보송한 어린 부엉이처럼 보이는 젊은이가 있었다.

컬버린 부인은 그가 정확히 뭘 하는 사람이고 자신이 왜 그를 초대했는지 기억나지 않았다. 하지만 다른 손님에 대한 일도 자주 깜박깜박했기에 생각나지 않더라도 그다지 괘념치 않았다. 다만 그가 누구든지 간에 스칼렛은 침실에서 아편을 피우거나 자기 앞에 놓인 작은 은식기를 몰래 가져가려고 하지 않았고, 관대한 컬버린 부인은 본인이 유일하게 사회적 결례라고 생각하는 두 가지 비행을 저지르지 않는 것만으로도 충분히 만족스러웠다.

하지만 스칼렛이 살인을 언급하자, 컬버린 부인은 그를 새롭게 탐나는 눈으로 응시했다. 이번 롱아일랜드 별장 파티는 안타깝게도 실패의 구렁텅이로 위태롭게 달려가고 있었다. 주교는 진보파에 속하는 사람이었지만 댄서를 향해 더없이 종교적으로 눈썹을 치켜뜨곤 했다. 은행가는 줄기차게 통계학 이야기를 늘어놓았다. 올림픽 다이빙 챔피언은 독감에 걸려서 멋진 솜씨를 보여줄 수 없었다. 게다가 루리타니아인들은 서로 냉랭하고 정중한 태도를 고수해서 모임 전체에 불편한 기운을 드리웠다. 순간 컬버린 부인은 특유의 막연한 기억력을 되살려서 미르코 왕자와 코소바 남작 간의 까다로운 정치적 불화설을 떠올렸다.

하지만 지금 젊은 스칼렛이 예상치 못하게 본인의 독특한 취미를 고백하면서 그녀에게 저녁 파티의 애매한 분위기를 상쇄할 수 있는 천상의 기회를 선사했다. 부인은 식탁 끝까지 들릴 정도로 목소리를 높이며 신나 했다.

"참으로 독특하군요!" 부인이 즐겁게 말했다. "스칼렛 씨는 살인에, 아니 살인 사건에 대해서, 둘 중에 어느 쪽이죠? 아무튼 모든 걸 알고 계시군요. 뭐든지 간에 자세히 이야기해주세요!" 그녀는 허락을 내린다는 듯이 스칼렛의 팔을 도닥였다.

덕분에 순식간에 쏟아지는 눈길을 받으며 주목의 대상이 된 젊은이는 여느 때보다도 더 부엉이처럼 보이기 시작했다. 볼을 물들이던 옅은 분홍빛이 천천히 귀까지 퍼져나갔다.

"컬버린 부인은 저를 우쭐하게 만들어주시는군요." 그는 눈앞의 접시를 내려다보며 말했다. "살인이든 살인마이든, 딱히 제가 통달하고 있지는 않습니다. 하지만, 그렇죠, 저는…… 꽤 관심을 가지고 있습니다."

"당신은 탐정이지요, 스칼렛 씨, 그렇지 않습니까?" 미르코 왕자가 신중한 영어로 질문했다.

"아니오, 전하. 저는 그저 아마추어 범죄 애호가입니다."

왕자비가 아름다운 물결 같은 웃음을 한참동안 터트렸다. "아마추어 범죄 애호가라니!" 그녀가 외국식 억양이 진한 어투로 말했다. "생각해보세요, 미르코! 그 나이에 아마추어 범죄 애호가라니! 제가 보기에 당신은, 뭐라고 하더라? 미국 대학의 학부생일 것 같은데요, 스칼렛 씨?"

"그렇습니다, 부인. 월요일에 다시 대학으로 돌아가지요." 스칼렛이 눈에 띄게 겸연쩍어 하며 중얼거렸다. "하지만, 음, 어떤 전문가든 어린 나이에 시작하기 마련이지요, 그렇지 않습니까? 그리고…… 저에게는 특별한 기회가 좀 있었습니다. 일단 제 아버지께서 외교부에 근무하신 덕분에 어린 시절부터 여행을 많이 했지요."

미르코 왕자의 얼굴에 즐거운 표정이 떠올랐다. "만일 제

말이 맞는다면, 당신 아버지께서는 우리 수도의 부대사였지요. 스칼렛 씨, 어디 보자…… 제 아버지 시절에 말입니다.”

스칼렛은 고개를 빠르게 끄덕였다. “네, 왕자 전하. 저는 당시 엄청나게 흥분한 아이였지요. 하지만 왕자님의 아버님은 기억이 납니다.” 그가 웃었다. “저는 그분의 수염에 겁을 먹곤 했지요.”

“그리고 코소바 남작은, 기억하십니까?” 왕자가 신랄한 미소를 지으며 물었다.

“아마 아닌 것 같습니다, 왕자님.” 스칼렛이 쾌활하게 대답했다. “제 생각에 당시 코소바 남작은 루리타니아에서 멀리 떠나 있었지요.”

“저는 당시 유배 중이었습니다. 아주 부당한 유배 말이죠.” 키 큰 남작이 차갑게 말했다. 그와 미르코 왕자가 마치 가느다란 검이 챙 하고 부딪히듯 날카로운 눈빛을 주고받았다. 파티 장에 다시 한 번 거북한 기운이 내려앉았다.

“그래도, 스칼렛 씨, 저희에게 당신의 살인에 관한 이야기를 들려주세요!” 컬버린 부인이 밝게 말했다.

스칼렛은 소년다운 미소를 지었다. “엄밀히 말해서 제 살인은 아닙니다, 컬버린 부인. 저는 그저 제 마음을 이끄는 연구를 좀 했을 뿐입니다. 그러니까, 살인자는 괴상한 사람들이지만, 피살자는 더욱 기묘한 사람들이지요.”

“피살자?” 컬버린 부인이 숨을 내쉬었다. “피살자라고요?”

"네, 피어슨의 저서에서는 피해자를 그렇게 부릅니다." 스칼렛의 안경이 반짝 빛났다. "살해당하기 위해서 태어난 듯한 사람이지요. 살인마에게 비슷비슷한 저항할 수 없는 매력을 발휘하는, 배고픈 호랑이 앞에 선 통통하게 살찐 염소 같은 이들입니다."

"정말이지 무시무시한 이야기군요!" 컬버린 부인이 즐거워하며 말했다. "계속 이야기해주세요."

"흠." 피터 스칼렛이 말을 이었다. "런던의 재미슨 사건 얘기를 해볼까요. 재미슨 부인은 이상적인 피살자 유형이었습니다. 그녀에게는 윈 부인이라는 지인이 있었지요. 재미슨 부인은 윈 부인이 자신을 싫어한다는 사실을 잘 알고 있었습니다. 친구들에게 종종 그런 얘기를 했지요. 심지어 윈 부인은 기회만 있으면 분명히 자신을 죽일 거라고 여러 번에 걸쳐서 주장했습니다. 그렇지만 이해할 수 없는 이유로 그녀는 계속해서 윈 부인과 함께 차를 마시곤 했고, 물론 마침내 윈 부인은 재미슨 부인을 살해했지요."

"당해도 싸군요." 컬버린 부인은 반짝이는 미소를 지으며 말했다. "확신하건대, 만일 누군가가 나를 죽일 것 같다는 생각이 들었다면 난, 난 절대 그 사람을 저녁 식사에 다시 초대하지 않을 거예요!"

부인이 선언하자 모두가 한동안 키득거리며 웃었다. 하지만 피터 스칼렛은 태도를 흐트러트리지 않았다. "부인이라면 그러시겠지요, 왜냐하면 부인은 피살자가 아니니까요." 그가 말했다. "사람들은 대부분 그렇게 행동하지 않습니다. 보통 사람들은 절대 상피병에 걸리는 일도 없지요. 하지만 세상에는 양쪽 모두에 해당하는 사람들이 특정 비율만큼 존재합니다. 게다가 그 비율은 매우 뚜렷하기도 하지요. 물론," 스칼렛은 손바닥을 들어 올리며 말을 이었다. "세상에는 평범하고 일상적인 살인도 발생합니다. 하지만 저는 이 하나의 특정한 성향에 대해서 이야기하는 겁니다."

"그렇다면 당신은……." 랭이 음산하게 말했다. "그것 외에는 더없이 평범해 보이는 사람에게 살해당하는 성향이 있다는 것을 직접 진단할 수 있다고 생각하는 겁니까? 의사가 겉으로 보기에는 완벽하게 건강해 보이는 사람에게서 질병을 찾아내듯이?"

"제가 하고 싶은 일이 바로 그것입니다." 피터 스칼렛이 솔직하게 말했다. "오, 물론 특히 제가 말할수록 이 주장이 터무니없어 보인다는 것은 알고 있습니다. 하지만 만약에 이런 일이 가능해서 현대 과학이 당뇨병을 치료하듯이 피살자를 보호할 수 있다면, 그러면, 현존하는 살인마 중 절반은 사건을 저지를 일도 없겠지요!"

갑자기 컬버린 부인이 끼어들었다. "정말 기적적인 일이군요!" 그녀는 눈을 동그랗게 뜨고 말했다. "숫자나 찻잎으로 운명을 점치는 이야기와 비슷하게 들리지만, 훨씬 흥미로워요! 친애하는 스칼렛 씨, 가능하다면 부디 말해주세요, 우리 중에 혹시…… 피살자가 있나요?"

"솔직히, 말씀드릴 수 없습니다." 매우 불편해하던 스칼렛이 한참 끝에 대답했다. "그러니까, 혹시나 우리 중에 정말로 피살자 성향을 가진 사람이 있다 하더라도…… 흠, 의사가 내리는 진단이 은밀한 사적인 내용일 때가 있지 않습니까? 그게……." 확연히 그는 더 말을 잇고 싶지 않아 보였다.

그러나 컬버린 부인은 계속해서 밀어붙였다. "하지만 살짝 귀띔해줄 수 없으신가요?" 요청이 끈질기게 이어졌다. "아주 사소한 거라도 좋아요! 정말 대단한 이야기잖아요!"

스칼렛의 눈길이 초조하게 식탁 위아래를 헤맸다.

"으음……." 그는 애절하게 말을 꺼내다 멈칫했다.

"두려워하지 말고 말해주십시오!" 느닷없이 미르코 왕자가 불쑥 도발적인 발언을 했다. "만일 제가 잔인하게 살해당한다면, 여기저기에 기뻐할 만한 사람이 여럿 있겠지요."

"그리고 우리나라에는 살해당하면 특정인을 기쁘게 만들 사람이 몇 명 더 있지요. 저도 그중 하나입니다." 코소바 남작이 즉시 대꾸했다. 검과 검이 맞부딪히는 기세로 그와 왕자의 눈빛이 다시 마주쳤다. 왕자비의 손이 초조하게 그녀의 가슴으로 향했다.

스칼렛은 어색한 순간을 다독이기 위해 최선을 다했다. "모든 정치가의 삶은 언제나 광신도가 날리는 총알의 은총에 달려 있지요." 그는 두 루리타니아인에게 살짝 고개를 끄덕여 보이며 말했다. "하지만 의외로 만일 저에게 이 방에 있는 사람 중에서 척 보고 폭력적인 순간에 맞닥뜨릴 가능성이 가장 높아 보이는 사람을 골라보라고 한다면, 아마…… 랭 씨를 선택할 겁니다!" 그는 랭의 방향으로 고갯짓을 하며 예상치 못한 선택지로 말을 끝맺었다.

그의 첫 반응은 미세하지만 확실했다. 잠시간 분노로 눈을 번쩍였다. 그러다 큰 웃음을 터트렸다. 그제야 방에 감돌던 긴장감이 편안하게 풀렸다.

"위기에서 벗어나기에는 나쁘지 않은 선택이군요." 그는 여전히 웃으면서 말했다. "굳이 그렇게 말씀하신다면, 아마 사자에 의해서 살해당할 수 있겠지요. 제가 최근에 다녀온 나이로비 여행에서는……." 그는 맹수 사냥 추억담으로 주제를 이어갔고, 대화는 다시 평범해졌다.

"다만, 제가 생각한 대상은 사자가 아니었습니다." 피터 스칼렛은 접시를 내려다보며 중얼거렸다. 하지만 테이블에 앉은 사람들은 아무도 그의 목소리를 듣지 못했다.

얼마간 시간이 흐르고 여성들이 방을 떠난 뒤, 스칼렛은 은행가 근처에 앉아 있었다.

"아까 그건 정말로 곤란한 실언이었어요, 젊은이." 은행가는 식탁 건너로 미르코 왕자와 코소바 남작을 흘깃 바라보며 낮은 목소리로 말했다. "루리타니아 부채 위원회가 뭔지는 알고 있겠죠, 아마?"

"왕자와 남작이 오래된 정적 관계라는 건 알고 있습니다." 스칼렛이 인정했다. "그리고 남작은 루리타니아에 군주제가 돌아오기를 바라고 있지요. 왕자는 신공화국에 완전히 헌신하고 있지만요."

"바로 그거요." 은행가가 말했다. "그리고 만일 미르코 왕자가 맡은 임무를 제대로 해내면 그와 공화국이 성공을 거두고, 코소바의 정치적 미래는 희미해지겠지요! 반대로 혹시 왕자가 실패한다면 의심의 여지없이 공화국은 파멸하고, 돌아온 왕좌 뒤에서 코소바가 영향력을 발휘하겠지요. 지금 현재 상태라면 분명 왕자가 승리를 거두겠지만." 그는 깊은 생각에 잠긴 채 덧붙였다. "그는 일의 매듭을 짓기 위해서 월요일에 워싱턴으로 향한다는군요."

이번 파티를 기념하여 특별 초빙한 왕궁 러시안 난쟁이 곡예단이 댄스 타임 전에 이름난 소인 곡예 기교를 선보일 소응접실로 향하는 길에 랭이 피터 스칼렛에게 은밀히 다가와 말을 걸었다.

"대체 나를 예비 피살자 대상으로 지목한 이유가 뭐요?" 가벼운 척하려고 애썼지만 그다지 성공적이지 못한 어투였다.

피터 스칼렛은 그를 지그시 바라보았다. "궁금한 게 있는데," 스칼렛이 질문했다. "랭 씨는 리프먼의 가젤을 잡아본 적이 있으신가요?"

랭은 독특한 질문에 놀라면서도 언짢은 기미를 보였다. "리프먼의 가젤 말이오?" 그가 대답했다. "흠, 공교롭게도 빅토리아 니안자 근처에서 한 쌍을 잡은 적이 있지요. 하지만 가젤 두 마리가 내가 살해당하는 이야기와 무슨 상관이 있소?"

"특별한 상황이라면 관련이 있을 수도 있지요." 피터 스칼렛은 애매한 대답을 던진 후 돌아섰다.

스칼렛은 러시안 난쟁이들이 선보이는 민첩한 기교를 매우 흥미롭게 구경하는 듯했고, 판토마임으로 이루어진 〈미녀와 야수〉 연극을 마지막으로 공연이 끝났다. 하지만 스칼렛은 마음속으로 내내 흐릿하게 절반쯤 떠오르는 특별한 기억에 형태와 채색을 덧그리며 예측도를 완성하고 있었다. 그리 기분 좋은 그림이 아닌 탓에 그는 지친 듯이 고개를 흔들었다. 그럼에도 어떻게든 예측도를 짜 맞춰야만 했다. 다만 중요한 조각 몇 개가 비어 있었다. 아직은.

짧은 여흥이 끝나고 부드러운 음악이 울려 퍼지며 손님들을 큰 연회장의 댄스 타임으로 이끄는 동안 스칼렛은 눈에 띄지 않게 왕자비를 찾았다.

그녀는 지치고 힘들어 보였다. 남편과 남작이 끊임없이 마찰을 일으키는 바람에 영향을 받은 듯했다. 스칼렛이 찬사를 던지자 기계적인 답변이 돌아왔다. 그는 왕자비의 머리에 꽂힌 장식물로 시선을 옮겼다.

"루리타니아의 오랜 전통을 여전히 지키고 계시다니 대단하십니다, 왕자비님."

왕자비는 작게 웃었다. "단검을 말씀하시는 거죠? 맞아요. 루리타니아 여성은 축제날이 되면 작은 단검으로 머리를 장식하지요. 기억하시는군요." 그녀는 스칼렛이 자세히 관찰할 수 있도록 둥글게 꼬아 올린 머리에서 작고 뾰족한 은제 단검을 뽑아냈다. "집안 대대로 내려오는 물건이에요." 다시금 지친 표정을 띤 왕자비가 설명했다. "아마 루리타니아에서 비슷한 단검을 많이 보셨겠죠."

갑자기 그녀가 태도를 바꾸며 목소리를 낮췄다. "오늘 밤에 말씀하신 이야기는…… 이 곳에서 랭 씨가 제 남편보다 더 큰 위험에 빠져 있다는 뜻인가요?" 그녀는 갑작스럽고 기묘한 강렬한 자세로 문으로 향하던 발걸음을 멈추고 질문을 던졌다.

피터 스칼렛은 겸손하게 놀라움을 표현하며 그녀를 바라봤다. "저는 그렇게 말하지 않았습니다." 그가 멋쩍게 말했다. "그 말씀은 혹시 남편 분이 이곳에서 위험에 처해 있다고 의심할 만한 이유를 알고 계신다는 뜻인가요?"

그녀는 초조해하며 애처롭고 작게 손짓했다. "아니, 아니, 전혀 아니에요!" 그녀가 급하게 말했다. "아니요, 그건 불가능해요…… 불가능한데…… 그러나, 하지만……."

코소바 남작이 그들에게 다가왔다. "첫 춤을 함께하는 영광을 저에게 주시겠습니까, 왕자비님?" 남작은 왕자비가 단검을 다시 머리에 꽂는 동안 깊이 절을 했다.

저녁 시간이 흘러갔고, 부드러운 음악은 당김음을 자유자재로 활용하며 멋진 리듬을 선사했다. 마침내 피터 스칼렛은 잠자리에 들 준비를 마쳤다. 그의 방에 혼자 남은 그는 잠들기 위해 옷을 벗었다. 그리고 똑같이 전혀 서두르지 않는 신속한 몸놀림으로 다시 완전히 옷을 차려입었다. 소용없는 일이었다. 그는 머릿속을 맴도는 질문 하나에 대해 최소한 자신의 마음속에서라도 답을 찾기 전까지 잠들 수 없었다. 그는 방을 나선 다음 천진하고 서투른 젊은이답지 않게 발소리 하나 내지 않고 걸어서 루리타니아인들이 머무르는 건물 쪽으로 향했다.

미르코 왕자와 왕자비의 방은 2층에 있었다. 코소바 남작의 방은 그 바로 위인 3층이었다. 건물 자체는 롱아일랜드와 스페인의 건축학적 결합을 보여주는 흥미로운 예시였다. 특이하고 쓸모없는 발코니가 예측하지 못한 구석에 툭 튀어나와 있었다. 하나는 방금 스칼렛이 가로지른 복도 끝에, 다른 하나는 그가 알기로 왕자비 침실의 바깥쪽에 있었다. 스칼렛이 조금 더 큰 발소리를 내며 복도를 걷고 있을 때 갑자기 낮은 목소리가 도전적으로 말을 걸어왔다. "누구요?" 험악한 속삭임이었다.

스칼렛은 가만히 멈춰 섰다. "스칼렛입니다, 랭 씨."

헛숨을 들이켜는 소리가 들려왔다. "대체 어떻게……" 말을 잇던 낮은 목소리가 급히 어조를 바꿨다. "당신 방은 건물 반대쪽 끝에 있는 줄 알았는데요." 그가 말했다.

스칼렛은 복도의 흐릿한 그림자 속에서 혼자 미소를 지었다. "당신 방도 그쪽인 줄 알았습니다만, 랭 씨." 그가 아무렇지도 않게 말했다. "마음이 들떠서요. 좀처럼 잠이 오지 않네요."

"저도 그렇습니다." 랭 씨가 전혀 설득력 없는 목소리로 말했다. "그럼, 우리 둘 다 침대로 돌아가는 편이 낫겠군요."

"그렇겠네요." 스칼렛은 랭의 말에 동의하며 복도 아래쪽까지 함께 걸어갔다. 그는 잠시 발코니 쪽으로 발걸음을 옮기고 위쪽을 올려다보았다.

"흠," 스칼렛이 말했다. "저 철제 계단은 분명히 3층 발코니로 이어지는 것이겠군요. 도둑이 들기에 참으로 좋은 환경이라고 생각하지 않으시나요?"

"지독하게 편리하군요." 랭이 묘하게 긴장하며 말했다. "자아……." 이번에는 랭이 스칼렛의 어깨를 확연히 힘주어 밀면서 방을 향해 걷도록 종용했다. 루리타니아인들이 머무는 복도를 반 정도 지나치자 문 앞에서 멈춰선 랭이 인사를 건넸다.

"자, 저는 여기서 이만 헤어지겠습니다." 그가 말했다. "안녕히 주무시지요, 스칼렛 씨. 그리고 만약에 제가 당신이라면 한밤중에 돌아다니는 일은 자제할 것 같네요. 좋지 않은 습관이오. 한 살이라도 더 먹은 사람의 말을 들으시죠."

스칼렛은 그의 질책을 듣고도 전혀 동요하지 않는 듯했다. 그는 자신이 머무는 방으로 요란하게 걸어간 다음 한동안 가만히 기다렸다. 그러고서 다시 밖으로 나와서 3층으로 숨어 들어간 다음, 루리타니아인이 머무는 곳으로 찾아가 발코니에 몸을 숨겼다. 그가 숨자마자 늠름한 코소바 남작의 그림자가 2층에서 나타나 방으로 들어갔다. 스칼렛은 미소를 지으며 다른 곳으로 눈길을 옮겼다. 얼마간의 시간이 흐른 후 스칼렛은 불침번을 선 보람이 있게도, 생각할 여지를 주는 특이한 광경을 목격했다. 그러나 2층에서 비명이 울려 퍼진 것은 그러고도 삼십 분이 지난 뒤였다.

불과 20초 만에 스칼렛은 미르코 왕자가 머무는 방문 밖에 도착했다. 그러나 불가사의하게도 랭이 그보다 먼저 도착해서, 다급하게 조용히 문을 두드리며 곁쇠처럼 생긴 수상한 열쇠로 자물쇠를 열려고 애쓰고 있었다.

스칼렛을 발견한 랭은 몸을 틀었다. 느닷없이 랭의 반대쪽 손에서 연발 권총이 반짝 빛났다. "이 지긋지긋한 참견쟁이 같으니……." 분노에 찬 랭이 뒤로 물러서라고 손짓했다. 그러나 스칼렛은 무시하고 계속해서 앞으로 나아갔다.

"오, 그만 좀 하시오!" 스칼렛이 싫증난 듯이 말했다. "당신이 형사라는 사실은 진작 알고 있었어요, 몇 시간 전부터 말이에요. 당신이 그 방에 들어가시죠. 나는 여기서 다른 사람을 뒤에 잡아두고 있을 테니까."

랭은 날카로운 눈빛으로 스칼렛을 살핀 다음 다시 열쇠에 집중했다. 얼마 지나지 않아 자물쇠가 덜컥 풀리고 문이 활짝 열렸다.

랭의 어깨 너머로 방을 들여다본 스칼렛의 목 뒤에서 솜털이 쭈뼛 섰다. 루리타니아의 미르코 왕자가 얼굴을 아래로 처박은 채 화려하게 장식된 방 한가운데 누워 죽어 있었고, 목 부근에 은제 단검 자루가 툭 튀어나와 있었다. 왕자비는 시체 옆에 무릎을 꿇고 앉아 있었다. 손을 온통 그의 피로 물들인 채 남편을 응시하는 왕자비의 머리에는 은제 단검 장식이 온데간데없이 사라진 채였다. 작은 손수건이 바닥에 떨어져 있었고, 조그맣고 하얀 개 한 마리가 낑낑거리며 시체 주변을 뱅뱅 돌았다.

스칼렛이 다른 곳을 보는 동안 왕자비는 간신히 시체가 등을 대고 눕도록 돌렸다. 죽은 남자의 이마에는 이상한 상처가 나 있었다. 두 개의 작은 칼자국으로 이루어진 대문자 'T'였다. 사건 발생 초기의 혼란이 어느 정도 가라앉자, 시체로 훼손된 거실에서 기이한 특별 조사 위원회가 열렸다. 다행히 컬버린 부인의 집이 거대한 덕분에 손님들의 대부분은 아예 잠에서 깨지도 않았다. 일어나서 찾아온 사람들은 피터 스칼렛이 미르코 왕자비의 하녀가 가벼운 사고를 당해서 괴로워하는 중이라고 둘러대는 말을 듣고 다시 침대로 되돌아갔다. 컬버린 부인은 놀라울 정도로 위기 대처 능력을 발휘하여 어느새 미르코 왕자비의 옆에 앉아 힘없는 손을 다정하고 든든하게 두드려주고 있었고, 스칼렛은 예전보다 부인에게 더 깊은 애정을 갖게 되었다. 이외에도 코소바 남작과 랭, 스칼렛이 함께 자리에 모였다.

마침내 컬버린 부인이 자리에서 일어섰다. "흠, 랭 씨." 그녀가 말했다. "이 사건은 온전히 당신의 손에 달렸어요. 저는 당신이 시키는 대로 행동하고 말하도록 할게요. 이만 제 방으로 돌아갈 생각이지만, 만일 왕자비님이……." 부인이 왕자비를 향해 돌아섰다.

"아니에요." 왕자비가 힘없이 중얼거렸다. "아니에요, 감사합니다. 부인은 정말 친절하세요. 하지만……."

"알아요." 컬버린 부인은 실내복을 왕자비의 어깨에 둘러주며 말했다. "오, 그리고 한 가지 더." 그녀가 랭에게 말을 걸었다. "제가 한 가지 제안을 해도 될까요?"

"그럼요, 컬버린 부인."

"저 젊은이는 꽤나 유용할 거예요." 부인이 스칼렛을 가리키며 말했다. "비록 살인이며 피살자에 관한 이야기는 시시했을지 몰라도, 루리타니아어를 할 줄 알거든요." 부인은 그렇게 말하고 방을 떠났다. 랭은 스칼렛에게 돌아서서 질문했다. "정말 루리타니아어로 말하고 이해할 수 있습니까?"

스칼렛은 고개를 끄덕였다. "네, 실력을 계속 유지하고 있지요."

랭은 깊이 고심했다. "흠, 그렇다면 남아 계셔도 좋습니다." 마침내 그가 결정을 내렸다. "하지만, 추론은 하면 안 됩니다…… 섣부른 탐정 짓은 금지입니다! 그리고 당연하지만, 만약에 당신 아버님이 외교부에서 근무했다면 당신도 이번 사건의 심각성을 이해하시겠……."

스칼렛의 표정은 매우 심각했다. "그렇습니다. 그리고 제가 섣불리 추리를 하려고 들면 안 되겠지요. 하지만, 뭔가가 머릿속에 떠오르면 제안을 해도 괜찮을까요?"

"그러세요." 랭이 험악하게 대답했다. 스칼렛의 안경이 반짝 빛났다.

랭은 남작과 왕자비를 향해 돌아섰다. "저는 무례한 질문은 하고 싶지 않습니다." 그는 상당히 위엄을 갖춘 목소리로 말했다. "하지만 저처럼 두 분 또한 반드시 직시하셔야 할 것이, 본 살인 사건은 이 건물에 있는 사람들뿐만 아니라 두 국가의 정부까지 연관된 아주 미묘한 위치에 있습니다. 미르코 왕자는 미국의 보호를 받으며 머무르는 중이었지요. 호위를 받는 도중에 살해당했습니다. 정치적인 문제를 고려했을 때, 평범한 심문을 답습할 수 없는 상황입니다. 하지만, 두 분께서 살인마를 찾기 위해 기꺼이 저에게 협력하실 것이라고 생각해도 될까요?"

왕자비는 메마른 눈으로 랭을 응시했다. "남편을 살해한 범인은 반드시 찾아야 해요." 그녀는 억양 없이 건조한 목소리로 대답했다.

코소바 남작은 딱딱하게 말했다. "미르코 왕자는 나의 정적이었소." 그가 말을 이었다. "하지만 랭 씨, 나는 당신만큼이나 왕자의 살인마를 반드시 찾기를 열망하고 있소."

랭은 엄숙하게 그들의 발언을 받아들였다. "감사합니다." 그가 말했다. "그럼, 제가 너무 노골적으로 말한다면 미리 사과를 드리겠습니다. 미르코 왕자가 살해당한 상황은 세 가지로 상정할 수 있습니다. 외부 침입자가 살인을 저질렀을 수 있지요. 그리고 하인이나 손님이 범죄를 저질렀을 수도 있습니다. 그도 아니면……."

"말하세요." 왕자비가 버썩 마른 목소리로 두려워하며 말했다. "그는 저, 그러니까 아내의 손으로 살해당했을 수도 있지요."

"또는 나거나." 코소바 남작이 완고하게 말했다.

랭은 작게 고개를 숙여보였다. "저도 이 과정이 필요하다는 사실이 애석합니다." 그가 말했다. "하지만 저희는 반드시 모든 상황을 염두에 두고 살펴봐야 합니다. 첫 번째, 외부에서 들어온 침입자. 먼저 저희 쪽 사람들이, 훈련을 받은 사람들입니다만, 미르코 왕자가 도착한 이래 입구 외 여러 장소를 지키고 있었습니다. 침입자가 그들의 눈을 피해서 들어오기란 사실상 불가능했을 것입니다. 게다가……." 랭이 창문가로 다가가며 말했다. "이 방의 창문과 미르코 왕자의 침실 창문은 시체가 발견된 당시 모두 안쪽에서 잠겨 있었습니다. 그리고 창문 아래로 바닥까지는 거의 4.5미터에 가깝지요."

"그리고," 왕자비가 여전히 억양이 사라진 어투로 말했다. "저는 제 방으로 이어지는 문을 이른 저녁에 잠갔습니다. 다시 문을 열었을 때 제 남편의 시체를 발견했지요." 그녀가 몸서리를 쳤다.

"제가 기억하기로," 랭이 애매모호하게 말했다. "공주님은 혼자 있고 싶어 하셨지요?"

"한동안은 그랬어요. 남편과 남작이 일 관련 이야기를 나누고 있었거든요. 저는 그들을 방해하고 싶지 않았습니다. 나중에 강아지가 짖는 소리가 들려서, 남편에게 잘 자라는 인사를 하러 왔다가…… 그랬다가……."

"예," 랭이 말했다. "하지만 만약에 침입자가 벽을 뚫고 날아 들어왔다고 하더라도, 어떻게 나갔을까요? 저희가 이미 철저하게 수색을 했습니다. 물론 만약에 문을 잠갔다고 하셨지만 실제로는 공주님께서 깜박하고 열어두셨다면, 침실 창문 중 하나로 뛰어내렸을 수도 있겠지요."

"저는 문을 잠갔어요." 왕자비가 말했다. "그리고…… 제 하녀, 그리고 물론 저 또한 제 방에 계속 머무르고 있었습니다. 이 근처에서 모습을 감추거나 도망칠 수는 없었을 거예요."

"바로 그겁니다." 랭이 말했다. "그러니 만일 침입자가 있었다면 아직 여기 있을 겁니다. 하지만 그는 여기 없지요. 그러니 미르코 왕자는 외부 침입자에 의해서 살해된 것이 아닙니다.”

그가 말을 멈췄다. 그의 설명대로라면 그러한 논리적인 전개가 불가피해 보였다. 스칼렛은 침묵을 틈타 끼어들 기회를 얻었다.

“제가 질문을 하나 해도 될까요?” 스칼렛이 자신 없이 말했다. 랭이 고개를 끄덕였다.

“왕자비님께서 싸우거나 쓰러지는 등의 소리를 아무것도 듣지 못하셨나요? 하녀까지 포함한 모두가 전혀?” 그가 올빼미 같은 얼굴로 물었다.

왕자비는 매우 동요한 듯이 보였다. “아니요.” 그녀가 중얼거렸다. “아주 이상한 일이네요…… 이상해요…… 하지만 문은 두꺼우니까요.”

“아주 두껍지요.” 스칼렛이 동의했다. “너무 두꺼워서 강아지 소리도 통과할까 궁금할 정도입니다. 하지만 개가 짖는 소리는 들으셨지요.”

왕자비가 손을 움직였다. “네,” 그녀가 연약하게 말했다. “하지만 그것이 우리가 처음 들었던 소리였어요. 이건…… 이상하네요. 그래요, 이상해요!”

랭에게는 전혀 이상하게 보이지 않았다. 얼굴에 떠오른 표정으로 보건대 불가능하거나 진실이 아닐 거라고 생각하는 게 뻔했다. 그러나 그는 다시 세심하고 매우 공정하게 질문을 시작했다.

"그렇다면," 그가 말했다. "하인과 하녀를 따져봐야겠군요. 하인의 방은 다른 방들과 바로 이어져 있지 않습니다. 저는 코소바 남작이 미르코 왕자와 대화를 나누러 오기 전에 하인이 방을 떠나는 모습을 확인했습니다. 제 눈에 띄지 않고서는 다시 돌아올 수 없었을 겁니다. 그러니 하인은 제외해도 괜찮겠지요. 하녀에 대해서는…… 공주님, 그녀가 당신과 계속 함께 있었다고 주장하십니까?"

"그렇습니다." 왕자비가 유령 같은 목소리로 말했다.

"좋습니다." 랭이 말했다. "그렇다면 하녀도 제외해야겠군요. 제가 지키던 복도로 지나간 다른 손님이나 하인도 마찬가지입니다. 누가 찾아왔다면 제가 멈춰 세우고 질문을 했을 겁니다."

"맞습니다." 스칼렛이 말했다. "랭 씨는 저를 멈춰 세우고 질문을 던지셨지요."

"그렇다면 저희들로 범위가 좁혀지는군요." 왕자비가 직설적으로 말했다. 그녀의 목소리가 높아졌다. "아, 이건 끔찍해요…… 끔찍한 일이에요!" 그녀가 말했다. "당신은 저를 의심하고 있지요…… 저를 의심할 이유가 있어요! 제 남편은 제 머리에 꽂혀 있던 작은 단검으로 살해당했어요……. 저는 그가 살해당하는 소리는 듣지 못했지만 나중에 개가 짖는 소리는 들었지요……. 당신은 들어오면서 제가 시체 옆에 앉아 있는 걸 보았고, 손수건도 발견했어요. 여성용 손수건을……발견했지요……." 그녀의 목소리가 갈라졌다. "그 얼굴의 표식하며…… 하지만 신께 맹세하건대, 저는 남편을 죽이지 않았어요!"

코소바 남작이 자리에서 벌떡 일어났다. 그의 눈은 불타고 있었다. "만일 당신이 그녀를 의심해야 한다면, 나를 더 의심해야 할 것이오!" 그가 소리쳤다. "나는 당신이 그의 시체를 발견하기 약 반 시간 전까지 왕자와 함께 있으면서 가끔 격앙한 상태로 대화를 나누었소. 나에게는 만일 바란다면 그를 죽일 이유가 있소. 아마 내가 그를 죽였을지도 모르오……. 당신이 내 목소리를 듣고서 왕자가 아직 살아 있다고 생각하도록 문 앞에서 인사를 하는 척하고, 내 방으로 돌아간 다음에 사망 소식에 일어난 척하면서!"

"다만." 스칼렛이 조용히 말했다. "그렇다면 남작님이 죽은 사람에게 저녁 인사를 하고 돌아간 후에 시체가 일어나서 문을 잠갔다는 얘기가 됩니다."

"아니, 그에게 아직 그 정도는 힘이 남아 있었을 수도 있지요." 남작은 조바심을 내며 대답했다. "아니면 어떻게든 다른 방법으로 문을 잠갔을 수도 있고, 아니면……" 그러다 남작의 머리가 갑자기 아래로 축 처졌다. "아니, 이건 소용없는 짓이오." 남작이 말했다. "나는 미르코를 죽이지 않았소. 내가 그런 척할 수가 없구려. 하지만 나를 의심할 이유가 더 많은 상황에서 그녀를 의심하면 안 되오."

"아, 친구여, 당신은 정말 고결하시군요." 왕자비가 가볍게 남작의 손을 두드리며 말했다.

"두 분 다 고결하십니다." 스칼렛이 냉정하게 말했다. "하지만 두 분 다 매우 어리석으시군요. 아직 랭 씨가 언급하지 않은, 가능성이 높은 다른 살인마가 있습니다."

"그렇다면 그건 누구죠?" 랭이 위험할 정도로 차분하게 물었다.

"랭 씨입니다." 스칼렛이 점잖게 말했다. "그가 남작님이 떠난 후에 마스터키를 가지고 왕자님을 죽인 다음 다시 문을 잠갔을 수도 있지요. 그리고……."

"하지만 내가 미르코 왕자를 죽일 이유가 뭐가 있소?"

"오, 이유라면 십수 개가 있을 수도 있지요." 스칼렛이 대수롭지 않게 말했다. "하지만 당신은 하지 않았습니다. 왜냐하면, 당신이라면 단검을 사용하지 않았겠지요. 아마 왕자님을 총으로 쐈을 겁니다. 아니면 유서 깊은 앵글로색슨식으로 손을 대서 죽이던가. 반면에……." 그는 생각에 잠긴 채 말을 이었다. "왕자비님은 루리타니아인이고, 아마도 단검을 쓰실 수 있을 지도 모르지요…… 특히 이 단검을." 그는 탁자에서 얼룩진 무기를 조심스럽게 들어올렸다. "하지만 왕자비님은 머리 장식을 이른 저녁에 잃어버렸다고 주장하셨고, 남편의 목에서 발견할 때까지 찾지 못했다고 하셨지요."

"네," 왕자비가 필사적으로 말했다. "사실이에요. 머리에 꽂았던 단검을 잃어버렸어요. 어디서 어떻게 떨어뜨렸는지는 모르겠어요. 하지만 단검을 다시 발견한 그 순간……." 그녀가 몸서리를 쳤다. "어떻게 제 단검이 거기 있는 건지 이해할 수 없었어요."

스칼렛은 눈을 껌벅거렸다. "알겠습니다. 그리고…… 손수건 말입니다만." 그는 단검을 다시 제 자리에 돌려놓고 작은 사각형의 고운 리넨 손수건을 집어 들었다. "누가 봐도 남성용 손수건은 아니군요. 크기로 보나, 그리고." 그는 손수건의 냄새를 맡았다. "향으로 보나. 하지만 왕자비님께서는 본인 손수건이 아니며, 시체 옆에서 처음 발견하셨다고 주장하셨지요."

"네, 처음 보는 물건이에요. 제 것이 아니에요." 왕자비가 자동 로봇 같은 목소리로 마치 스칼렛의 조심스러운 대사가 서서히 자아내는 그물에 걸리는 모습을 바라보듯이 발끝을 내려다보며 말했다. 스칼렛은 말을 이어갔다.

"셋째, 왕자님 이마의 표식이 있습니다…… 대문자 'T' 모양의 자국입니다. 음, 아마 대체로 남작님을 가리킬 확률이 높다고 할 수 있지요. 이탈리아 범죄자에 관한 경험이 많으신 랭 씨가 정치적 암살에서 비슷한 T자 모양의 표식을 흔히 발견할 수 있다고 알려주셨습니다. 'T'는 '배신자'의 첫 글자입니다. 그러니, 남작의 정치적 관점에 따라 생각해보면 아마 왕자님을 그들의 고향에 대한 배신자라고 생각하기 쉽겠지요. 반면 'T'는 눈가림일 수도 있지요. 왕자비님께서 언쟁을 만들어낼 목적으로 심었다거나 하는 식으로 말입니다. 전부 흥미로운 단서입니다. 그러나 그 중에서 가장 흥미로운 점은⋯⋯ 모든 증거가 각각 같은 방향을 가리킨다는 것으로⋯⋯."

"아마 그런 것 같군요." 랭 씨가 무겁게 말했다. "미르코 공주님." 그가 공적인 목소리로 말했다.

"하지만 저는 남편을 죽이지 않았어요!" 왕자비가 겁에 질려 밭은 숨을 몰아쉬며 말했다.

"잠시만요." 스칼렛이 수줍게 말했다. "자연스러운 상처의 법칙을 한번 따져봅시다. 왕자님은 키가 큰 남자였습니다. 상처는 그의 목 위쪽이었고, 아래를 향해 그어져 있었지요⋯⋯. 그러한 상처는 암살자가 크다는 것을 암시합니다, 남자건 여자건 상관없이. 남작과 왕자비님은 두 분 다 키가 크시지만, 그러나⋯⋯."

"그만!" 남작이 갑자기 소리쳤다. 그는 왕자비를 향해 돌아섰다. "이래서야 아무런 소용이 없어요, 나디아." 그가 말했다. "당신을 지키기 위해 우리 둘 중 한 명은 반드시 입을 열어야 하오. 여러분, 미르코 왕자의 아내는 남편이 살해당할 당시 이 방에 있지도 않았소. 그녀는 내 방의 발코니에 있었소. 내가 그녀에게 와 달라고 부탁했소⋯⋯ 사적인 이야기를 하기 위해서⋯⋯."

왕자비가 틀렸다는 듯 손바닥에 얼굴을 묻었다. "오, 스타니슬라스, 스타니슬라스!" 그녀가 흐느꼈다. "당신이 모든 것을 망쳤어요. 저들은 이제 나를 절대 믿지 않을 거예요!"

"네, 만일 그게 정말이라면 제 생각에도 그럴 것 같군요." 랭이 소박한 환희를 보이며 말했다. "정치보다 더 나은 동기가 됩니다. 두 분이 함께 죽인 겁니다. 미르코 공주."

그러나 랭이 미처 말을 끝맺기도 전에 스칼렛이 끼어들었다. "오, 남작님의 말은 사실입니다." 그가 가볍게 말했다. "제가 다른 발코니에서 목격했고, 듣기도 했습니다. 다만 랭 씨, 당신의 추리는 틀렸습니다. 그건 불륜이 아니었습니다……. 왕자비님은 남편이 걱정되어서 가셨습니다. 그런데 왜 계속 왕자비님을 '미르코 공주'라고 부르시나요? 알고 계시겠지만, 저분은 사실 미르코 공주가 아니지 않습니까." 그는 인내심 가득한 목소리로 수줍게 말했다.

왕자비는 공포에 사로잡힌 눈을 들었다. 랭은 숨을 들이켰다.

"그 말은, 이 여자가 왕자의 아내가 아니라는 겁니까?"

"아니, 저분은 왕자의 아내가 맞습니다. 그저 예전에도 지금도 미르코 공주가 아닐 뿐이지요. 귀천상혼이라는 말을 들어본 적이 없으신가요? 만일 저 분이 공주였다면," 그는 생각에 잠겨서 말을 끝맺었다. "살인은 아마 절대 일어나지 않았을 것입니다."

"도대체 영문을 모르겠군요?" 랭이 미끼를 문 황소처럼 말했다. "그리고 왕자비가 공주든 아니든 무엇이 달라진다는 건지 이해할 수 없군요. 누군가가 미르코 왕자를 죽였어요. 만일 여기 있는 이 여자가 아니라면, 어떤 여자란 말입니까?"

"어떤 여자도 미르코 왕자를 죽이지 않았습니다." 스칼렛이 조용히 말했다.

"그럼 남자요? 어떤 남자? 남작?"

"미르코 왕자를 죽인 살인마는 남자도 아닙니다, 적어도 우리가 생각하는 의미의 남자는 아니지요."

"아니, 그렇다면 대체 무엇입니까?" 랭이 분노 섞인 소리를 질렀다. "벽을 통과하는 유령? 고릴라? 신의 소행?"

안경 아래에서 스칼렛의 눈동자가 빛났다. "거기에 대해서는," 스칼렛이 기만하는 온화한 어투로 말했다. "저는 강아지라는 증거를 택하고 싶습니다." 그는 빠르게 왕자비를 향해 돌아섰다. "당신의 남편이 매우 아끼는 그 작고 하얀 강아지," 그가 말했다. "우리가 방에 들어왔을 때 뛰어다니던 그 개는, 오늘 저녁 언제쯤 이 방에 데려왔는지 기억하시나요?"

"아, 네." 왕자비가 눈에 띄게 어리둥절하며 말했다. "하인인 스테판이 우리가 춤을 끝내고 돌아오자 개집에서 꺼내서 데려왔어요. 남편은 밤에 강아지가 방에 있는 걸 좋아하거든요."

"아." 스칼렛이 약간의 흥분이 갈수록 뚜렷하게 커져가는 모습으로 말했다. 그는 왕자비의 방문을 활짝 열고 휘파람을 불었다. 개가 껑충껑충 뛰어 들어와 잠시 돌아다니다 냄새를 맡더니 천장을 향해 고개를 들고 애절하고 길게 짖었다. 왕자비는 눈물을 터트렸다.

"대체 개한테서 뭘 끌어낼 수 있을 거라고 생각하는 거요?" 랭이 물었다. "그리고 우리는 벌써 개가 카펫을 돌아다녔다는 사실을 알고 있지 않소." 스칼렛이 마룻바닥에 남은 어떤 흐릿하고 불그스름한 발자국을 관찰하기 위해 몸을 숙이자 랭이 덧붙여 말했다.

스칼렛이 다시 일어섰을 때는 생명력이 돌아온 듯 긴장한 모습이었다. "네, 강아지가 카펫을 밟고 다녔다는 건 이미 알고 있죠." 그가 트럼펫 같은 목소리로 말했다. "하지만 우리가 모르는 점은, 어떻게 개가 벽을 밟고 다녔냐는 거죠!" 스칼렛이 페인트칠을 한 커다란 옷장 위쪽 천장 가까이에 있는 벽지에 흐릿하게 찍힌 개 발자국과 비슷한 모양의 흔적을 가리켰다.

잠시 동안 아무도 그들의 눈을 믿지 못했다. 그리고 온 세상이 흔들리며 자그마한 하얀 강아지가 파리처럼 벽 위를 달릴 수 있고, 키 큰 왕자가 남자도 여자도 아닌 손에 쥐어진 단검으로 죽음을 맞이할 수 있는 일그러지고 기괴한 우주로 변하는 듯했다. 스칼렛은 페인트칠한 옷장 문을 활짝 열었다. 고리에 걸린 오버코트 외에는 특별할 것이 없었고, 위쪽 선반에 놓인 몇 개의 모자 옆으로 커다란 가죽 모자 상자가 보였다.

"그 옷장은 벌써 수색을 끝냈습니다." 랭이 말했다.

"아니오." 스칼렛이 말했다. "우리는 그저 쓱 훑어보기만 했지요. 예를 들어서," 그가 오버코트를 흔들어보았다. "여기에 벽에 난 발자국과 같은 흔적이 있네요, 다만 여기에는 피가 묻어 있습니다. 그리고 저 모자 상자에도……."

강아지가 갑자기 흥분해서 짖기 시작하면서 스칼렛의 나머지 발언을 삼켜버렸다.

"맙소사!" 드디어 격분한 랭이 소리쳤다. "설마하니 미르코 왕자의 살인범을 갈색 가죽 모자 상자에서 찾을 거라고 기대하는 건 아니겠지요, 당신?"

"그것이," 스칼렛이 조용히 침착하게 말했다. "바로 제가 기대하는 바입니다!"

그는 모자 상자를 조심조심 선반에서 끌어내렸다. 그러자 갑자기 용수철이 달린 장난감처럼 상자의 뚜껑이 펄쩍 열리면서 밝은 색깔에 자그마하고 수상한 생명체가 튀어나왔다. 곧장 작은 실랑이가 치열하게 펼쳐졌다. 스칼렛은 랭이 키가 거의 일 미터도 되지 않을 작은 생명체와 치고받으며 싸우는 동안 범인을 살폈다. 야수 무대의상으로 기괴하게 변장한 난쟁이로, 비틀린 입으로 랭이 이해하지 못하는 쉭쉭거리고 혀를 차는 언어로 맹렬한 비난조의 말들을 줄줄이 토해냈다.

"미르코 왕자를 살해한 범인을 소개하도록 하겠습니다." 스칼렛이 소년다운 과장된 동작을 선보이며 말했다.

"아니, 저건……." 랭이 길게 휘파람을 불며 말했다. "판토마임을 하던 러시아 난쟁이 배우 중 한 명이잖아! 하지만 그가 하는 말은, 러시아어인가?"

"아니오." 스칼렛이 수심을 띠며 말했다. "루리타니아어입니다. 우리가 저분을 공주라고 불러도 된다면, 저 사람은 지금 공주에게 너는 언제나 괘씸한 여동생이었으며, 네 남편을 죽여서 기쁘기 그지없다고 말하고 있습니다. 그리고 공주는 네가 내 형제가 맞다면 교수형이나 당했으면 좋겠다고 하는군요. 보면 아시겠지만, 사실 이 모든 사건은 가정사라고 할 수 있겠습니다." 그는 약간 곤란해하며 덧붙였다.

어느 정도 시간이 흐른 후, 랭과 피터 스칼렛은 넘치는 시가와 가득 찬 술잔 너머로 여명이 방 창문을 밝히는 모습을 바라보며 한밤중에 벌어진 특별한 사건에 대해 논의를 나눴다.

"하지만 나는 아직 모르겠……." 랭이 말을 하다 말고 멈췄다.

"오, 저는 아주 운이 좋았습니다." 스칼렛이 말했다. "아주 좋았죠. 루리타니아어를 알고, 과거 이야기를 조금 알고 있으니까요. 그리고 왕자비와 남작이 나누는 대화를 발코니에서 엿들었지요. 하지만 당연히 저는 무기를 보는 순간 남작이 저지른 일이 아니라는 걸 알았습니다."

"왜죠?" 랭이 깊은 참을성을 보이며 말했다. 스칼렛은 생각에 잠겼다. 그의 얼굴이 붉게 상기되었다.

"제가 당신에게 강압적으로 말하려고 노력하다니, 이상하게 여겨지는군요." 그가 말했다. "하지만…… 남작에게는 충분한 동기가 있지요. 하지만 그였다면 왕자를 그런 식으로 죽이지 않았을 겁니다. 기사의 기병도로 그를 조각조각 난도질했을 거예요. 장난감으로 찌르는 일은 없었을 겁니다. 그답지 않아요……. 제가 보고 들은바에 따르면, 그리고 그와 비슷한 다른 루리타니아 귀족들을 아는 한에서 말이죠."

"하지만 왕자비는 찔렀을 수도 있지 않습니까." 랭이 깊은 생각에 빠져 말했다.

"아, 그렇죠. 어느 쪽이냐고 묻는다면, 그녀는 찌르는 사람이겠죠." 스칼렛이 지체하지 않고 대답했다. "하지만 저는 그녀가 남편에게 헌신적이라는 점 또한 우연히 알고 있었습니다. 사실 어제 이른 저녁에 왕자비는 저에게 남편의 안전이 걱정된다고 말할 정도였지요. 이제는 두 가지 이유 때문에 걱정하고 있었다는 사실을 알게 되었지요. 코소바 남작, 그리고 난쟁이 단원들 사이에서 알아본 그녀의 오빠. 그녀는 몇 년간 그를 본 적이 없었던 데다가 연극에서 야수 분장을 하고 있었기 때문에 정말 그가 맞는지 확신하지 못했습니다. 왕자비가 남작과 발코니에서 대화를 나눈 진정한 이유는 그것이었지요. 하지만 남작은 한때 그녀에게 사랑에 빠져 있었습니다. 또한 왕자비는 남작이 난쟁이들 사이에서 누군가를 알아보았는지 확인하려고 애썼습니다. 차마 남편에게는 물어보지 못했습니다.”

“왜죠?”

“음, 그건 이야기가 길어지지요. 최대한 짧게 말해보겠습니다. 하지만 그들은 실제로 피로 이어진 남매입니다.”

“그 아름다운 여성과 이 작은 기형아가 말입니까? 정말 믿기 힘들군요.”

“들리는 것만큼 믿기 힘든 이야기는 아닙니다. 수많은 사례가 존재하지요. 거인이나 소인 가족에 하나둘 평범한 아이가 있거나 그 반대인 식입니다. 하지만 나디아는 죽은 남자 형제 하나를 제외하면 그녀의 가족 중에서 유일한 일반인이었습니다. 다른 두 형제는 남자 형제로 난쟁이였지요. 그 가족은 소규모 농부였지만 루시퍼만큼 자존심이 강했지요. 아주 옛날에는 좋은 사람들이었습니다. 음, 그러다 미르코가 나타나서 나디아와 사랑에 빠졌고, 너무나 사랑한 나머지 그녀를 귀천상혼 아내로 맞아들일 준비가 되어 있었지요. 하지만 그는 그녀의 가족을 견딜 수 없었습니다. 이유는 보면 아시겠지요. 그리고 그녀는 왕자와 사랑에 빠졌습니다. 그래서 그녀는 그와 결혼했지요. 하지만 그녀가 기꺼이 귀천상혼 아내가 되겠다고 마음먹은 사건은 가족의 가장 아픈 부분을 자극했지요. 바로 그들의 자존심이었습니다.”

“그들은 말썽을 일으킬 만반의 준비가 되어 있었습니다. 그리고 미르코는 아주 조용히 그들을 영국으로 보냈지요. 다시는 루리타니아로 돌아오지 않는다는 조건으로 일정 금액을 지원해준 것이지요. 부모님은 이미 돌아가셔서 가족은 두 난쟁이 형제뿐이었습니다. 그래서 사실 함께 지낼 때는 그녀를 배려하지도 않고 오히려 앙심을 품고 있었지만 이제는 아예 나디아를 괘씸한 여동생으로 취급하던 난쟁이 형제는 기회만 되면 미르코를 습격할 생각이었습니다. 그러다 전쟁이 시작되었고, 한 형제가 죽었습니다. 루리타니아가 독일에게 침공당한 이후 미르코로부터의 수입이 끊기자 난쟁이 공연단을 조직해서 전쟁 후 미국으로 함께 건너온 그 형제였지요."

"그렇다면…… 그가 방에 들어온 건……."

"다른 사람의 도움이 있었던 겁니다. 아마도 뇌물을 먹였겠지요. 당신도 아까 공연에서 난쟁이들이 서로의 어깨에 서서 사람 타워를 만드는 걸 보셨겠지요. 뭐, 그들이 모여서 창문 아래에서 그를 위해 타워를 쌓았고, 그건 창문턱에 닿을 만큼 높았을 겁니다. 창문은 열려 있었어요. 하인이 나중에 잠갔지요. 그리고 우리의 범인 친구는 옷장 위에 숨어 있었습니다. 그 크기에 딱 맞는 뛰어난 묘기꾼이지요. 그리고 아마 오버코트를 타고 선반으로 기어올랐을 겁니다. 그래서 벽에 흔적이 남은 것이지요. 아직 판토마임에 사용했던 야수 복장을 입은 상태여서 마치 발바닥 자국처럼 보였던 겁니다. 아마 위장 때문이었을 수도 있고, 갈아입을 필요를 못 느꼈을지도 모르지요."

"카펫에 남은 흔적은 뭐죠?"

"몇몇은 범인이, 몇몇은 개가 남긴 겁니다. 손수건 또한 범인의 물건입니다. 향이 배어 있는 이유는 다른 많은 난쟁이처럼 그도 허영심이 강하기 때문이지요. 그리고 미르코를 죽인 단검은 사실 범인의 소유물이었습니다. 가문 대대로 내려온 가보이지요. 왕자비가 본인의 단검 머리 장식을 잃어버렸다고 말한 것 또한 사실입니다. 코소바 남작의 발코니에 있을 때 머리에서 떨어졌지요. 왕자비는 당신의 눈을 피해서 우리가 함께 살펴봤던 발코니에 있는 작은 계단과 같은 구조를 통해 위층으로 올라갔습니다. 그리고 왕자비의 하녀는 아래층 발코니에서 그녀가 돌아오기를 기다렸습니다. 그래서 아무도 왕자가 살해당하며 쓰러지는 소리를 듣지 못한 것입니다. 만약에 그가 소리를 질렀다 하더라도요."

"알겠습니다. 물론 그 공격은 전혀 예측하지 못한 것이었겠군요."

"전혀요. 그 자그마한 악마 같은 인간은 기념비적인 참을성을 발휘해 왕자가 혼자 남기를 기다렸습니다. 그리고 왕자가 옷장에서 상당히 가까운 곳을 지날 때 목 뒤에서 나타나 공격하는 뱀처럼 뛰어내려왔지요. 아시다시피 우리는 상처가 높고 위에서 아래로 그어졌으니 분명히 키 큰 사람의 소행일 거라고 추리했습니다. 하지만 작은 남자를 죽마에 올리면 거인만큼 커지겠지요. 범인 친구는 옷장의 도움을 받아서 왕자보다 훨씬 커진 겁니다. 그리고 왕자를 죽인 후 'T'라는 상처를 남겼지요. 이번에는 자신의 주머니칼을 사용했습니다."

"배신자라는 뜻이오?"

"아니오. 랭 씨의 이탈리아 경험이 추리를 잘못된 방향으로 이끌었습니다. 루리타니아어로 배신자는 'J'로 시작합니다. 하지만 루리타니아어 단어 중에서 유혹마는 'T'로 시작하지요. 그가 뜻한 단어는 유혹마였습니다. 그것이 마침내 저를 올바른 방향으로 이끌었지요…… 그것과 강아지가요."

"나는 도대체 왜 당신이 개를 가지고 그렇게 난리를 치는지 모르겠소!"

"오랫동안 상황을 제대로 파악하지 못하고 있었습니다. 그러다 빛이 번쩍 비치듯이 모든 것이 들어맞았습니다. 난쟁이가 방에 처음 들어갔을 때는 개가 거기에 없었고, 미르코가 돌아오고 난 후 하인이 침실로 데리고 들어왔지요. 그리고 강아지는 작은 살인마가 침실 창문으로 도망치는 길을 막았습니다. 그의 친구들이 분명 담요든 뭐든 이용해서 그를 받으려고 준비하고 있었겠지요. 랭 씨의 부하들은 아주 운이 좋지 않은 한 그들을 발견할 수 없었을 겁니다. 그들은 너무 작으니까요.

그러니까, 살인을 저지른 후 난쟁이는 침실로 도망쳤고 그곳에서 개가 그를 덮쳤습니다, 침실 문에 발자국이 남아 있지요. 개가 그렇게 내버려두지 않아서 그는 창문으로 갈 수 없었지요. 그래서 다시 허둥지둥 옷장으로 들어가서 오버코트 위로 기어올라 모자 상자에 들어갔습니다. 개는 주인의 시체를 발견하고 멈춰서 낑낑거리기 시작했지요. 그리고 안쪽 문에서 옷장 문을 닫아 안전하게 대피한 난쟁이를 향해 돌아섰습니다. 하지만 개가 계속 짖었지요, 다음 순간, 혹은 조금 시간이 흐른 후 왕자비가 돌아와서 그 소리를 들었습니다. 나머지는 랭 씨가 아시는 그대로입니다."

랭은 약간 미심쩍은 웃음을 지었다. "저는 제 추리력에 상당한 자만심을 가지고 있었는데 말이죠." 그가 침울하게 말했다. "뭐, 하지만 아직 한 가지가 남아 있습니다."

"예?" "대체 어떻게 내 정체를 알게 된 것인지 알려주시오, 맹수 사냥꾼 이야기 말이오. 내가 모두를 속여 넘겼는데 말이죠."

스칼렛은 귀 끝까지 얼굴을 붉혔다. "뭐, 당신같이 미르코 왕자를 지키는 사람이 어딘가에는 있어야 정상이지요." 그가 말했다. "그리고 당신이 가장 그럴듯한 후보였습니다. 나머지 사람들은 너무 늙거나 힘이 없어 보였죠. 그래서 저는 피살자 이야기로 당신을 시험해보았습니다. 만일 당신이 제가 생각한 그런 사람이 맞는다면, 자연스럽게 우리 중 누구보다도 살해당할 환경에 많이 노출되겠지요. 그래서 저는 당신에게 림프먼의 가젤에 대해 질문을 던져보았습니다. 그리고 당신이 한 쌍을 잡은 적이 있다고 했을 때, 랭 씨가 잡았다는 동물이 뭔지는 몰라도, 그게 아프리카에 있는 맹수가 아니라는 걸 알았습니다!"

"하지만 림프먼의 가젤이라는 게 대체 뭐요?" 랭이 열띠게 질문했다. "당신이 쏜 동물이 아니란 말이오? 크게 문제될 게 없어 보이는데."

"형사님," 스칼렛이 슬픔이 살짝 묻어나는 목소리로 말했다. "적어도 제가 알기로 그건 전혀 동물이 아닙니다. 그 순간에 만들어낸 허상이지요. 제 머릿속에서요!"

해제

김용언

—

영화 전문지 〈키노〉〈필름2.0〉〈씨네21〉에서 기자로 일했고, 장르문학 전문지 〈판타스틱〉의 수석 에디터이자 온라인 서평 전문지 〈프레시안 books〉의 팀장을 거쳤다. 지은 책으로는 『범죄소설』이 있으며 『귀신 간첩 할머니—근대에 맞서는 근대』『다시 동화를 읽는다면』에 공저자로 참여했다. 옮긴 책은 『철들면 버려야 할 판타지에 대하여』『코난 도일을 읽는 밤』『그럼피캣』『죽이는 책』이 있다. 현재 미스터리 전문지 〈미스테리아〉 편집장으로 활동하고 있다.

삶의 근원을 파고들려는
작가의 욕망은 언제나 옳다

러디어드 키플링의 「인도 마을의 황혼」은 제국주의의 첨
병 영국인이 인도인을 도저히 이해하지 못하고 그들과 융화
하지 못하는 상황에서 영국의 합리주의와 인도의 신비주의
를 대립시키는, 셜록 홈스 시대의 편견에서 그리 멀지 않은
상황을 보여준다. 아서 밀러의 「도둑이 필요해」는 도둑맞은
돈을 되찾을 수도 없고 포기할 수도 없는 점잖은 범죄자의
진퇴양난을 예리하게 묘사한다. 윌리엄 포크너의 「설탕 한
스푼」은 지극히 오만한 범죄의 정체를 파헤친 이후 인간성에
대한 겸허한 고찰이 여운을 남긴다.

싱클레어 루이스의 「버드나무 길」은 범죄가 하나의 완벽
한 연기가 되어야 한다는 오래된 전통에 따라 1인 2역을 멋
지게 완수하며 결국 맡은 배역의 운명까지 받아들이게 되는

비극을 그린다. 맥킨레이 캔터의 「헤밍웨이 죽이기」는 유명한 악당을 잡기 위한 경찰들의 집요한 노력을 선명하게 부각시킨 갱스터 누아르다. 수전 글래스펠의 「여성 배심원단」은 가부장제의 억압이 일상 곳곳에 스며들어 있는 시대, 남편을 살해했다는 혐의를 받은 여인의 범죄 동기를 여성만이 알아차릴 수 있는 방식으로 간파하지만 또한 여성만이 가능한 방식으로 그것을 감춰버리는 자매애의 단면을 묘사하는 페미니즘 텍스트다.

T. S. 스트리블링의 「한낮의 대소동」은 신문 기사만으로 사건의 정황을 추론해내는 안락의자 탐정의 전형을 유쾌하게 계승한다. 에드나 세인트 빈센트 밀레이의 「낚시하는 고양이 레스토랑」은 지극히 평화롭고 쓸쓸하던 작은 식당을 배경으로 조금씩 중첩되는 불안과 의혹의 그림자를 드리운다.

제임스 굴드 커즌스의 「기밀 고객」에서는 명백해 보이던 피해자와 가해자의 구도가 마지막 순간 교묘하게 뒤틀리는 반전의 묘미가 돋보인다. 마크 코널리의 「사인 심문」은 난쟁이 배우의 죽음에 얽힌 심문 대화로만 이루어지는 멋진 콩트로서, 마지막 한 줄에 승부수를 내던진 대담함이 돋보인다. 스티븐 빈센트 베네의 「아마추어 범죄 애호가」에서는 미스터리의 시발점인 에드거 앨런 포의 일련의 단편들을 연상케 하는 고풍스러운 추리가 향수를 자아낸다.

12편의 단편 중 좁은 의미에서 정석적인 미스터리라 할 수 있는 작품은 몇 편 되지 않는다. 범죄를 추적하는 탐정 혹은 경찰이 흩어진 단서들을 모아 범죄의 진상과 범죄자의 정체를 밝혀내는 작업이 차근차근 진행되는 고전적 미스터리로는 T. S. 스트리블링의 「한낮의 대소동」과 윌리엄 포크너의 「설탕 한 스푼」 정도를 꼽을 수 있다. 마크 코널리의 「사인 심문」과 제임스 굴드 커즌스의 「기밀 고객」은 살인 사건을 파헤치는 결론의 마지막 한 문장에 이르러 독자들을 깜짝 놀래키는 효과(이를테면 '오 헨리' 스타일의 평 터뜨리는, 지금까지의 전제를 다 뒤집어엎는 반전)에 집중하고, 맥킨레이 캔터의 「헤밍웨이 죽이기」는 아미티지 트레일의 『스카페이스』 이후 튼튼한 전통으로 자리잡은 갱스터 누아르의 공식을 충실히 밟는다.

그 외 작품들은 범죄가 벌어지는, 혹은 범죄가 끝나고 난 이후 남겨진 사람들 사이의 불안한 술렁거림, 혹은 그들 사이를 채우는 공기의 떨림 같은 것으로 채워졌다. 유명 작가들이 개인적으로 추천한 위대한 미스터리 서평 모음집 『죽이는 책』의 편집자 존 코널리와 디클랜 버크가 서문에서 썼듯, "소설에서 범죄를 제거하고 난 뒤에도 그 소설이 버틸 수 있다면 그 소설은 범죄소설이 아니며, 범죄 요소를 없앨 경우 무너져 내린다면 그 작품은 범죄소설"이라는 공식화는 꽤 유용하게 쓰일 수 있다.

미스터리 걸작선의 수록작들이 '미스터리'라고 불릴 수 있는가에 대한 질문 앞에서 고개가 갸웃거려진다면, 이 명제를 다시금 떠올려보면 될 것이다. 미스터리와 아무 상관도 없는 것처럼 여겨졌던 버트런드 러셀이나 러디어드 키플링, 아서 밀러 같은 작가들이 쓴 단편에서는 죽음이나 범죄가 분명한 기폭제이며 그 사건이 벌어지지 않고서는 단편 전체가 성립되지 않는다. 다만 이 작품들에서 범인의 정체가 밝혀지는 순간이 전혀 놀랍지 않고, 범행의 이유 역시 호기심을 자아낼 정도는 아니다. 대신 장르적 문법에 충실한 미스터리 소설에서 자주 보기 힘들었던 어떤 신비로운 분위기가 감돈다. 돈과 사랑을 쟁취하기 위해 범행을 저질렀다는 분명한 인과관계에 집착하지 않고 때로 불분명하게, 약간의 생략으로 남겨진 공백을 통해 죽은 사람 혹은 죽인 사람이 그 범행의 결단과 실행을 둘러싸고 느꼈을 고독이나 분노, 고통에 더 강한 여운을 남긴다. 다시 말해 정의 구현이라든가 두뇌 싸움보다는 죽음과 죽임이라는 엄청난 행위 앞에서 연약한 개별적 인간들이 보이는 감정과 반응에 집중하는 것이다. 범죄라는 행위에 기초하되 주목하는 방향은 다르다.

  이는 오래된 논란을 떠올리게 한다. 윌리엄 셰익스피어의 『맥베스』, 블라디미르 나보코프의 『롤리타』, 오르한 파묵의 『내 이름은 빨강』, 프로스페르 메리메의 『카르멘』, 가브리엘 가르시아 마르케스의 『예고된 죽음의 연대기』 등이 범죄소설에 속한다는 의견이 있고, 어떻게 감히 위대한 작가들의 작품을 통속적인 미스터리 범죄물의 카테고리에 묶어두려 하느냐는 분개의 목소리가 있고, 한편으로 미스터리라는 장르의 규칙에 정통하지 않은 작가들이 소재로서 범죄를 등장시켰을 뿐인 작품을 미스터리로 묶기에는 많이 부족하다는 반대의 목소리도 있다. 문학의 여러 서브 장르 중 하나로서 단독성을 입증하느냐 마느냐의 문제일 텐데, 해결책은 단순하다. 양쪽 모두를 편안한 마음으로 즐길 수도 있다는 점이다.

이 작품이 미스터리의 경계선 안에 들어올 수 있느냐 없느냐를 두고 신경을 곤두세울 필요는 없다. 이토록 폭력적인 세계에서, 우리가 이해할 수 없는 이유와 방식으로 폭력을 휘두르는 이들이 점점 늘어가는 세계에서, 아무런 일도 겪지 않고 평화롭게 천수를 누리다 숨을 거두는 것 자체가 드문 복이 되어버린 세계에서 우리는 너무 일찍 찾아왔거나 잘못 찾아온 애통한 죽음을 지나치게 자주 경험한다. 이에 얽힌 슬픔과 분노가 우리 삶에 미치는 영향에 대해 예리하게 관찰하고 그 근원을 파고들고자 하는 작가의 욕망은 장르에 상관없이 언제나 충족되어야만 한다.

- *The Return of Imray*, Rudyard Kipling, *Life's Handicap*, 1891.

- *It Takes a Thief*, Arthur Miller, *Collier's Weekly*, 1947.

- *An Error in Chemistry*, William Faulkner, *Ellery Queen's Mystery Magazine*, 1946.

- *The Willow Walk*, Sinclair Lewis, *The Saturday Evening Post*, 1918.

- *The Hunting of Hemingway*, MacKinlay Kantor, *Detective fiction weekly*, 1934.

- *A Jury of Her Peers*, Susan Glaspell, *Every Week*, 1917.

- *A Daylight Adventure*, T. S. Stribling, *Ellery Queen's Mystery Magazine*, 1950.

- *The Murder in the Fishing Cat*, Edna St. Vincent Millay, *The Century Magazine*, 1923.

- *Clerical Error*, James Gould Cozzens, *The 50 Greatest Mysteries of All Time*, 1935.

- *Coroner's Inquest*, Marc Connelly, *Collier's Weekly*, 1930.

- *The Amateur of Crime*, Stephen Vincent Benet, *The American Magazine*, 1927.

― 초판 연도 기준.

노벨문학상·퓰리처상 수상 작가 11인

미스터리 걸작선

초 판 1쇄 발행 2016년 7월 29일
개정판 1쇄 인쇄 2026년 2월 19일
개정판 1쇄 발행 2026년 2월 27일

엮은이 엘러리 퀸 | 옮긴이 정연주
기획실 정진우 정재우
편집 김혜원 이예준 이다영 | 디자인 강희철
디지털콘텐츠 구지영 | 제작 관리 윤준수 고은정 이원희
제작처 영신사

펴낸곳 열림원 | 펴낸이 정중모 방선영
출판등록 1980년 5월 19일(제406-2000-000204호)
주소 경기도 파주시 회동길 152
전화 031-955-0700 | 팩스 031-955-0661
홈페이지 www.yolimwon.com | 이메일 editor@yolimwon.com
페이스북 /yolimwon | 트위터 @yolimwon | 인스타그램 @yolimwon

ISBN 979-11-7040-382-1 03840